世界科幻大师丛书231

废园天使 I

BIT-SEIN BEACH

悠长假日

[日]飞浩隆

著

丁丁虫

译

四川科学技术出版社

图书在版编目(CIP)数据

废园天使. Ⅰ，悠长假日 / (日) 飞浩隆著；丁丁虫译. -- 成都：四川科学技术出版社，2024. 12.
(世界科幻大师丛书). -- ISBN 978-7-5727-1647-8

Ⅰ. I313.45

中国国家版本馆CIP数据核字第2024ZC2682号

图进字：21-2021-342

世界科幻大师丛书

废园天使 Ⅰ 悠长假日

SHIJIE KEHUAN DASHI CONGSHU
FEIYUAN TIANSHI Ⅰ YOUCHANG JIARI

著　　者　[日]飞浩隆
译　　者　丁丁虫

出 品 人　程佳月
责任编辑　兰　银
特邀编辑　李闻怡
封面绘画　安　佚
封面设计　李　鑫
版面设计　李　鑫
内文制作　刘　勇
责任出版　欧晓春
出　　版　四川科学技术出版社
成都市锦江区三色路238号　邮政编码：610023
官方微博：http://weibo.com/sckjcbs
官方微信公众号：sckjcbs
传真：028-86361756
成品尺寸　140mm × 203mm　　印　张　12.25
字　　数　250千　　插　页　2
印　　刷　成都日报锦观印务科技有限公司
版　　次　2024年12月第1版
印　　次　2025年1月第1次印刷
定　　价　56.00元

ISBN 978-7-5727-1647-8

邮购：成都市锦江区三色路238号新华之星A座25楼　邮政编码：610023
电话：028-86361770

BIT-SEIN BEACH

目 录

不在の夏

1 无人之夏

到鸣沙之滨捡视体去。

那天早晨，朱尔·塔皮在床上睁开眼睛的时候，便做了这个决定。

从枕边的窗户望出去，夏日的天空万里无云，没有一丝微风。这样的日子，海滩上应该可以找到很漂亮的漂流物。少年一跃而起，将头探出窗户。清晨的空气拂过少年的脸颊。

一条坚实的红土路从家门前经过，往前延伸一小段便转成碎石铺就的小道，然后又逐渐变为坚固宽广的石板路，一直向小镇延伸过去。

向渔港小镇的方向眺望，密密麻麻的红色房顶排列得毫无规律可言，再往前则是一片蓝色的大海，平静而浩渺。海面上空堆积着巨大的积雨云。天空中还残留着些微晨曦的痕迹，在它的映照下，云朵隐约带上了一些玫瑰色的光芒，仿佛大理石雕成的纪念碑一般，坚固、庄严、不可动摇。

然而朱尔知道，事实并非如此。云是由飘浮的细微水滴集聚而成。它的构成物质无法固定不变，形态因此变幻不定。与其说它是一种凝固的事物，不如说是一种变动不居的现象。

朱尔仿佛嗅到了鸣沙之滨上吹拂的海风气息。

今天会捡到什么样的视体呢……

说不定能捡到“流玻璃”？毫无来由的预感让朱尔的心怦怦直跳，就像十二岁的少年身上经常发生的一样……就像他真的只有十二岁一样。

那天早晨，便是那样美丽。

而眼前的小镇更美。

仿照南欧风格设计的港口小镇，沐浴着只在夏日清晨才会出现的明媚阳光，如此美景恰好能完美地体现区界的独特创意——在古典气息浓郁而又交通不便的小镇上享受夏日假期。

朱尔将汲水罐里的水倒进脸盆，对着墙上的镜子洗过脸，走下楼梯。额前纤细的金色短发打理得整整齐齐，发梢的细小水珠闪烁着点点光芒。

下楼后，小小的餐厅中弥漫着早餐的甜美芳香。

小装饰柜里摆放的是朱尔在国际象棋大赛中赢回的奖杯。

国际象棋大赛每年夏天都会举行，地点在这个小镇档次最高的矿泉旅馆里。大赛历史悠久，参赛者的名字可以同本地名流的名字写在一起。朱尔九岁时第一次参加大赛即获胜。从获胜后的隔天早晨开始，这座奖杯便被摆放在装饰柜里，默默承受千年之久的岁月尘埃。

“早啊，朱尔。”

妈妈背对着自己的孩子打了声招呼，然后端上了早餐。

文蛤汤里撒着从飘窗的花盆里采来的香草。未经发酵就用石灶烘烤出来的面包放在桌上。番茄色拉里，带有香醋和混合了大蒜香气的橄榄油的气息。

朱尔喜欢早晨从妈妈布置的餐桌旁走过。

手纺的粗布上放着木桶和瓷碗。

牛奶罐、胡椒粉。

刀、叉、汤勺、餐巾环。

平底锅上残留着麦粉的香气和细密的刮痕。

蓄积在色拉碗底的汁水，比任何一家店里能买到的番茄汁都要美味。

文蛤汤里飘起的热气，在夏日的阳光中勾勒出美丽的图景。

椅子也在闪闪发光……对面的椅子，父亲的椅子。然而，那张椅子上没有坐人。

也不会有人坐在上面。

父亲不在这里。

早在一千年之前，父亲便离开了这张桌子、这间餐厅、这个房子、这座小镇、这季夏天。

“我今天要到鸣沙之滨去，茱莉可擅长抓那些退潮后留在沙滩上的螃蟹了。”

“好呀，别去危险的地方哦。”

妈妈像往常一样回答，脸上带着温柔的笑，但又夹杂着一种说不出的复杂情绪。

“代我向茱莉问好，她总是替我陪你玩。”

朱尔非常喜欢妈妈笑起来的时候眼角浮现出的大大的鱼尾纹。

“好吃吗？”妈妈问。

不用担心，我没事的。不去学校也可以很开心，也可以比任何人学得都好。或者，妈妈，你是在担心我和茱莉的事吗？你是担心她的品行？在整个夏之区界，妈妈，只有你一个人会担心这个吧。

“很好吃。”朱尔像往常一样，只回答了这一句。他咀嚼着面包，静默不语。

“你要经过西边的石头地吧？是的话，帮我顺路去一下老爷爷的店里吧。”

妈妈说的老爷爷，是在西边的石头地开了一家露天小店的老人。小店不对观光客开放，店里的鱼虾贝类都很新鲜，价格也非常便宜。妈妈经常让朱尔去买。

可朱尔怎么也没办法喜欢那个老人。

“你和他说，家里要炖鱼，让他帮忙挑一条就行了。”

“嗯……”

妈妈在朱尔的牛奶里滴了几滴咖啡。和咖啡混合在一起，牛奶更显出它的香甜。人类的味觉竟是如此敏感。

早餐，一日之始。从一千零五十年前“时间管理者”第一次启动时间开始，朱尔他们便日复一日地在这个餐厅里用餐，此后也将一直继续下去吧。少年和妈妈两个人对坐在没有父亲的餐桌旁，吃着各自的早餐。

直到那天早晨，少年依然深信，只有他和妈妈两个人的早餐将如神的意志一般不会动摇。

“别忘记帽子。还有，中午之前回来。”

“知道啦。”

朱尔收拾了一下，走出玄关。

如同玩具一样整洁、精巧的家。

出了玄关，朱尔刚刚伸手扶了扶麦秸帽，便有一个活力十足的声音在呼唤自己。

“朱尔！”

声音来自头上。朱尔回头仰望，只见茱莉正笔直地站在玄关屋檐上方的橘黄色瓦片上。

是的，笔直地站在上面。

茱莉一身雪白。

她身上套着一件麻衣，一头金黄色的短发犹如少年一般，在夏日的阳光里呈现出铂金般的色泽，手腕和脚踝上都戴着贝壳串成的白色饰物。

相比于迄今为止所经历的长达千年的少年时代，朱尔今后还有着更为漫长的人生。然而那天早晨茱莉的身影，那如一棵笔挺的小树般伫立在黄瓦青空之间的一袭雪白，不论经历多少岁月，朱尔都无法忘怀。

“喂，你那是什么表情啊！”茱莉大声说道。

一阵轻风吹起麻衣的下摆，茱莉的衣服下面什么都没穿。

在她的双腿之间，有一片比头发颜色稍深的暗影径直闯入朱尔的视线。

“茱莉！你那样子可——”

茱莉大笑起来。一口皓齿比她身上的白衣更加耀眼。

“下巴都要掉了，表弟。”

“茱莉！”少年满脸通红，“太过分了吧？”

“好了，让开！”

话音未落，茱莉就从屋檐上下来了。

她顺着排水管往下滑，滑到一半的时候又跳到旁边高大的树丛里，轻轻松松地下到地上。她的行动比消防员更加勇敢，又像晾晒在微风中的衣物一样轻盈飘逸。

茱莉擦着朱尔的鼻尖落在地上。

“这衣服怎么样？妈妈给我做的。”

茱莉向天空伸直双臂转了一圈。手臂根部的凹陷处隐约显出颜色稍深的栗色暗影，让朱尔难以移开自己的目光。

“是吗？”朱尔装作有些吃惊的样子说，其实他本来就知道茱莉的衣服都是她妈妈给她做的。

“是啊。”

“很适合你呀。”

“真的？”

剪裁和针线都很简单，反过来更衬出茱莉身体的曲线。

“很适合。”

“真的？你真是在看衣服？”

茱莉的嘴角露出笑意。朱尔不禁想起那两片嘴唇的甜美触感。

“是在看衣服啊。”

“真的吗……没骗我？”

茱莉墨绿色的双眸好似两枚熟透的橄榄一般，窥视着朱尔的内心。

茱莉的全身上下只有眼睛不是白色的。她那毫不设防的感情——如幼犬一般的依恋，如母猫一般的冷淡，如少女一般（啊，不，她就是少女，因为她只有十六岁）的坚决——总是会从眼睛中一点点向外渗透。

“好吧好吧，反正我说不过你。”

茱莉说着，轻轻拢起颈上柔软如丝的短发。

茱莉从来不觉得少年是个“天才”，她只把他当作自己的一个表弟，微不足道的表弟。

茱莉想和任何人上床，对想和她上床的男人（有时候也会有女人）来者不拒。在这个小镇上，谁都知道茱莉是一个对性缺乏自制力的女孩子。

然而，正像茱莉不在意朱尔的天才一样，朱尔也不觉得茱莉这一点有什么不好。

比起这一点，更重要的是，他们今天会在鸣沙之滨找到什么。

“快走吧。”

“别急别急。”少女故意摆出一副要掏耳朵的样子。

“去晚了搞不好就要给别人捡走了，视体啊。”

“不可能的。那可是秘密之滨，一千年了都没人发现，今天也不会暴露的。”

“可是等会儿就要热起来了，趁现在还凉快，快点儿吧。”

“我说，你说起话来怎么跟妈妈的口气一样啊。今天是很热，这个我知道，可我就是喜欢天热，热得哧哧冒烟才好呢——喏，看见没？热气从脑门往上冒。”

两个人终于动身向大海走去。他们没有走碎石铺就的小道，而是抄近路钻进树林。林中散发着果树的清香，四下里隐约传来蜜蜂飞舞时的振翅声。

“今天晚上怎么说？”茱莉问，“参不参加？”

“参加啊，当然参加。反正总是我赢。”

“这倒也是。”

每年的这一天晚上，照惯例矿泉旅馆都会举办国际象棋大赛。

茱莉为何要明知故问？

其中的缘由，朱尔也很清楚：茱莉不希望自己去参赛。但朱尔并不想弃权。可以说，他之所以要去参赛，恰恰是为了让茱莉产生希望自己弃权的想法。

“就算我拿蜘蛛丝捆住你，你也要去？”茱莉嘟囔了这么一句。这是她的口头禅。

不过，茱莉所说的蜘蛛，不是大众熟知的节肢动物，而是一种只在这个虚拟度假区、这片广阔无边的数值海岸中通用的专有名词。

是谁为朱尔和妈妈修缮他们住的老房子？是蜘蛛。是谁保护着这片青翠欲滴的果树园免受害虫侵害？也是蜘蛛。从延伸至小镇的石板路到遍布地下的下水道，还有驱动卡车行驶的发动机，在这座被称为“夏之区界”的小镇上，所有一切必不可少的维护工作，都是由名为“蜘蛛”的机器人来完成的。到处都可以看见蜘蛛的身影。它们无所不在，正是它们令这个区界保持常态。

“啊，看那儿。”

距离红土小路不远的地方堆着一捆剪下的树枝，周围聚集着许多蜘蛛，数量之多，连下面的草地都被遮挡得严严实实。

成群的蜘蛛并不罕见，不过这一回的数量未免太多了一点。

“发生什么事了？”

谁都知道，区界的蜘蛛与一般意义上的蜘蛛完全不是一个概念。不过，两者给人的感觉非常接近，大家不由自主地就给它们起了“蜘蛛”这个名字。

蜘蛛的外形千差万别，不过一般而言，蜘蛛都有很多腿，动作灵活，并且都会吐“丝”，这些算是它们的共同之处。

茱莉又开始抚弄颈上的柔软发丝，手链发出清脆的声响。

蜘蛛围住的是个巨大的“洞穴”。洞口直径超过四十厘米。

洞口是个非常完美的圆形，乍一看还以为是一张巨大的黑胶唱片（显然，这个区界中并不存在非接触式的音乐媒体），斜靠在堆成小山的树枝旁边。洞穴里什么都没有，好像被完全挖空了。洞口边缘异常齐整，像是用某种极其锋利的锐器割开的一般。洞里面漆黑一片，不管怎么凝神细看，都看不见任何东西。

虽说区界差不多算是个完美的虚拟度假区，不过偶尔也会产生诸如此类的缺陷。这东西就像画布上的一粒尘埃，基本上没什么危害，而且一般情况下，蜘蛛转眼之间就应该能将其修复。

“你们这是怎么了？”茱莉伸出脚，用凉鞋鞋尖戳了戳蜘蛛，“这么没精打采……”

蜘蛛非常勤劳。

一般情况下，它们会在洞穴尚未扩大的时候就将其团团围住，飞快地用一层毛毯一样的丝线盖在上面。要不了一天，丝线就会融入周围的事物，洞穴也就像愈合了的伤口一般完全封闭。蜘蛛每天便是如此不停地忙碌，精心呵护着这个区界。

然而，此时的蜘蛛却没了平日里的精神，就算被茱莉的凉鞋戳到，也只是微微扭一扭身子便再没了动静，看起来已经束手无策了似的。其中一只缠到茱莉的脚踝上，茱莉伸手把它捡起来，只见它的形状和一块法国奶酪差不多，身上涂着迷彩色，有二十条腿，背上和腹部都装有内藏式的眼睛，似乎是为了保证身子翻转的时候也能正常工作。虽然蜘蛛不可能抱有任何感情，但这一只看上去已经对修复眼前的洞穴彻底死心了。

“怎么办？没办法。”茱莉像是在和蜘蛛说话似的，“放着不管倒也不行，让姐姐来想想办法吧。”

茉莉放下蜘蛛，腾出双手。手链上串的白色贝壳中混着一块视体，形状很不规则，看起来也比较陈旧，像一块蓝色玻璃珠的碎片。

茉莉将另一只手搭在手链上，伸直手臂，用食指指向“洞穴”。

叮的一声轻响，洞穴的边缘闪耀起红光。

“洞穴”被红光包裹住了。随着漆黑的洞穴不断缩小，红色的光芒也愈发强烈。最后，洞穴留下一股刺鼻的臭氧气味，消失了。

“搞定了。”

“嗯——哎呀，蜘蛛不太对劲。”朱尔把手插进脚边的蜘蛛堆里，捞出其中一只，结果跟着拎起来的有将近十只。蜘蛛们像念珠似的连在一起——不单是腿，连它们的身子都融合在一起了。蜘蛛用微弱的声音吱吱呻吟着，述说它们遭受的苦痛。

“太过分了，怎么搞成这样？”

“是蛛丝吧。”

蜘蛛分泌的细丝牢牢地粘在它们身体彼此融合的部分，就好像是蛛丝融解了蜘蛛的表皮和内部结构，将其同别的蜘蛛粘在一起似的。朱尔觉得好像是蛛丝的修复能力被用错了地方。剩下的蜘蛛也都是被粘在一起的。

“好吧，姐姐给你们分开。”

茉莉抱住那群蜘蛛。这一次可以清楚地看到，茉莉手链上的蓝色视体内部散发出光芒。融合部分的接合面被分开来，蜘蛛恢复了健康。

“好了，”茱莉轻轻拍了拍蜘蛛，“剩下的你们自己弄吧。”

蜘蛛落在地上，去修复其他融合在一起的蜘蛛了。

“这回没事了吧。”

“视体怎么样了？刚才发光了啊。”

“啊？”

茱莉看了看手腕。视体如同被加热过头的宝石一样变得黯淡无光，好像是消耗得太厉害了——刚才工作的负荷比预想的大很多。

“哎呀，我很喜欢这块视体呀。”茱莉纤细的肩膀沉了下去，“居然为这种事情用它，我真是个笨蛋。唉，都怪你们不争气。”

茱莉朝蜘蛛踢去。小程序纷纷逃走，像极了刚孵化出来的小蜘蛛散开时的模样。

“对不起，再见。”茱莉一边给蜘蛛的动作配台词，一边把它们赶开，连最后一只都不放过。

在区界，视体等同于魔法石。

与现实的世界一样，区界里的事物与现象，相互之间都具有作用力，伐木也好，打架也好，都因此才成为可能。此外，像种植作物会使土壤贫瘠这样的事，也和现实世界一样。因此，在现实世界中不可能出现的超乎寻常的力量，在区界中同样也是不可能的。

只有视体是例外。

视体以其他所有事物都无法做到的方式，作用于区界的物体及现象之上。具备相应才能的人，通过充分的修炼，便可以完美地控制这种作用力，就像刚才茱莉所做的一样。

“好像用不了几次了。”茱莉说。

“那再变点什么出来给我看看？”

“好。”

茱莉用视体残存的力量变出一只蜻蜓。

她将手臂朝内侧弯曲，就像看手表一样，视体正好位于相当于手表表盘的位置。从视体里伸出数道细长的蓝线，犹如纺织时拉出的丝，相互缠绕，编织出优雅的蜻蜓胴体。四片透明的膜翅犹如刀片般自胴体展开，微微震颤。蜻蜓在半空悬停了片刻，随即飞离茱莉。

“到你喜欢的地方去吧。”

茱莉集中视体仅剩的一点点力量，给蜻蜓加上最后的点睛之笔。线框结构的蜻蜓霎时所有细节都变得极为丰满，紧接着分裂成雌雄两只，朝果树的方向飞去。

优质的视体有许多，不过很少有人能像茱莉这样尽情享受使用的过程。她得意地哼了一声。

“什么时候我也能这样就好了。”朱尔说。

“嘿，光靠头脑是没用的。”

“肯定有办法的。”

“呵呵，是啊。加油！”茱莉伸了个大大的懒腰，“哎呀，我觉得自己浑身是劲。”

茱莉大踏步向前走去，耳朵上一只小小的银色耳坠随着她的步伐摇晃不停。

鱼形的耳坠。一对中的一只。

看到这耳坠，朱尔的身子刹那间僵住。随后，他想起今天晚上还有一场国际象棋比赛。

镇上很热闹。捕鱼的船刚刚入港。中央广场上到处都摆着货摊，小贩扯着嗓子使劲吆喝，顾客则微笑着侧耳细听。朱尔和茱莉走过石板铺就的广场，在烤鱼的香气中穿行，钻入一条昏暗的小巷，来到最里面的一家小小的自行车店。

“大叔，又来借车了，借两辆。”

胖胖的店主坐在店里面没动，只是点了点头。两个人出了店门，分别跳上一辆自行车。骑车钻出昏暗的胡同，外面的阳光亮得刺眼。

“那个大叔，你觉得他喜欢什么样的女孩？”

“这我怎么知道?！”

突然被茱莉这么一问，朱尔有点糊涂，不知道如何回答才好。他踩动踏板，自行车平稳前行。轻风迎面吹拂，冷却了他发热的双颊。海风的气息越来越浓，海鸟在头顶盘旋。他们骑过一个街区，在一家冰激凌店旁边左拐，赶往西海湾。这里是个渔港。

这座小镇是由海产和观光两大产业支撑起来的，也就是说，是由这片大海支撑起来的。

岩石地带错综复杂的线条，配上平缓绵延的海滨沙滩，构成了富于变化的海岸线。作为临海的休闲胜地，这座小镇无可挑剔。小镇的港口中最大的便是西海湾，它的形状和水深都很适合用作渔港，丰富了各家餐桌的大海的馈赠也都是来自这里。

另一边的东海湾规模稍小，不过那里有着紧邻大海的美丽山丘，山上镶嵌着一座座别墅，山下的海湾便是这些原住民的船坞。山丘拥有质地异常优良的矿泉，矿泉旅馆便坐落在那里。

朱尔一边欣赏左边大海的景色，一边沿着连接两个海湾的道路前行。直抵海岸的巨大岩山将小镇分成两块，只有一条小路盘绕在岩山的半山腰。这条小路被当地人称作“猫行道”，宽度勉强够一辆汽车通行。朱尔右边是近乎笔直的悬崖，崖下便是湛蓝的大海。两个人坐在自行车上，迎着海风摇摇晃晃地往前骑。

在海湾的岩石地找一个位置坐下来垂钓，和拉网捕鱼一样，都深受旅馆客人的欢迎。

然而不管问谁，都不知道鸣沙之滨。这是茱莉和朱尔两个人独有的秘密。

两人来到作为路标的树墩旁边，正要折上一条没有经过修整的狭长小道时，有个声音向朱尔招呼。

“喂，小家伙。”

朱尔停下自行车，回头看去，只见一个老人正坐在路边的树荫下，他的脸上带着不明所以却又令人生厌的笑。妈妈刚才还嘱咐过，让朱尔去光顾他的小店。

“这是要去哪儿呀？还带着小姑娘，本事挺大的嘛……”

看见老人身上穿的衣服，茱莉也有点发愣。这时候正是盛夏，可这老人却穿着一件带风帽的黑色大衣。虽说衣服像是用麻布做的，可能比乍看上去要凉爽……这个老人看起来就像一只衰老的鸭子，缩着翅膀蹲在那里。

“今天不开店吗？”

“捕鱼的日子不做生意。我脾气怪。”

老人用枯瘦的手指搔了搔鼻尖。

他鼻梁的右边，缺了一只眼睛。本该是右眼的位置上横着一道古老的伤疤，像是被一把锐利的刀子剜去了眼珠似的。看得出他的颧骨曾经断裂过，虽然早已愈合，但已经变了形。扭曲的伤疤侵蚀了老人的整张面孔。

老人眯起剩下的那只眼睛，那眼神仿佛是在两个人的脸上舔舐一样。再听他说下去自己就要受不了了，朱尔暗想。

“抱歉，我们赶时间。”

朱尔跳上自行车。茱莉扑哧一笑，追了上去，来到朱尔身边，和他并排骑着，凑到他耳边小声问：“你这是逃跑了吧？”

“什么呀！”

“你那么害怕那个老爷爷？”

“我是怕海滨暴露好不好。”

朱尔嘴上逞强，但心里知道茱莉说得对。他很怕看见那个老人的身影，害怕听到那个老人的声音。那个老人总会让他情不自禁地去想某件事情。

两个人在半路上停下自行车，用杂草盖住藏好，随后折进一条湮没难辨的小路。路上的杂草几乎比人还高，他们拨开草丛往前，走了好一会儿，眼前忽然变得豁然开朗，脚下不远处已经是湛蓝的大海了。笔直陡峭的断崖距离下面的海面足有三十米，两人就站在断崖的边缘。今天早晨朱尔看到的玫瑰色云朵已经比原先大了一倍，此刻几乎就压在头顶上。那云层毫不退缩地耸立在灼热的阳光下，散发出纯白的光芒。

“好舒服的风呀！”

迎面吹来的海风熏人欲醉，茱莉打结的发丝也在随风起舞。她大声赞叹着，那声音随风飘向远方。

“好大好大的风啊，喂——”

“该下去啦。”朱尔提醒说。

“你脾气真急，我可不喜欢。”

不远处有个很大的枯树桩，旁边有一道深深的裂缝从岩石表面延伸下去，顺着这道裂缝可以爬到断崖下面。那道裂缝本来近乎垂直，不过茱莉已经借助视体的力量弄出了一些方便攀缘的支点。朱尔领头从裂缝爬下去，一路上小心翼翼，注意着不让石块剐破衣服。越往下爬，裂缝越显狭窄，爬了没有多远，他们便进入黑暗之中。

爬在前面的朱尔感觉到茱莉的脚碰在自己的脖子和背上，她的气息也很近了。朱尔减慢了攀爬的速度，于是，等茱莉追上来的时候，她便一点点钻入朱尔的后背与岩壁之间的空隙里。隔着单薄的衣物，茱莉富有弹性的肌肤和柔软的乳房都紧贴了上来。

朱尔想起了以前来这海滩时发生的事，喉头不禁一阵发热。那一天，游完泳后，茱莉要朱尔将她全身的海盐舔舐干净，他便照她的话做了，做了很久很久。他想起了爱抚时她发出的喘息，想起了她胸口起伏不定的双峰，还有舌尖传来的火一般的灼热。

“在想什么呢？”上面传来茱莉的声音。

“没什么。”

“是吗？”声音里带着一丝笑意。

“是没什么。”

“今天我把视体做的舌钉串在舌头上了。”

朱尔不由自主地回头。黑暗中，茱莉的舌尖像是恶作剧般游走于双唇之间。舌尖上固定着一块视体，看上去好像一颗小小的近乎融化的薄荷糖，只剩下最后薄薄的一片。

“等下我会吻你。”茱莉说。

朱尔不能再看下去了，连忙移开视线。

“听我说个事好不好？”茱莉接着说。

朱尔加快了速度，同时说：“决定要去就一定会去，决定要参赛就一定会参赛。我不会改变主意的。”气氛骤然紧张起来，朱尔近乎撒气般往下猛闯。

“好——知道啦，我不说就是了。”

还剩最后一米的时候，朱尔一跃而下，然后伸手去拉茱莉。

沙石被冲上断崖，落在凹陷的地方，形成了这片小小的沙滩。不管从断崖的路上还是从海面上看，都看不到这处沙滩。

这里便是鸣沙之滨。清一色都是细致均匀的白沙。

两个人抬脚踏上这片沙滩，脚下沙沙作响。

“声音”在脚下扩散绵延。

“声音”。

那不是声音。

它是一种振动，是一种虽然不是声音、却只能用声音去形容的振动。

振动从朱尔的脚下开始，向整个沙滩蔓延开来，强度依次减弱。在那种特定的振动之中，仿佛包含了朱尔所有的一切。

沙石静悄悄地振动，以此识别朱尔的身份，就好像嗅到了猎物气息的野兽，正在自己的记忆之中搜寻猎物的模样一般。

紧接着，茱莉落脚时的声音同朱尔的混合在一起，也和他的声音一样扩散蔓延。

沙石嗅出两个人是常来的访客，于是安心了。它们欢迎无害且友好的访客。整个沙地隐隐升腾起夹杂着安心和欢迎情绪的问候。朱尔、茱莉、鸣沙之滨，三种声音谐振共鸣，到达顶峰后慢慢消退。每当此时，朱尔总会看到，由沙地生出的他们两人的反射像，转瞬之间化作海市蜃楼般的幻象，稍作停留之后旋即消逝。

朱尔有些陶醉，同时也为自己的这种感觉感到羞怯。

“奇怪，”茱莉皱起眉头，“朱尔，和平时的声音不大一样呀。”

“是吗？”

“有个奇怪的棘波混在里面，不会是有人来过这里吧？好像是不认识的人。那声音还留在这儿呢——哎呀，弄不好现在还在。”

朱尔手搭凉棚，抬头朝云层望去。映着灼热的阳光，云层宛如巨大的岩石山体一般厚重。在光影交错中，有什么东西一闪而逝。

朱尔眨了一下眼睛，刚才的色彩变幻都消失了。

“是吗？”

茱莉使劲踩了踩沙石，发出沙沙的声音。她在确认回声的状态。这一次朱尔也留神细听，但依然什么也没听出来。

“奇怪，听不出来了。”茱莉诧异道。

“本来就什么也没有吧，好了，该走了。”

朱尔脱得只剩下一条裤衩，赤脚跑了起来。茱莉依然穿着衣服，信步跟在后面。沙石还不是很烫。海水清澈透明，在岸边扬起晶莹的水花。朱尔的双脚浸在水里，一边感受着沁人心脾的凉意，一边沿着海岸向前走。就在这时，他的大脚趾踩到了细沙之下的一个东西——一块浅蓝色的玻璃半露在细沙之外。

“果然今天很幸运呀。”

这块玻璃直径大约一厘米，形状像是泪珠，如同海水一般清澈透明。这块视体该是刚刚出生不久吧，与其说是年轻，不如说是年幼。它还没有长到可以串进茱莉手链的年纪。

但不管是多年轻的视体，都有着不同于其他视体的魅力。朱尔捡起沾湿的玻璃，举过头顶，迎向阳光，眯起一只眼睛观察。

大海。

云朵。

茱莉。

看上去宛如万花筒中的图像一般，轮廓鲜明，却又似乎异常遥远，而且一切都是静止不动的。海浪也罢，随风舞动的发丝也罢，全都没有一丝动作。视体捕捉了朱尔所见的一瞬，就好像相机摄下的静态画面一样。

光线被禁锢在玻璃的内部。

再过一会儿，静止的光线开始一点点弥散分解。

令所有细微的光粒聚合在一起组成整幅画面的结合力逐渐减弱，光粒四散分解，或闪烁，或震颤。然而，一颗颗光粒依旧保持着色彩的纯度，即使图像弥散，画面的鲜艳度也没有半点损失。即使在弥散的光粒中，也可以立刻发现茱莉的所在。正如她拥有自身独特的“声音”一样，在视体中，也可以通过茱莉特有的色彩与光芒找到她的所在。

沙石和视体，本来就极其相似。

鸣沙之滨吸收“声音”，视体则是截取光线（以及光线之外的所有要素）。视体将光线抽象化，从中抽选出对视体本身来说最为重要的精华。视体正是通过“光”来观察他们，就像沙石透过“声音”来识别朱尔两人的存在一样。

眼下的这块视体，似乎偏爱印象派绘画的光线重构技法。不过，各个视体的个性实际上是多种多样的。比如，有的视体会将光线转变为天鹅绒或织锦般的纹理，有的则会从光线中导出节奏或者旋律之类的声音属性。还有个比较罕见的视体，它会将接收到的任何光线都转换成矿泉旅馆老板家日久褪色的全家福。只有仔细观察照片，才会发现真实场景被隐藏在视觉伪装之下，就如一幅错视画。

视体是一台视觉的——或者说，不仅是视觉，同时也是各种感官的——抽选机与合成器。人们可以透过视体，借用它的视角和对世界的感知，享受各个视体所独有的乐趣。

这是视体的首要价值。

朱尔继续观察手中的视体："今天果然很幸运，这么快就出现了。"

"了不起……让我看看。"

"也许是这个小家伙找到了我。"

"真是意味深长的话……喂，借给我看一下，好吗？"

"嗯，这个很厉害……哎呀，你别干扰我。"

"哦，好吧。"

茱莉突然开始脱衣服。

转眼之间，她的身体便摆脱了白色麻布的遮挡。随后，她又从刚脱下的衣服上随意抽下一小块布条缠到身上，像泳衣一样恰到好处地遮住了胸部和下身。茱莉看着朱尔惊愕的表情，得意地小声道："行了，给我吧。"同时伸手把玻璃拿了过去。

“到那边去吧。”朱尔提议说。

两个人沿着沙滩走到头，前面是一片小小的岩地。

岩地上有一块巨大的石头，石头后面是一个极深的洞穴，直通海面以下。因为恰好被石头挡住，所以从海面上很难看到。

这个洞穴正是视体的宝库。

大约是因为洞中的环境适宜视体成长，朱尔他们在这里发现了很多高纯度、极富个性魅力的视体。而且，他们一找到新的视体也会带进这里来。

两个人并排坐在巨石边上，茱莉仔细观察了一下刚才的玻璃。

“哎？”

茱莉盯着玻璃，用手肘轻轻捅了一下身边的朱尔。

“喂，它的色彩很不安呢，是你的不安吧？新生的视体一定要好好照顾，不然会出问题的。”

朱尔张了张口，但最后什么也没说。

他的手指与视线接触了视体，所以影响了它。

沙石吸取地上的脚步声将之扩散开，视体则临摹朱尔的内心，凸显获取到的内心特征。视体本来正是这种抽选情感的机器。而在此刻，视体中的景致是苍白的。

其实，在朱尔的脑海中，那个老人的形象一直挥之不去。

刚刚诞生的视体异常脆弱，一旦接触到强烈的感情，甚至会有受损的危险。

“那怎么办？”朱尔问。

“唔……交给我吧。”

茱莉将苍白的视体放到直射下来的炫目阳光之下。

“很热呢，是吧。”茱莉并没有对朱尔说话，而是说给视体的，“淌点汗就好了，多淌点吧！”

于是视体砰地一震，喷出一些东西。

那是朱尔带去的不安被分离排放出来。视体将这些不安具象化为浅蓝色的蒸汽，就和抽烟时吐出的一口烟差不多。蒸汽化作一层薄纱，轻柔地升腾，消散在直射的阳光里。

视体可以像这样把曾经留在体内的东西变形后排出体外。

视体的这种变容能力，可以作用于外界对象。

接触者精心操控视体的变容能力，足可以根据自己心中的形象令外部世界发生变化。若是一个技艺娴熟的高手配上合适的视体，便可以变化世间的存在，实现心中的期望，就像此前茱莉创造出的那对蜻蜓一样。而且，这还仅仅是视体力量最单纯的表现而已。

朱尔躺到岩石上。

有一个想法始终萦绕在他脑中。

那个老人会不会是我父亲？

这个念头究竟是从什么时候开始在脑中生根的呢？

不知道。

朱尔思考着……

我是这个区界、这个虚拟度假区中的原住民，是从一开始就被编入这个区界的NPC之一，仅此而已。

我的思维、我的记忆、我的身体，这一切都是经过事先的精密设计、运行于区界系统中的目标对象。

但父亲不是。

他是“访客”。

数以万计的人拥有这个度假区——数值海岸的会员权限。他们平时居住于现实世界，通过行使会员权利访问区界。这无数人中的一个，便是父亲。他从无数区界里选中这个区界，预约了一个所谓“我的父亲”的空缺角色，来到我家里。区界里本来就被设置了许许多多诸如此类的空缺角色，只要没有被人预约，就可以随意扮演，不论扮演者本身是男是女，是老是少。

所以，在那张餐桌旁坐下的父亲一日一换。

我们同这些父亲在夏之区界一起玩乐。

然而，那个老人显然不是访客。为什么我会产生那样一种不可思议的感觉——一种近乎血缘至亲的亲近感？

“走啦！”

茱莉的声音打断了朱尔的思绪。她从岩石上纵身跃进洞中，潜入水底。朱尔跟了上去。

海里的石头呈台阶状，像漏斗一样，越往下越狭窄。每层岩阶上都积着厚厚的鸣沙，难以计数的视体便躺在鸣沙铺就的床褥上，任时间静静流淌。

茱莉把刚刚捡到的视体放在其中一个岩阶上。新加入的小家伙开始享受透过海面洒落的温暖阳光。漏斗口开向天空，恰好可以让阳光均匀照射下来。茱莉说这对视体的成长很有好处，但到底是真是假，朱尔无从知晓。

茱莉一边巡视岩阶各处，一边逐层下潜。她应该是在无声地呼唤自己给视体起的名字，与它们一个个打招呼吧，就像对待自己的宠物一样。“早上好呀，‘冰爽马丁尼’。”“‘北斋绢’‘破镜’，今天天气不错吧？”有的视体正在打盹儿，有的正在内部进行超高速运算。“今天的心情怎么样啊，‘紫苑律’‘手摇铃’‘耳蜗’？”茱莉一边打着招呼，一边注意观察是否有没见过的视体——是否有刚出生的小家伙。

快到漏斗底部的时候，茱莉停了下来。她拿起一块视体，莞尔一笑，朝头上朱尔的方向竖起拇指。朱尔潜下去靠近了细看，只见茱莉手中的那块视体美丽得令人讶异。它足有鸡蛋大小，即使在水里，看上去也沉甸甸的。

视体犹如蛋白石一般，乳白基色中，各种颜色复杂交织。迎着海面照射下的阳光观察，可以看到视体的表面生有细微的白色绒毛，就像初生的哺乳动物蜷缩着身体睡在手心里一样。

两个人带着这块视体浮上海面，躺倒在沙滩上大口喘气。此时的阳光比先前更加强烈，不过鸣沙没有怎么变热，反倒让人有一种舒适的清凉感。

“几天没见，变这么大了呀。”朱尔伸手摸了摸茱莉手里的视体。

茱莉给这个视体起的名字叫“尾巴”，疼爱得不得了。

“尾巴”的绒毛随风摇曳。茱莉将手指伸进绒毛里，顿时从指尖传来如树荫般舒适的“声音”，就像触摸到活生生的小动物一样。

“天真可爱的小家伙啊，”茱莉的脸上绽开笑容，“让我来逗逗你吧。”

茱莉抓起一把沙石，沙沙地淋在“尾巴”上，细微的鸣沙如同白色的涓涓溪流一般。“尾巴”发光的绒毛骤然僵住，好像初生的幼犬突然淋到了冷水，然后又像真正的小狗一样，哆哆嗦嗦地抖掉沙粒，绒毛的柔光与沙石的闪光交相辉映，闪烁出无数细小的虹彩圆圈，随即又像苏打水的气泡一样消弭于无形。“尾巴”令人惊异的表现让茱莉他们笑了起来，笑声转为“声音”，在清凉的沙滩上蔓延开来。

“朱尔，你也逗它玩玩吧。”

茱莉把“尾巴”放在朱尔的肚子上，撒下一把鸣沙。朱尔顿时感到无数的“声音”在自己肌肤各处绽开，那是一种痛快的舒适感，就像是在原本厚重的沙地上畅快前行的轻盈感一样。“尾巴”的“声音”——那是一种近乎小动物的叫声——绒毛的拂动、沙粒的流淌，这一切令朱尔不禁闭起眼睛，轻声呻吟起来。

茱莉手中的沙粒刚流尽，她又伸出了双手，捧起满满的沙粒，白色的涓流从十指之间倾泻而下。

鲜烈的刺激再一次由朱尔的小腹上升腾而起，少年忽然间意识到，这一次的感觉竟是如此接近于性的快感。

触电般的战栗激走全身。

沙粒涓流传达的信息中包含了茱莉对性的渴望。

朱尔睁开双眼，看见茱莉倾泻沙粒的十指正在逐渐透明，慢慢显现出闪烁着荧光的轮廓。朱尔的小腹上也能看见同样的荧光。这是AI程序的人格边界正在动荡。对AI而言，所谓皮肤，其实是外缘程序的隐喻，它定义了AI人格边界的范围。现在，这层边界被沙粒暂时转换成可穿透的状态，AI内部的知觉和更为精妙的深层感觉、感情暴露出来。这才是AI真正的“内在”。一般情况下，仅仅通过外力的作用，只能看到AI体内的血肉。对于区界的AI来说，那些不过是装饰。真正的“自我”，是一种唯有在边界被穿透之时才会展现的、以精密的光之织物形象呈现出来的视觉化现象。也正因为如此，此刻朱尔心中才会升起一股强烈的羞耻感，就仿佛有人正在观察赤身裸体的自己，仔细研究自己胯下高昂的性器一样。

茱莉是在以沙粒为媒介，向我传达她的感情啊……

那样一种难以言喻的感情。

或者说，诱惑。

既非语言，也非肢体的诱惑。

那是一种对边界的刺激，蕴含着爱抚与交合的欲望。从这种意义上说，也可以算是接吻吧。

朱尔沐浴着沙粒的涓流，同时也舀起一把沙粒，待手指的边界转化为可穿透的状态之后，再将沙粒从茱莉的肩膀上撒落。沙粒的涓流由肩至胸，勾勒出闪烁的曲线。两个人热情地拥吻起来。茱莉舌尖上的那颗视体舌钉碰到朱尔的牙齿，发出轻轻的触响。两人感觉此刻已然融化，涌动的激情以舌钉为触点，开始在两人间游走激荡。

可是，就在茱莉激烈摇摆的时候，一道耳饰的银光突然跃入朱尔的眼帘。

那是茱莉耳垂上的鱼形耳饰。

朱尔的亢奋骤然退去。

嘴唇分离，手臂松弛，两人都离开了彼此紧贴的胸口。一阵噼啪轻响，仿佛静电的声音。茱莉垂下视线，似乎是在躲避朱尔的目光。朱尔讪讪无言，正想开口说些什么来打破眼前的尴尬。

就在此时，“声音”，强力的“声音”，破坏性的“声音”，犹如地震最初的一击，由两人的正下方笔直顶起！两个人的边界此时依旧处于可穿透状态，那“声音”一气直抵他们的内核。冲击与剧痛激荡开来，像是有把钝刀蛮横地洞穿了他们的躯体。两个人反射性地封锁边界，翻滚在地，无法呼吸，无法出声。

不过两个人心中明白。

这是警告。

是满地沙石倾注全力的怒吼。

愤怒与吼叫，不安与恫吓。它们感觉到莫大的威胁。

那是什么？

是……

两个人爬起身，踏行在沙地上，每走一步，沙粒的温度与湿度都不相同。沙地覆满了细小的飞沫，仿佛暴雨侵袭的水面。

朱尔用力眨眨眼，抬头仰望天空。

天空突然变得一片阴暗。

厚实的白色云层先是变得犹如溃烂的伤口般乌黑，然后像朽坏了似的逐次崩溃，化作飞旋的碎片，淹没了整个天空。

这天空……成了这般模样，还是天空吗？

看不出半点天空的模样，云朵像荒芜的岩山自天空向大地倾颓。那是冬日的灰与黑，朱尔他们从未见过的颜色。

那不属于这个区界，朱尔想，那是自外界强行撬开夏之天空、擅自闯入的东西。云朵似乎是由某个看不见的入口流入天空似的，越积越多，翻腾不休，一点点吞噬了整个天空。

夏日正被劫掠。

“喂……看。”茱莉轻呼了一声，双唇惨白。

“我在看。”

“不是，是那边。”

茱莉指向的地方，云层的一角正朝地面垂落，宛如崩塌的断崖。那该是蕴含了过量水分的积雨云，终于承受不住自身的重量，化作暴雨倾泻而下吧。朱尔眯起眼睛，只见那里有无数细小的蜜蜂似的黑影直落而下。

但那只是错觉。实际上，每个黑影都相当巨大，远远超出一个成人的体积，有些甚至有房屋大小。

“那边也有，对面也是。”茱莉说。

在她手里，“尾巴”蜷起发光的绒毛，惊惧不已。

“来了。”

“什么？”朱尔问。

鸣沙之滨的地表泛起一层鸡皮疙瘩。

“落下来了，这小家伙说。”茱莉答道。

细小的黑影突然改变了飞行的方向，犹如成群的蚊子。它们不再笔直下落，而是以自身的动力控制着下降的速度和方向。

“快！”

茱莉大叫一声，朝断崖跑去，脚下的沙石猛然间泛起无数泡沫，但茱莉依旧试图强行穿过。

突然间，朱尔福至心灵，叫道：“别去！”

泡沫是警示的信息，是沙粒的信号：别过来。

可是已经晚了，茱莉恐怕已经触动了那家伙布在沙地中的感觉网。

一块巉岩孤零零地矗立在沙滩上，那是沙粒感官的死角。那家伙便从巉岩的阴影处现身。

蜘蛛。

巉岩锋利尖锐，恐怕足有五米高，需要抬头仰视。朱尔他们一直把这块巉岩视作沙滩的标志物。

但蜘蛛比那块巉岩更高。

严格说来，在这个时候，还没有人知道是否应该把这东西称为“蜘蛛”，大家真正开始用这个名字称呼它们还是将来的事，是不久之后在东海湾，那场真正的战争打响之后的事。

然而，朱尔知道那就是蜘蛛。他的直觉告诉他，他所熟知的、区界里可爱可亲的修理工，同眼前这个庞然大物之间存在着某种不为人知的关联。

其实，在某种更加隐晦的意义上，将这东西称作蜘蛛是再合适不过的了。那不仅仅是对外形的联想。它们是一种捕捉一切物体，给猎物带去死亡的存在。除了“蜘蛛”，再没有任何词语能够如此贴切地形容它们的本质。

蜘蛛用十条长腿站立。或者该说，它本就是由腿构成的。

十条细长的腿竖立在沙地上，长腿的顶点连接在一起，此外什么都没有：没有头，没有眼睛，没有躯干，没有嘴。长腿带有七个以上的关节，上面覆盖着一层干巴巴的痂壳般的铜绿色分泌物。

蜘蛛发现了朱尔，似乎对他生出了兴趣。这家伙没有头和眼睛，却能清楚地感觉到朱尔的存在。

蜘蛛动了动腿，清理了一下碍事的巉岩。

它的几条腿犹如手指般灵活，轻轻一动便抓住了岩石。被抓住的岩石没有融解，也没有破碎，只是忽地消失了，剩下的岩石断面如同打磨过一般光滑。

岩石消失的一刹那，朱尔真切地感受到了蜘蛛强烈的食欲。蜘蛛最为原始的欲望透过鸣沙传到了他的心中。

刚才的岩石被蜘蛛吃掉了。蜘蛛没有嘴，它用的是别的方法。石头就这样从这个区界彻底消失了。

蜘蛛摆动黑黢黢的长腿，跨过岩石断面。朱尔感到蜘蛛的食欲愈发强烈。它想吃掉我们，但即使吃了我们它也得不到满足。朱尔明白，驱动蜘蛛的与其说是食欲，不如说是饥饿，永远无法填满的、深不见底的饥饿。这只蜘蛛不管吃下多少东西都不会满足吧……

绝望攫住了朱尔，他再一次抬头望向天空，心中隐然知道自己将会看到什么。

天空中的黑影愈来愈近，已然可以分辨出一个个的个体了。

它们正在降落。

无数的蜘蛛。

形状各异但本质相同的蜘蛛，正满载着同样强烈的饥饿降落下来。

朱尔动弹不得。

我要被吃掉了。

还有茱莉，还有沙滩，还有妈妈，还有房子，还有小镇，什么都不会剩下。就连这个区界也会在转瞬之间被吞噬殆尽，只留下一个空空如也的内存空间。

这股绝望如烈性麻药般骤然发作。他再也看不到周遭的任何事物，就连蜘蛛迅猛刺来的利爪也没有发现。

朱尔的耳中突然闯进不成词句的怒斥，某个人从后面抓住了他的肩膀，将他向后拉。他朝后仰身的时候，蜘蛛腿刚刚擦过他的鼻尖。

“发什么呆！”

朱尔终于清醒过来。适才自己可以说是与死神擦肩而过。

“喂，这边，慢死了！”

茱莉依旧拽着朱尔的肩膀，绕了个圈跑向蜘蛛，连滚带爬地钻到它的脚下，迅速穿过蜘蛛的长腿，绕到蜘蛛的后面。蜘蛛挥舞的长腿扑了个空，失去了目标。

“到我后面来！”茉莉叫喊的声音里带着哭腔，膝盖也在战抖，但她没有失去镇定，“真碍事！到我后面来！”

两人背靠断崖同蜘蛛对峙。“饥饿”扑面而来，强度比方才更甚。捕食猎物之前的紧张感注满了蜘蛛的十条腿，自上而下，直到趾尖。

突然，蜘蛛顶端的接合处裂开一道巨大的口子，里面喷出白色的液体。那液体一接触空气便凝固成形，自蜘蛛的顶端落下。

是蛛丝吗？的确，看起来与他们司空见惯的蛛丝没有什么不同，就是小蜘蛛吐出的那些修补区界破损处的蛛丝。蛛丝相互缠绕，化作一块密不透风的大布，朝两个人覆盖下来。

朱尔奋力挥舞双臂，然而蛛丝牢不可破，就像是一块湿透的床单一样，压得朱尔手脚动弹不得。照这样子，自己只有束手待毙了。

但茉莉并没有胆怯。蛛丝迎头扑下，茉莉不为所动。她集中精神，身子稍稍前倾，双手将“尾巴”捧到胸前。

“茉莉，你在干什么？还不快逃吗？”

“逃到哪儿去？”

的确，此时已经无路可逃了。身后是断崖，眼前是蜘蛛。

“对不起。”茉莉小声对“尾巴”说。“尾巴”发光的绒毛微微摇动，仿佛是在回应茉莉的话。

“对不起，好不容易才长到这么大，好不容易才能到外面来玩。”茉莉似乎是想用“尾巴”来对抗蜘蛛，“对不起，把你也卷进来了，让你遇上这么可怕的事。”

茉莉说话的声音越来越轻。她集中精神，全身紧绷。她正在加强与视体之间的共鸣，以增加攻击的效果。蛛丝虽然仍在倾吐，但丝毫没有分散茉莉的注意力。她的精神集中在与“尾巴”的沟通上，同时竭尽全力引导视体与自己产生的共鸣。

“把你的力量借给我，不是一点点力量，而是将全部的力量毫无保留地给我。救救我们。”

茉莉轻柔的声音摩挲着视体。发光的绒毛悚然而立，好似被逼入绝境的、受惊的幼兽。

“你和我，我们一起赶走那个怪物。别害怕，肯定能行的。”

云很厚，四周如无星之夜一般漆黑，只剩下茉莉的掌心里有一片光亮。在那片光亮的映照下，唯有茉莉的双眼鲜活明亮。

蜘蛛似乎对“尾巴”的亮光产生了兴趣，它呆立了一会儿，随即像是厌倦了似的抖了抖身子，倏地转移到了两人面前，动作迅捷得难以置信。

接下来发生了什么？至少有以下三件事几乎同时发生，又在一刹那间宣告结束。

最初，一丝风都没有，沙粒却被猛然卷起，它们将布状的蛛丝撕裂，形成一道旋涡，在两个人和蜘蛛之间建起一条沙石隧道。卷起沙石的并非风力，而是一股贮藏在沙石之中、骤然爆发的未知力量。通过沙石的动向可以看出那股力量的形状，就好像通过铁屑可以看出磁力线的形状一样。

接着，“尾巴”行动了。它收起绒毛，体表闪闪发光，将某种东西拍摄了下来。

最后，蜘蛛消失了。就和它自己吃掉岩石的情形一样，蜘蛛在刹那间便无声无息地消失了。

在沙石形成的隧道崩塌的那一刻，一切都结束了。

“谢谢。”茱莉对“尾巴”说。

朱尔非常清楚刚才发生了什么。恐怕连茱莉都没有明白蜘蛛是怎样消失的，但这个少年却了如指掌。然后，应对蜘蛛的战术开始在他的脑海中激荡组合。

必须活下去。从这一刻开始，蜘蛛将会无休无止地降落下来……有什么可以对付它们的办法吗？

“走吧。”茱莉开始整理自己的衣服，“再不赶紧的话，小镇就……”

朱尔看了一眼断崖的上面。小镇中心的方向，远远地冒出了黑烟。

“妈妈……”茱莉仔细掸平衣裙上的褶皱，那是茱莉的妈妈给她做的衣服，“妈妈会死的吧。”泪水从茱莉的眼中溢出，但她脸上的表情没有变化。

“走吧。”

朱尔再一次眺望鸣沙之滨。

沙粒死一般寂静。大海也正在变为铅灰色。

不久之后，蜘蛛和它们的“饥饿”，就会像一场永无休止的灰色大雪一样，将夏之区界彻底淹没吧……

茱莉突然停下了脚步。

“今晚有场象棋大赛？”

“嗯。”

“你要参加？”

“是啊。”

“一切照旧？”

“当然。”

茱莉用手帕将“尾巴”仔细地绑在手臂上，像是怕把它弄丢了似的。

“咱们走吧。”

于是，少年和少女开始往断崖上攀爬。

斃す女、ふみとどまる男、東の入り江の実務家たち

2 打倒蜘蛛的女人、留在最后的男人、东海湾的实干家们

“流玻璃”。

全能的视体。

梦幻编译器。

天意控制器。

没人知道它究竟是怎样的东西，每个人都只是在私下谈论有关它的流言，那是自“大断绝”之后产生于夏之区界的一个传说。是的，在大断绝之前，夏之区界根本没有视体，但也没有人知道视体的出现是否真与大断绝有关。不过AI们的感觉是，作为失去访客的补偿，他们得到了视体。

大断绝是一场空前绝后的冲击。数值海岸本身只是一个为了向访客提供休闲服务而存在的虚拟空间。如果有一天，没有任何理由，没有任何预兆，突然间一个访客都不来了呢？有传言说，这是因为访客已然死亡灭绝了；也有人猜测说，是休闲地的经营者破产了；还有人说，这个区界本来就是违法的存在，被当局发现之后查封了。

然而，不管哪种说法都没有证据。与其说是猜测，倒不如说是空想。访客所生活的真实的物理世界究竟是什么样子，AI们其实一无所知。不管哪种解释，都无法回答一个最基本的疑问：这个区界为什么能够继续存在？如果这里已经被放弃了，又是谁在给这里调配“电力”呢？

不过，无论如何，视体总是一个闪光点，尤其对于渐渐习惯了没有访客到来的AI而言。

对于AI们来说，再无访客到来这一变化，同时带来了解放与失落这两种截然相反的感受。就某种意义而言，访客的缺席是一件非常可喜的事，但不能将之单纯地称为幸福。因为AI的精神构造本就是全面依存于访客的。

这样一种失落，即便是得到视体的喜悦也不可能补偿。然而，视体的出现，终究是一个收获。

第一个发现者是孩子。据说那个视体被发现的时候，正静静地躺在院子的鸡窝里。视体为鹌鹑蛋大小，很可爱，像珍珠色的蚕茧。这块视体被收藏在镇公所的玻璃盒里。

第二块视体过了很久才被发现。某天有个人心血来潮整理自家尘封已久的化妆盒，发现在珍珠首饰里混有一块纯蓝的视体。

接下来，AI开始接二连三地发现视体，就好像整个夏之区界忽然成了一座宝岛。

道路边、草丛里、树梢头，大家都在聚精会神地寻找；炉灶的草木灰里，图书馆的书页间，海风呼啸的山崖洞穴中，大家都在兴高采烈地寻找。在时间无穷无尽的“永不终结的夏日假期”

中，还有什么活动能比这种犹如采集昆虫一般的行为更加令人愉悦吗？

没人高价购买，也没人特意收藏。这些事情毫无意义。不论哪个AI，在这件事情上，就如拿着捕虫网的男孩子一样，仅仅是想要找到它，在人前炫耀。他们仅仅为了这个单纯的目的寻找视体。他们赞美彼此的寻获物，交换各自喜欢的视体，赠送给图书馆和学校。学校里的地理、美术、生物老师，还有图书管理员，将这些视体分类展示，为它们制作目录，渐渐地，使用视体的技术成熟起来。

视体最大的矿脉便是海岸。特别是海滩边的沙石，AI们曾在其中发现过优质的视体。

带着孩子的妈妈，热恋中的情侣，两鬓斑白的夫妇，一个个就像赶海一样，都喜欢趁着凉爽的早晨，去海边探寻宝石。

对了，新的视体总是在早上被发现。由于这个缘故，不知从什么时候开始，AI中开始流传一个新的说法，说是鸣沙孕育了视体。每当夜深人静的时候，视体就在沙石中成长。

也就是在这个时期，不知从哪里诞生了“流玻璃”的传说。

这个传说的出处已经没有人记得了。大家只记得，自己是从家人、好友或者恋人那里听来的。不管怎么追溯源头，问来问去最终也只能得到同样的回答：“啊，我也是听什么人偷偷告诉我的。”

“流玻璃”包含了一切视体的力量，并具有超越一切视体的力量。

能够按照自己的所思所想改造乃至重组这个区界的一切事物与现象的梦幻编译器。

连创造区界的基本设定都可以访问、能够干涉整个世界基本定律的天意控制器。

没有人知道它究竟是大是小，是黑是白，也没有人知道它是不是和一般的视体具有相似的形状。

没有人见过它。

重复了千年的无人之夏。延续了千年的街与人。难怪所有人会如此热衷于赶海。

至少在海岸边，还有可能出现没有任何人见过的东西。大家是在沙粒之中捡拾自己的梦想。

然而，海岸边的视体渐渐变得稀少。当年人们在某处退潮之后的水洼里拉出“水晶吊灯”时那满载着兴奋与欢喜的呼喊声，已经很久没在夏之区界出现了。

发现“水晶吊灯”的时候，大家都以为这就是“流玻璃”了。不过因为没人知道“流玻璃”到底是什么样子，大家也都没能确定，而最后人们发现，“水晶吊灯”并不是“流玻璃”。

这是AI对视体狂热的顶峰，从那之后，AI的兴奋逐渐消退，但无论如何，对视体的爱恋并没有改变。

AI在想，我们失去了访客，取而代之得到了视体。

还有，每个人都想知道，为什么那个传说中的视体被称作“流玻璃”。

安努·卡什迈尔的两条手臂绝不比任何一个渔民逊色，不管是阳光灼晒的肌肤颜色、匠心独具的刺青图案，还是臂膀上壮硕的肌肉。

安努坐在卸货场的水泥地上抽着烟，身上穿着圆领衬衫，袖子一直卷到肩膀。早上回来的渔船已经收拾停当，她一边歇息，一边眺望天空中巨大的积雨云。晨曦映照的那片云层，有着异常美丽的火焰般的艳红颜色，即使随后被染成了玫瑰色，那份美丽也同样令人难忘——虽然没有上过学，但只要是女人，就一定会说那是“令人陶醉”的美丽吧。

安努抽着烟，双眼微闭。

刻在眼角的皱纹加深了。安努很少会去保养自己的肌肤，在太阳和海风面前，所有的努力都是徒劳。她的鼻翼与脸颊上，密密麻麻地布满堪称捕鱼生涯勋章的斑点与疤痕。

直到刚才为止，这座卸货场里还挤满了熙熙攘攘的人群，每个人都急着把卸下的海鱼往外运，然而此刻却变得一片寂静，四下里几乎看不见半个人影。

唯一的热闹来自安努身边的孩子。那是安努的孩子，他们在嬉戏玩耍。最大的是个八岁的女孩，小一点儿的是六岁的男孩，接下来是四岁的双胞胎——都是男孩，然后是三岁的女孩，两岁的也是女孩，最后一个还在吃奶的婴儿也是女孩。总共七个都是安努的孩子，不过没有一个是她亲生的孩子。

这些都是养子，没有一个是她自己生的。朋友的朋友生下来又抛弃了的孩子，死于暴风雨的同伴的孩子……不知不觉间就聚集了这么多。从一千零五十年前开始，这些孩子就已经把安努当作自己的母亲了。

安努本身未婚。人生已经到了这个阶段，何必再去自寻束缚，非要找个男人结婚呢？——这是她的口头禅。

最大的那个孩子正背着吃奶的婴儿，双胞胎在同两岁和三岁的孩子玩。这些孩子都受着老天爷的照顾。安努又点上一支烟，心情愉悦。她从衬衫口袋里拿出一本浸透了汗水和潮气的小书，盘着腿开始阅读。这好像是从前某个伟大的诗人写的东西。有个小她二十岁的男人总是劝她多读些书，那个男人和安努一样没上过学，但他读书、下棋都非常拿手，棋力大概算是整个小镇第二强的吧。

安努虽然读不懂复杂的字，但她很喜欢优美的词句。那些中意的部分不知读过多少次，每句话都能背下来了，可她还是会常常去读一读。说起来，这也正是安努的风格。

他们选择了大海，再也不会回来。

纵然回来了，你又怎会认出他们的容颜。

他们再也不会回来，因为他们选择了大海。

纵然偶尔回来，那真的是回来了吗？

忽然，安努沿着词句滑过的手指停住了。云朵遮住了太阳，照到书页上的光线也被挡住了。

安努心生忐忑，于是抬头仰望，只见天空已经变得一片阴沉，布满污浊的云朵。安努双手按住膝头，站起身来，起重机吊臂一般粗壮的双腿将安努巨大的身躯支撑起来。她的身高超过一米九，肩膀宽大，颈项颀长，头发如纠结的铜线，肌肤如百炼的精钢。

安努疤痕密集的鼻翼周围显出细密的皱纹。眼前的变化绝不寻常。她把书飞快地放回口袋，朝孩子们大吼："小心，都过来，带着小家伙们过来！"六岁的男孩正在拿鱼叉当玩具，安努狠狠骂了他几句，抢过鱼叉要把它扔回小屋，不过一转念又觉得说不定等下会用到这个东西，于是没往回放。就是在这一刻——

"唔"的一声，就像是苍蝇飞过时发出的嗡鸣一般——然而那苍蝇足有狼狗般大小——某种东西掠过半空绕到她的身后，安努闪电般迅速转身举起鱼叉，但就在那一刹那，最大的那个女孩子的头已经被蜘蛛吃掉了。

"妈妈……"这声呼唤依然浮在半空，蜘蛛却已逃出安努的视野。安努猛甩鱼叉杆，将大女儿的身子击飞出去——为了不让她身上背着的婴儿也被蜘蛛吃掉——接着顺势将鱼叉杆压低横扫了一圈。孩子们明白母亲的意思，全都匍匐在地。最大的男孩子扑到姐姐身上保护婴儿，他的对面就是蜘蛛。

狼狗般大小，鳄鱼般的大嘴，短短的五条腿。

只有这些。

到这时候为止，刚刚过去了一秒半的时间。

安努低低地发出"嘿"的一声。借着这一声，蓄积在咽喉、胸口、肩膀、上臂的力量释放出来。鱼叉越过最大的男孩头顶，直刺蜘蛛。然后……蜘蛛厚厚的表皮弹开了鱼叉的尖刺。即使强壮如安努，也没能对蜘蛛造成半点伤害。它停在原地，纹丝不动。也幸亏是安努，若换作旁人，恐怕连鱼叉都要脱手了。

至此又过了一秒。

安努恍惚间觉得蜘蛛张开巨口笑了起来。张开的巨口中赫然是大女儿的头，上面裹着黏黏的半透明分泌物。头上被弄得污秽肮脏的头发是昨天安努刚梳洗过的。因为自己的头发粗糙难看，安努非常喜欢大女儿笔直乌黑的长发。“妈妈，别给我乱涂油膏哟。”昨晚的话犹在耳边，说这话的双唇却已然褪尽了血色，再不会发出任何声音。

安努想要呼唤孩子的名字，骤然间却什么都想不起来了。

头脑中似乎有什么东西咔嗒一声断开。安努瞬间下了一个决定，她越过孩子们，将鱼叉笔直刺向蜘蛛张开的大口之中。

贯穿了长女头颅的鱼叉，势头不减地深深插入蜘蛛的咽喉。安努在手臂上贯注了全身的力气，将鱼叉往回拉。蜘蛛距离自己仿佛有两百公里般遥远。她手臂上的肌肉高高鼓起，差不多有普通男人大腿的粗细。她一面拉，一面以投掷链球的方式抡动鱼叉。等转到第二圈的时候，她整个身子向地面斜倒下去，将蜘蛛重重砸到水泥地面上。然而，手上感觉到的弹力让安努意识到蜘蛛并没有受多严重的伤，她立刻握住鱼叉跳起来，再直直压下去。鱼叉加上了安努上百公斤的体重，在蜘蛛的咽喉处插得更深。

安努努力不把目光从女儿的脸上移开。女儿太可怜了，一旦移开目光，自己绝对无法再看第二次。

这个举动救了安努的命。

女儿的脸上忽然显出圆圆的孔洞，就像是在照片上用打孔机打出来的平滑圆整的孔。

安努急忙跳开。

那是“饥饿”的攻击。

蜘蛛失去平衡，倒在地上。

安努绕到它的背后，跳上蜘蛛的身子，从两侧的腰间拔出两把结实的腰刀。安努的腰间总是挂着革质刀鞘和刀，从她还是个喜欢打架的孩子开始就是这样了。

鱼叉的尖刺从蜘蛛的背后穿出来，将周围的表皮割开口子。外置的控制面板扭曲变形，接口处都开裂了。安努将两把刀从那里猛地插了进去。

蜘蛛翻滚起来，力气大得足以弄翻仓库小屋，但安努按住了它。她腿上的肌肉绷得极紧，穿了橡胶靴的双腿仿佛生了根似的纹丝不动，全身的肌肤越来越红。蜘蛛挣扎得越厉害，裂口便开得越大。安努沿着裂口继续用刀往里插，不管蜘蛛如何挣扎，手上的气力丝毫不减。蜘蛛越是挣扎，越是加速自己的毁灭。最后，它外壳上的面板终于掉落下来，白浊的液体开始从体表各处的裂口向外流淌——这恐怕就是蛛丝的原液了。

蜘蛛发出濒死的声音，已经无法再维持模拟生命的外表形态，逐渐显露出单纯的区界工具的本质。

蜘蛛的声音逐渐微弱下去，渐不可闻。安努知道蜘蛛已奄奄一息，但手上依旧不减半分气力，反而加了一把力。这股力量能持续如此长的时间，也实在令人难以置信。

安努将刀留在蜘蛛身体里，双手探入外壳的缝隙之间，像撕螃蟹一样用力把蜘蛛扯成两半。

然后，她紧绷的神经突然松懈下来，咚地坐倒在地上。

安努大汗淋漓，全身涂满了蜘蛛的分泌物和自己的血。

她还压抑着自己的情感。

“妈妈。”双胞胎从两边靠过来，握住养母的手。

“谢谢。”安努扶着他们的手站起来，起重机一般的腿犹如灌了铅一样沉重。她的精神有点恍惚，毕竟刚刚她做的事情相当于徒手拆解了一辆汽车。

“啊……”

昏暗的天空中，成百上千的蜘蛛飞舞而下，有的如牛犊般大小，有的如房屋般大小，还有的如船舶般大小。

西海湾被包围了。蜘蛛们从山脉那边延绵而下，已经开始蚕食小镇了。

被蚕食的不仅是树木，山体本身也开始消失。

这时候的安努还不知道“饥饿”这个名字，但是她知道，有一股潮水般的压倒性力量，类似于把女儿的头弄得千疮百孔，却远比它巨大的力量，已经开始毁灭这个小镇，甚至整个夏之区界了。

从卸货场可以看到远处镇公所的钟塔。那是整个西海湾最高的建筑物。此刻，那座钟塔正在缓缓倾倒，最后消失在层叠的屋顶下。

安努望向自己的养子们。

有什么方法能带着这些孩子一起逃走？

这还用问吗？

一分钟之后，一艘距离卸货场最近的渔船启动了发动机，驶向东海湾。

向着宝石般的小镇，向着矿泉旅馆和优美的别墅群，渔船驶出了港口。

这时，渔船上的安努才终于呜咽起来。

整个夏之区界的电话不足二十部，其中一部现在正在东海湾分警署的分署长室里鸣叫。那是从镇公所打来的电话。分署长听了一会儿电话，脸色变得煞白，把电话交给刚好来分署面谈的副镇长巴斯坦，然后又让在场的部下去把分署的主要人员都召集过来。

直到接过电话之前，副镇长巴斯坦还未了解到事态的严重程度。东海湾的天空还和往日一样，晴空万里，毫无异状。他和同在一个房间的原公所职员贝尼耶对望了一眼，刚拿起听筒，就听到位于西海湾的公所里传来混合着恐慌与悲痛的声音，告诉他西海湾发生的异常事态。就在巴斯坦努力分辨电话对面的声音、试图弄清对面到底正在发生什么的时候，署员们纷纷集中到了分署长室。

“到底发生了什么状况，目前还不是很清楚。”分署长说，“总而言之，根据公所的消息，本署已经没有了。据说是被怪物吃掉了。”

署员们完全无法理解这话的意思。这也在情理之中吧，分署长想，自己也是一样，一头雾水。

巴斯坦说："分署长，公所好像也……" 说着，他把已经没有声音传来的听筒举向署员们，"……断掉了。"

分署长和副镇长把他们在短短的通话时间内听到的信息整合在一起，最后得出的结论是：西海湾——夏之区界的中心地区，被大群蜘蛛模样的怪物袭击了。还有，"警署被毁""居民被折磨致死""山体从顶端开始逐渐被吞噬"。

有人从这间位于二楼房间的窗户往外看了一眼，随即发出一阵呻吟。

天空开始变得阴冷。

"那么，" 分署长用力咬牙总结道，"大家都从西海湾逃来这里了，我们要去保护他们，消防队也要通知一下，然后去搞清楚西海湾到底发生了什么。"

"啊，镇长呢？" 巴斯坦旁边的贝尼耶说。贝尼耶是和镇长、副镇长同一年进入镇公所的，三人是朋友。巴斯坦要主持今天在旅馆举行的象棋大赛，退休的贝尼耶也一同过来帮忙。"罗杰怎么样了？"

巴斯坦摇摇头。刚才打电话来的正是镇长本人，不过那电话是在惨叫声和建筑物倒塌的声音中中断的。这种事到底还是说不出口啊，巴斯坦暗想。

"那我们就把这里当临时官署。" 分署长说。

"小了一点吧……" 巴斯坦在心里理了一遍东海湾可以信

赖的居民名单，回答道，“这里太小了。”

“的确有点小。”分署长说。警局分署只有最基本的警力及相应数量的房间，毕竟这里是个休闲之地。“那去哪儿好呢？”

“去旅馆吧，那边有很多能开会的房间。”

“对啊，旅馆里是有不少会议室。”

巴斯坦点点头，然后挺了挺胸膛。他虽然个头不高，但很健壮。一定要多加小心，更不能垂头丧气，他暗暗对自己说。

“贝尼耶，你这把老骨头还能扛得住吗？这可是个能压断骨头的活计哦。”

“这还用问？过了一千年没劲的日子，人都要疯了。”

巴斯坦抬头去看外面的天空。蜘蛛还没有降落，这既让人急不可耐，也让人惴惴不安。

这之后，在东海湾展开的持续整整一天的攻防战，就这样注定在矿泉旅馆的舞台上上演了。

然而，这是否真能说是巴斯坦的选择？

那座小屋建在能够享受到怡人海风的地方。何塞·范·多梅尔在选择建房地点时考虑的条件之一便是，不论夏日怎样炎热，都能让打鱼归来的自己凉爽入眠。从外观上看，这座只有一个房间的小屋很不起眼，不过房间里却像头等舱一样舒适。

何塞洗过澡，躺上床，摊开颀长健硕的四肢迷迷糊糊地打盹。若是平日里，他早就该睡着了，可今天不知怎的忽然醒转过来。何塞那张年轻的面庞上，迷离的双眼怔怔地盯着墙壁看了很久。

很久很久以前，那堵墙边放有一个展示视体藏品的橱柜，如今已经没有了，取而代之的是书橱。书橱里摆放的都是何塞一点点收集来的书。书橱之中，有好些地方都是空的，就像牙齿脱落之后剩下的空隙一样。本来放在那些位置上的书都被借出去过，还回来的时候都被盐分和水汽弄得书页粘在一起，没法儿看了，于是书架上空着的地方也就一直空了下来。“买了还你。”借书的她总这么说，但从来没有实现。

再也不会补上空隙了——*不是那些借出去的书，而是整个书橱都将消失*——何塞的脑海里忽然迷迷糊糊浮现出这种完全没有逻辑的想法。

突然间，何塞坐起了身子。他终于意识到自己为什么会醒过来：因为那异样的声音。他如猎豹般挺身而起，一个箭步跨到房间另一边，透过窗口看到天空的异变，便立刻给自己裸露的上身披上一件衬衫，转头冲出房门。外面依旧是往日里住家稀少的郊外田园小路，然而也许是因为天空阴暗，看上去和平时大不相同。何塞沿着这条小路往前赶，奔向连接西海湾与东海湾的大道。

他还不知道发生了什么，也不知道从天空中飞落的到底是什么东西，但是，他知道该做什么。

头顶上响起轰炸机一般的恫吓声，一只蜘蛛飞在天空中。何塞只觉得背上汗毛直竖，他一边飞奔，一边回头观察，但眼中看到的景象却令他不禁怀疑起自己的眼睛：地面正在开裂，仿佛拉链正在拉开一样。田园风景当中，有一道黑色的狭长裂口正在延伸。那不是天崩地裂的混乱，而是平滑无声的开裂。裂口里面一片漆黑，连本来应该看到的大地断面也不存在。那里面仅仅是一片黑暗，甚至连应有的深度感都没有。裂口处仿佛是被锐利的长刀切开一般笔直齐整。在何塞眼中，裂口的接缝处正在解体为纷纷扬扬的白色官能素——构成这个世界的极细微的单位。

裂口的最前端有一个黑影，那是刚才何塞看到的蜘蛛。裂口追随着蜘蛛的飞行踪迹，或者说，蜘蛛是在给这道裂口导航。

何塞观察着蜘蛛的动向，跳出小路，沿着不会被卷入裂口的方向继续奔跑。天空中的蜘蛛不止一只，它们的数量正在增加。往后看，裂口越来越宽。何塞想象着从遥远天空俯瞰自己的模样。那是自己无缘得见的景象，然而何塞的脑海中依然可以清晰勾勒出那幕场景：数根蜿蜒的黑色线条侵蚀大地，还在一点点变粗；自己的小屋慢慢倾颓，缓缓沉入宽阔的黑线之中。但此刻已经没有回头去看的余暇了。前方视线所及的海上也有蜘蛛飞舞而下，海面上也有它们拖出的黑色线条。

蹚过小河，大道放眼可见。

街道上稀稀拉拉的都是从小镇逃出来的人。何塞的心仿佛装了铅块一般沉了下去。人数太少了。其他人都在哪里？都没能逃出来？小镇的情况严峻到这种程度了吗？

“何塞！”有人在喊。听到这个名字，许多人也跟着喊了起来。

“何塞！”

“何塞！”

呼喊声越来越多。柔弱的少女、渔民的家小、精壮的男人……在场的每个人都是走投无路的表情，恐惧慌张，乱成一团。转瞬之间，何塞便被围了起来。高个子的何塞，在人群里明显高出一头。

大家七嘴八舌地描述起西边发生的事，他们都忍不住急着要把这些告诉何塞，每个人都想把自己经历过的事告诉何塞。整整二十秒，何塞什么都没有说，只是听着，最后才短短地说了一句：“别慌，快，往东走。”

刹那间，寂静犹如石子投入水中后形成的波纹一样荡漾开来。高出人群一头的何塞朝自己认识的一个年轻人招呼道：“卡缪，帮我召集几个人！”

卡缪条件反射似的抬起头。

“我要在这儿留一会儿。虽说有点强人所难，但跟我一起留一会儿吧。不管怎么说，总要有人指个方向才行。”

“我跟你一起！”

“啊，勒内老爷子也在吗？他的船厂还有能出海的船吗？”

“我去打听！”卡缪飞奔而去。

何塞指示剩下的人——主要是女人、孩子，还有上年纪的老人——结成若干小组，每组几个人，由认识猫行道的人做向导。谁会用视体？有几条船能用？身体孱弱的人就用船送走。

从西面小镇逃来的AI人流，在这里经过何塞的梳理，由混乱变为有序，随后朝东而去。

在这个十字路口，何塞等人一直坚持到再也坚持不下去——坚持到黑色线条的侵蚀愈逼愈近，再不走就走不了为止。

可以说是不幸中的万幸吧，直到最后，何塞他们也没有遭遇到蜘蛛的袭击。

蜘蛛从破碎的天空倾泻而下。

不计其数……

一个陌生的少年沿着朱尔家门前的小路慢慢走向小镇。

朱尔那玩具般精致的家已经破损殆尽，熊熊烈焰夹杂着滚滚浓烟从厨房冒出来，隐约可以看见里面焦黑的AI尸体。咻咻声响起，细长的青灰色蜘蛛从少年的面前掠过。

如此轻易……真是简单……

少年本想穿过果树园，却在半路停下了脚步。

今天早上，少年来到这个区界时挖开的洞穴，也就是那个差不多唱片大小的洞穴，已经被堵上了。本来他已经在上面设置了蜘蛛无法修复的机关。

那修补洞穴的就只能是这里的AI了。这种程度的手艺，这个区界的AI还是能做到的吧。

对了，一定是用了视体……

少年笑了起来。

还真是容易啊……

全都在按照预想的进行。

他们一定都等在矿泉旅馆了吧……

少年又开始不急不忙地往前走。是的，不必着急，完全没有着急的必要。

桌子相当于普通办公桌两倍的大小，彩色玻璃罩的台灯，奢华的真皮桌垫。在这张桌子的对面，是道尼·普雷让温厚和善的脸。

巴斯坦和贝尼耶走进矿泉旅馆财务部最里面的经理室，桌子对面坐着的道尼看见他们不禁露出讶异的表情。

一定是因为我们脸上都带着无路可逃的神色吧，贝尼耶想。道尼一定是在惊讶，究竟出现了什么样的事，才会让巴斯坦这样一个天才实干家那张永远沉着冷静的脸上，出现如此绝望的表情呢。

这时候，道尼习惯性地摸起了自己精光锃亮的脑袋。道尼的头上，除了耳朵周围的部分，其他地方都秃得干干净净，和白炽灯泡一模一样。平素他这么一摸头，大家都会情不自禁地微笑起来。警戒心也好，紧张感也好，都会稍稍缓解。

然而，巴斯坦和贝尼耶只是无言地坐在桌子前面的沙发上，保持着前倾的姿势，眼光死死地盯着面前的玻璃烟灰缸。道尼绕过桌子，面朝两个人坐下来。

“很糟糕？”

“可以这么说。”

巴斯坦以冷静的语调，简洁地描述了迄今为止发生的事情，讲述中明确区分了确知之事与推测所知。随后他说，希望“接管”这家旅馆。

“做什么用？”

巴斯坦解释说，要将矿泉旅馆作为临时官署，以及整个战斗期间的司令部使用。

“若是如此，”道尼笑了笑，“完全没有接管的必要。矿泉旅馆建造的目的本来就是向所有人提供一切资源，这里本来就是大家的地方。”

矿泉旅馆的正式名称是“奥特鲁·德·克莱蒙旅馆”，也就是说，它是用这家旅馆的创业者的名字命名的。不过没人这么叫它。大家还是喜欢不加修饰的别名——矿泉旅馆。

矿泉旅馆建在克莱蒙家的一片开阔地上，面山背海。旅馆主楼有四层高，两翼的配楼环抱美丽的中庭，正面前庭中的草地一直铺展到远方。周围的美丽森林也属于旅馆，旅馆背后还有专用船坞，优雅的帆船桅杆并排而立，海上还建有宽阔的木质平台。来旅馆的客人可以沐浴着海风啜饮免费饮料，还可以欣赏镶嵌于山体斜坡上的别墅、植物园、美术馆，以及浓绿的森林。

道尼和公所的两个人走到接待处。这时候还没到中午，接待处颇显空闲。其实，自从大断绝以来的一千年间，便再没有真正意义上的客人访问过这里，聚集在矿泉旅馆的只有AI。这里已然变成了AI的俱乐部，每日只有这些滞留在被顾客抛弃了的(实际上就连是否真的是被抛弃了这一点都不清楚)虚拟度假区的AI在谈论自己的话题。

但是,经理的眼睛依然盯着每个角落,不让任何一处沾染尘埃,每个应该闪闪发光的地方都必须得到细致的擦拭。实木与黄铜的厚重色彩遍布室内的每个角落,到处都洋溢着古典的气息。

三个人走过拐角,这里的墙壁上悬挂着数十张照片,拍摄的都是旅馆过去的岁月。他们沿楼梯走向二楼。

“警察呢?”

“去街上了。好多人逃到了东边,需要警察保护。”

“是吗……那些蜘蛛一样的怪物也过来了吗?”

“嗯,它们可能也通过街道过来了。”

“但愿没事。”

“那么,那个——”

“特别房间就在博彩房对面。”

镶着彩色玻璃的大门是博彩房的入口,门上的玻璃五颜六色。本来这里今晚应该召开象棋比赛大会,不过此刻显然不能期待大会了。至少,去年的优胜者,少年朱尔不正是西边的孩子吗?

博彩房的对面就是特别房间。

两扇厚重的大门左右对开。如果说博彩房的大门确实营造出了一种奢华氛围的话,那么特别房间的大门就是在刻意营造厚重的感觉。这里本来是为特别尊贵的客人准备的VIP房,不过在大断绝之后便被换作别的用途。

道尼和贝尼耶把门向两边拉开。

房间里一片昏暗。

没有窗。几盏灯散布在房间里，但也只有微弱的光线。黯淡的灯光在数面玻璃上映出无数重影。

这是一间类似宝石店的房间，或者也可以说是陈列小工艺品的美术馆一样的地方。房间里摆放着好几个齐胸高的玻璃陈列台，供人鉴赏的东西陈列其中。

房间里面还有一个人。

在房间一角，一个体形富态的女人坐在小椅子上。

女人的手上正做着编织蕾丝的活计，但她身边没什么光亮，她就坐在几乎没有任何光线的地方编织精巧的蕾丝织物。在贝尼耶看来，那个女人仿佛已经在那里坐了许多年。

伊薇特・卡罗尔。这是她的名字。

“打扰你了啊，”道尼说，“有点急事，抱歉。”

“没关系，”伊薇特温和一笑，“哪儿的话。是我非要任性地跑到这里做事情。”

“在这里能安心吗？”巴斯坦问。

“嗯，非常安心。”

“反正爱唠叨的家伙也不在。哎呀，不是，我说错话了。”旁边插话的贝尼耶赶紧反省。

“没什么，你说得对。”伊薇特站起身来，“好了，我也该回自己家了。”

“啊，还是别去的好。”巴斯坦劝道。

“怎么了，副镇长先生？”

“可能会比较危险，而且这里也有事情需要你帮忙。”

“唔……”

“等一下我会详细解释。不过之前要先把这个房间里的东西核对一下。”

道尼打开皮革封面的大账本。

账本里有这个房间里的收藏品列表。

视体。

数以百计的宝石级别的视体。

从夏之区界的各个角落收集来、经过精挑细选的视体，都保存在这个特别房间里。

“用不着账本。”伊薇特·卡罗尔莞尔一笑。乳白色的脸颊，栗色的眼眸，但那双眼睛里并没有瞳孔，只有虹彩。依照数值海岸的角色设定，这是表现眼盲的方式。

“因为我全都知道。”在视体的运用上，整个区界再无第二人可以同伊薇特比肩。

“我们就想借助你的力量。”巴斯坦说。

“就算你们不说，我也多少知道一点了……视体从刚才起就在窃窃私语。好像不是什么好事。”

“对。”

伊薇特站起身。她穿着一件合身的夏日针织长裙，双手轻轻抱在胸前，那姿势仿佛修女一样充满了自信和威严。贝尼耶有点感动。

“只要有我能出得上力的地方，请尽管吩咐。”

就在此时，旅馆职员小心翼翼地走进房间，贴在道尼耳边说了些什么。

道尼微微睁大了眼睛，然后点点头：“诸位，有条船停到了我们旅馆的船坞里。你们听到来者的名字一定会吃惊的。”

“谁啊？”

“有个女人带着孩子来了。她沿着海路从西海湾逃到了这里，而且，好像还带了让人震惊不已的礼物。”

“别卖关子了。”贝尼耶不禁催促道。

道尼伸手摸了摸他电灯泡一样的脑袋。

“安努·卡什迈尔小姐抵达本旅馆。她的船上堆满了怪物的尸体。”

三个老姑娘大汗淋漓地沿着山坡向上爬，朱尔和茱莉跟在后面，树木和丛生的杂草让他们看不到前方的路。

老姑娘们——哎呀，喊她们“老姑娘”，她们恐怕是要发火的。这三位都才五十多岁——身上穿的艳丽印花长裙都是同一个样式，大小也是一样，唯一不同的只有颜色。她们连体形都一模一样，都是矮矮的个头，从肩膀到臀部，身体的圆周差不多都是同一尺寸。由于这个缘故，要是她们光站着不说话，就跟装了果酱、泡菜之类的食品罐头差不多（实际上，她们做那些罐头特别拿手，足以以此为生）。

“哎哟喂，你们啊，好生看着脚底，别滑了。”

“拉好那边的树藤，抓住那块大石头。”

“那片叶子挡住眼睛了，当心点。”

三个人时不时回头看看朱尔和茱莉，然后用干巴巴的声音训斥他们几句。朱尔和茱莉一边点头，一边费劲地跟在她们后面。老姑娘们脚力强劲，跟年纪一点也不相称。

“我们可是经常锻炼哦。”

“吃的东西也很好。”

“饭后还要煎药喝。”

“对头。”

“对头。”

她们一齐大笑。笑声一模一样。

三个人都鬓发斑白，圆圆的脸上戴着圆圆的眼镜，镜片后的眼睛显得很大，肩膀健壮结实，脖子短短的。三个人是姐妹，靠做罐头、刺绣，偶尔还替人做芳香治疗挣钱过日子。三个人都没有结婚。长女安娜，次女多娜，三女卢娜。当然，外人根本分不出来她们谁是谁。

五个人在山里走，但没走猫行道，走的是完全不能称之为路的“路”。朱尔和茱莉根本弄不清现在到底走在什么地方。

“不用担心。”老姑娘们笑道。

“你们还没上学的时候我们就在这山里玩了。”

“采果子，摘草莓。”

“还去秘密花圃。”

“还掏过鸟蛋。”

“闭着眼睛都能把你们送到矿泉旅馆，肯定没问题。”

“你们救了我们的命。”

“不报恩可不行啊。”

茱莉击退了袭击三姐妹的蜘蛛。六条腿的炭黑色蜘蛛，和在鸣沙之滨时一样，消失得无影无踪。

当时，两个人从海滨爬上断崖，回到路上，骑上自行车朝东海湾前进。之所以向东，是因为只要抬头看看天空，就知道西面——也就是两个人过来的方向——正有数不胜数的蜘蛛飞落。两个人虽然担心自己的家人，但说实话，他们根本挪不动腿。他们太害怕了，无论如何都不敢回去。就这样，去东面的路上，他们撞上了正遭到蜘蛛袭击的三姐妹。

“好不容易做的草莓酱啊，全完蛋了。”

“晒干的牛肝菌也可惜了。”

“刚做好的木头胸针都还没来得及卖出去啊。”

和嘴上说的相反，三姐妹看起来一点都不遗憾，而且还在毫不松劲地继续攀登。她们在前方带路，领着朱尔和茱莉以最快速度前进。五个人的攀登逐渐形成了一定的节奏。在气都喘不上来的攀登途中，朱尔和茱莉甚至忘记了西镇，忘记了果树园，忘记了自己的家，忘记了接下来还要面对怎样的局势。爬着爬着，朱尔意识到自己已经忘记了恐惧与悲伤，不禁心生感激。

“嗯？”

“啊？”

“唔？”

突然间，三姐妹停下了脚步，扭过大汗淋漓的脸望着朱尔和茱莉，她们的眼镜都被汗水蒙上了一层雾气。

朱尔也无言地望着她们。

“怎么办？好像迷路了。”

落在西海湾广场的蜘蛛数量最多，说这里是散播“饥饿”的最佳场所也不为过。美丽而喧闹的广场连同它周围的小镇一起，是整个夏之区界的中心地区，却转瞬间便被“饥饿”吃得一干二净。

蜘蛛的形状千差万别，有的像汽车，有的像塔式起重机，有的像两只鲎背靠背贴在一起，有的像一根绳子上系着三个球体（通过依次向前投掷球体而移动），还有的像是在风中飞舞的花瓣。

蜘蛛的材质似乎也各不相同，有的像贴了金箔，有的像制作陶艺用的黏土，有的像翡翠色的磷粉，有的像黄黄的门牙，诸如此类，五花八门。

它们仅有的共同点，就是都具有“蜘蛛”的行为，以及都载有“饥饿”，仅此而已。

花瓣蜘蛛的一片贴到少女的脸颊上，少女便从它贴着的地方开始被蚕食。刚一眨眼，眼睑就没了；还没来得及吃惊，肩膀上的头就不见了。各牵着她一只手的父母，忽然发现自己手上只剩下女儿的手臂，刚想张嘴大叫，却发现连自己下颌以下的部分都没了。

作为镇公所象征的钟塔，差不多是从半腰被塔式起重机模样的蜘蛛吞噬，钟塔的上半部在空中悬了一瞬，随即慢慢倒塌下来。

形如黏土的蜘蛛将自己缓缓地铺到石板上，踩上去的AI被吃掉了脚，动弹不得，剩余的部分则被小鸟一般大小的有翅膀的蜘蛛啄食。

四处乱窜的AI之中，有一个卖自行车的老人，也就是那个借自行车给朱尔和茱莉的人。他眼睁睁地看着自己经营了一千零五十年的店铺被一只比房子还大的手掌形状的蜘蛛捏得粉碎，自己店铺所在的小巷像饴糖一样扭曲着被拽进那只手掌里。道路倾斜翘起，石板纷纷弹出。他自一片困境中拼死跑着。

他奔向广场。

突然间，双腿停住了。

他在想，前面难道是个油漆池吗？

广场正在消失，好像被那个油漆池吞进去了一样。漆黑、平滑的池子——啊不，不是池子，是空洞！

那是区界里偶尔会出现的空洞，是细微的程序缺陷。平日里一旦出现，就会立刻由勇敢勤奋的蜘蛛努力修补完善。然而，此刻空洞的尺寸已经扩展到极限，占据了本来应该属于广场的地方。眼下这条道路的前方，便被这个空洞截断了。

脚下的石板如波浪般起伏。身后蜘蛛的利爪已近在咫尺。

老人却无法将自己的目光从空洞……从空洞中心部位的某种东西上移开。连他自己也无法理解自己究竟在看什么。

一个年轻人从空洞的中心浮了上来，他的脚下好像还穿着溜冰鞋一样的东西。年轻人招来小蜘蛛停驻在指甲上，一边轻吻它们，一边朝老人的方向望了过来。

这时，老人耳边响起了呼唤。

是他自己的名字。

这个少年为什么会知道我的名字？

老人并不认识那个年轻人。

他怔在当场。

在这个运行了千年的区界里，本不会有不相识的AI。

但那个年轻人不是这个区界的人。

他是谁？他来自何处？是来自别的……

突然，老人消失在从背后袭来的“饥饿”之中。

以广场为中心的小镇最繁华的区域，被吞噬殆尽。

看到从甲板登上岸来的安努和她的养子，贝尼耶一时说不出话来——单是忍住泪水就耗尽了他的全部精神，哪里还说得出话？抱着大孩子尸骨的安努满身都是已经风干了的黏液。贝尼耶看到这一幕，心情怎么也无法平静下来，仿佛是自己的女儿遭到了不幸一样。

安努确实就像他的女儿一样。贝尼耶是看着安努长大的。她的亲生父亲是镇公所的书记，和贝尼耶是酒友，所以贝尼耶早在安努还在妈妈怀里吃奶的时候就见过她。从那时候开始，安努就越长越结实，是个健康强壮的孩子。

她六岁的时候，同年纪的男孩子全都成了她的手下。

有个叫加考的坏小孩，比她大五岁，有一回同她打架，结果安努眨眼工夫就放倒了对方，这件事整个小镇无人不知。那时候她两条胳膊上就已经刺了文身，让人很是吃惊。十二岁的时候，她的父亲去世，她丢下母亲，整天带着她的手下（其中有比加考年纪还大的小子）惹是生非。贝尼耶把她喊到镇公所训斥她的时候，安努小姐这么回答："我一到十五岁就乘船出海，自己养活自己。父亲留下来的积蓄不多，养两个人撑不了多久，养妈妈一个人还是可以的。我吃饭的钱我自己能挣。"

贝尼耶知道安努说的吃饭钱都是通过赌博之类的把戏弄来的，不过看到安努眼睛里闪烁的勇猛气概，他最终还是放过了她。

像安努声称的那样，十五岁那年，她真的乘船出海去了。"明天我就去做渔夫了，你们各寻出路去吧。"她朝自己的手下丢下这句话，低头向最可怕的船主走去。安努第一次出港那天，加考双眼通红地来给她送行，这件事至今都是小镇的谈资。

"那绝对是单相思。加考那副苦闷至极的表情，真是让人难忘啊。安努嘛，还是一副满不在乎的样子。"当时，副镇长巴斯坦曾有过这样的感慨。

贝尼耶紧紧抱住浑身脏兮兮的安努，他看见安努脸颊上残留的泪痕。安努已经不再哭了，她在船上哭过了。

“我带礼物来了。”

“就是那个？”

甲板上躺着蜘蛛的尸体。

“会有用的。”安努说。

“那是，那是。”

“给孩子们个地方睡觉吧，我有点照顾不过来了。”

“这边别的没有，就是床最多了。”

“有咖啡吗？要浓的，最好是从咖啡壶底倒出来的那种。”

“给你满满一泔水桶那么多，够不够？”

“足够了。”上岸后，安努第一次咧开了嘴，露出大大的牙齿。但那不是在笑，连她自己也说不清楚那是什么表情。

“你也去休息吧。”

听到这话，安努瞪大了眼睛看着贝尼耶，好像吓了一跳，就如同贝尼耶说了什么她连想都没想过的话似的。贝尼耶不禁觉得自己说了不该说的话。

“怎么了？”他连忙问。

这声音、这眼神，安努还记得。那是在六岁的她面对十一岁的加考的时候。

加考把安努和她的手下疼爱的小猫扔进海里淹死了。为了那只猫，六岁的安努曾经每天拿着空碗，认认真真地向每家卖鱼店乞求猫食（她从来没有偷过鱼，倒是会时不时偷一点自己吃的东西）。

猫儿被杀之后，贝尼耶曾经想安慰她。那时候，他的声音和眼神便同此刻一样。

不过，安努一点也不想休息。

“啊……”安努像是突然想起来似的问道，“何塞在哪儿？”

眼睛睁着，但无法将眼里看到的东西作为有意义的物体来认知。

恐慌将老教师奥黛特的身体感觉与认知机能击得粉碎，她的本我紊乱了。

在她的意识当中，现实与记忆混淆在一起，时间与空间的定位能力受到损害，连自己身在何时何处都无法辨明。

她能听见呼唤自己的声音，但那到底是来自学生还是来自家人，或是来自扮演她丈夫的访客——奥黛特连这点也无法区分。

虽然呼吸频率加快了，但依然像要窒息般苦楚。心脏的跳动忽快忽慢，极不规律。

今天发生了某些我无法回想的事，那简直就像是一场噩梦。

记忆片段浮现出来，随即消失不见。是自己的幻觉吧。

那张脸无休无止地下落，嘴里吐着黏稠的白色唾液……那之后发生了什么，奥黛特想不起来了。

一旦她集中精神想要仔细回想那时发生的事，记忆就会泛起重重涟漪，就像把手放到水面搅动一样，完全看不到水下的光景——啊不，也许我才是在水里吧。奥黛特觉得自己就要溺死在恐惧之中了，手怎么也伸不到水面上去。

“——了吗？”有声音在问。

“——了吗？”是语言。只能听见这个声音，这个从水面之上传来的声音。其他的声音都很模糊，唯有它才有清晰的发音，不受水面波乱的影响，径直投射进来。奥黛特觉得自己就像是水里缺氧的鱼，一开一合地动着嘴巴。她想要回应那个声音，她想要回应说，救救我。

“——了吗？”声音在重复。这是一个很熟悉的声音，可它在说什么呢？好像是在问我是否做了某件事……听不明白。

披头散发的脸，把四处乱窜的娜塔莉、阿加莎逼到了墙边，把苏菲、娜黛伊奴摔倒在地。然后……

在那时候，我在做什么呢？

“老师，你逃了吗？”

有声音在问。奥黛特仿佛被人狠揍了一拳，嘴巴张开了又闭上，说不出半个字。是的，我是个窝囊废。我害怕得逃跑了。我害怕想起那段经历——奥黛特忏悔。

“没关系，老师。你也受苦了。”

那声音就像扑通一声插进水里的强有力的手臂一样。奥黛特不顾一切地将它紧紧抱住，有一种将要被拉上去的感觉。

“老师，已经没事了。”

忽然间，奥黛特意识到自己正躺在一条小船上。她的意识恢复了。她支起上半身，看见周围都是海水。她露出恐惧归于平静后的表情，看着何塞·范·多梅尔。

“是你啊……怪不得。多亏有你，我们才得救了。”奥黛特流下了热泪。从今往后，她一生都不得不与痛苦的自责朝夕相伴。“谢谢你。”

“这是最后一条船了。”何塞说。

乘船的人里，有在十字路口守到最后一刻的男人，还有几个因为精疲力竭而瘫倒的避难者。西镇已经不复存在了。教堂也罢，死在其中的少女的苦痛也罢……

小船上只有一个小小的发动机，驱动着船朝东海湾前进。

坐在船上，奥黛特只回头去看过一次那个曾经是西镇的地方。那里的大海，已然有超过一半的面积消失在蜿蜒的黑色宽线条里。

终于被领下山来见到安努的时候，朱尔两腿发软，连站都站不住了。茱莉只会不停地哭泣，直到抵达海湾才停止。安努紧紧搂住两个人的肩头，把他们带到东海湾。她那双宽大的手掌令人信赖。

进入东海湾时，已经是下午一点过了。

距鸣沙之滨发生的那件事已经三个小时，距安努抵达矿泉旅馆也有两个小时。

海湾平静得几乎令人难以置信。

别墅建筑群、温泉水疗馆、小船坞的会所都向从西边来的避难者开放。矿泉旅馆收容了病人和伤者。即便如此，除了低云笼罩的天空之外，一切都显得格外平静。就连那天空，也会时不时隐约透出些晴朗的蓝。

夜晚应该看得到星星吧，朱尔祈祷着。一定可以的。

朱尔和茱莉虽然伤势不重，不过因为都还没成年，而且大家知道茱莉打倒过蜘蛛，所以也把他们带到了旅馆。这时候，旅馆里的临时官署已经开设起来了。

朱尔和茱莉被领到设在主餐厅的会议室里。长长的桌子对面坐的都是官署的大人们，他们问朱尔和茱莉是怎么打倒蜘蛛的。

“对不起，在这之前我想先问件事。”即使是在官署大人面前，茱莉依然很顽固，“请告诉我妈妈在哪里。不然的话，我什么都不说。”

一位个头矮小、身材粗壮的老人——这人自我介绍说是副镇长巴斯坦——从椅子上站起来。这老人理着平头，头发全白了，不过眉毛又粗又黑，大大的眼睛里透出一股率直。

“好吧，我来说明一下镇上如今是个什么状态。我和你们都没什么时间，废话就不说了。咱们先说定了，我讲完之后，你们也要马上把我们想知道的事告诉我们。”

“好。”茱莉点头。

“西镇全毁了，被蜘蛛吃得精光。原本是小镇的地方，现在只剩下巨大的空洞。空洞把住宅地、果树园，还有商业区和港口全都吞了下去，也许还会继续扩张。落在空洞里的人……我们就不要再抱希望了。镇长也好，警署长也好，全都在里面。逃出来的人都集中在这个海湾里。这里的分署存有居民登记册，我们能够确认每个人的身份，但朱尔·塔皮、茱莉，你们的家人还没有找到。”

“啊……”

“其实就连这种说法都太乐观了。也许应该说，我们……或者说整个东海湾，都被空洞包围了。在这个区界里，被蜘蛛吃掉而变成空洞的区域已经有很多了。万幸的是，目前蜘蛛没有继续攻击。不知道什么原因，它们的攻击停止了。我们必须趁这个时候做好应对准备。我们必须守护在这个海湾避难的近千号人。之所以聚在旅馆，是因为这里珍藏着视体。这个区界几乎没有任何可以称得上武器的东西，我们必须借助视体的力量打倒蜘蛛。”

朱尔回忆起今天的早餐，和往日一样的早餐……等待父亲回来的地方再也没有了，他想。

“茱莉，你的视体用得很好，对吧，领你们来这里的三姐妹也是对使用视体很有心得的人物。这样一来我们就有信心了。对了，你说你消灭了蜘蛛，是用了视体吧？到底怎么做到的，想听你说一下。”

“好。”

茱莉的声音让朱尔吃了一惊。

她一边擦泪，一边按照自己与巴斯坦的约定，讲述了整个事件的经过。她的肩膀与嘴唇都在战抖。

“蜘蛛很饥饿。不知怎的，这种感觉传给了我。朱尔也感觉到了。”

巴斯坦微微颔首。谁都感觉到了那种“饥饿”。

“蜘蛛清除了巉岩朝我们过来的时候，我们非常害怕。仅仅是打个照面就产生了好像要被吸进去、要被消灭的感觉。不单单是感觉，真的是一眨眼就要被消灭了。朱尔因为在后面离得远，可能没有体会到吧。

“我的整个身体的轮廓都在微微颤动，变得模糊，衣服的领口和袖口也开始变得透明。在那时候，我意识到从蜘蛛那边有某种力量朝我涌来。我当时就想，啊，就是这股力量抹去了岩石吧。如果这种力量能对区界的事物发生作用，那它应该也遵循着某种区界的逻辑才对。既然如此，我这里有视体，视体的作用力可以影响到区界的一切事物与现象。虽然不知道‘饥饿’是种什么样的力量，但只要不去改变它的性质，而仅仅是改变它的作用对象的话，还是很容易做到的。话虽这么说，但实际上，在我这样想之前，身体就已经行动了。然后……”

茉莉又哭起来，但没有停止讲述。她双眼望着正前方，不停地往下说。巴斯坦也没有要打断她的意思。

“我把蜘蛛喷射过来的可怕食欲记录到‘尾巴’里，再原封不动地还回去。如此一来，蜘蛛就消失了……就这样，可以了吗？”

“可以了，请去休息一会儿吧。”副镇长站起来，伸开双臂抱住茉莉。他的个头跟茉莉差不多高，“好好休息吧。”

“副镇长先生……”

“巴斯坦。这么喊就行了。”

“巴斯坦，你的孙女阿加莎是我的同班同学，她怎么样了？”

“谢谢你的关心，茱莉。我也在找她，不过还没找到。”

“对不起，我问了不该问的事。”

“不该问的是我。谢谢你。”

“这个……”茱莉从手臂上取下“尾巴”，递向巴斯坦。朱尔非常惊讶，他完全没想到茱莉竟然会把自己的视体交给别人。“这就是刚才说的视体，它是个听话的小家伙。我觉得它很懂事呢。你用吧。”

巴斯坦盯着视体看了一会儿，然后从口袋里拿出手帕，小心翼翼地接过“尾巴”。手帕上染着鲜血。

“对不起，我只有这条手帕了。”

“副镇长先生。”少年的声音响起。

“朱尔·塔皮？”巴斯坦副镇长转向少年。

“如果没有详尽的计划，胡乱使用视体，恐怕也守不住这家旅馆。我是这样想的。”

“那么……”副镇长似乎立刻转换了思绪，“请说说你的想法，就现在。”

巴斯坦的脸上映着手帕里“尾巴”的光。也许就是这个缘故，朱尔感到巴斯坦的眼眸和这个小镇的大海具有了相同的颜色。

“在那之前，”朱尔鼓起全身力气挺直胸膛，“我想先听你说明一下你掌握的所有关于蜘蛛的情报。然后，还需要给我看一下这家旅馆的建筑图纸。再然后……请给茱莉冲个澡。”

“好的。”巴斯坦本已疲惫不堪的眼睛忽然温和起来。

就这样，矿泉旅馆绝望的十二小时攻防战开始了。

鉱泉ホテル

3 矿泉旅馆

所谓记忆，是什么？

在故事翻开第一页的瞬间，书中人物就已然有了记忆。在故事即将开始的刹那，便已然具备了故事开始前的记忆。然而，那些记忆究竟来自哪里？又是从何时蓄积起来的？

这个问题，没有人能回答。

数值海岸又是怎样的情况？

大断绝之后的一千年间。

大断绝之前的五十年间。

再往前呢？夏之区界开业、迎接客人的那一日之前呢？

那一日，AI迎接了第一批到访的客人。从那时起，他们便有着与今日完全一样的姿态和年龄。自那时以来，他们的年纪没有增长一岁。然而，对他们来说，在那之前的、更年轻时的记忆却是存在的。

那是区界的编剧植入这个世界的背景设定。这个小镇是怎样建立的，住在这里的AI具有怎样的人生，一个个都细致入微地创设在背景里。

访客对这些背景也非常关心。没有厚重历史的舞台，没有丰满内容的人物，就难以让人提起兴趣。对于这个区界来说，这些设定尤为重要。

AI当然也很清楚，那些回忆并不是在这个区界里经过实际演算得出的东西。他们也知道，所谓的本我，不过是由若干虚构情节构造出的东西；同样，他们也知道那些都是为了引起访客的兴趣才被植入设定的。

纵使如此，那些依然是极其重要、不可替代、专属于自己的记忆。

然而，那些事情不都是没有真实发生过的吗？若是如此，那些事情为何会被记忆？为何能被记忆？

有些东西，横亘在成百上千的区界之下。从区界里是看不见的。依靠AI自己的意志绝对无法访问，AI甚至连它的存在都不知道。

那是数值海岸的后院。

首先，后院的最上层，是储藏整个世界记忆的部位。但凡是在区界里发生过的事件，都会变成储存在这个历史区域的故事膜。不知多少亿层的膜层层堆积在一起，构成了记录“区界中发生过的事”的庞大档案馆。

然后，还有厚重百倍的领域横亘于更下方。那里承载的都是区界中未曾发生过的事件：被设定为发生于“区界开始之前”的事件，作为区界设定内容的历史记录，保存在这里。

这就是AI回忆的根源。

在这里，那些回忆被收集在如同显微玻片一样的构架里，静静地堆叠着。

然而，此处之下，还有领域存在。

那是时间管理者呼吸的领域。

在那里，有无数模块正完美地管理着数以千计的区界中各不相同的时间，是它们确保了访客能够毫无障碍地进入各个世界，顺畅地在各个世界之间往来。成千上万的以修士形象出现的低等AI遍布这个领域，它们既有能力又很勤勉，但天生不具备任何感情或者意识。它们都是无性别的AI，终日穿着黑色对襟服。它们沿着巨大的垂直墙壁，在这个迷宫一般错综复杂的领域里无声无息地来回奔走，动作流畅得仿佛在冰上滑行。它们卖力地干着不知何时才会结束的例行工作，往返升降于安装在广阔墙壁上的梯子和脚手架。它们检查墙壁上的时钟表盘，确认每一个都在依照规定好的方式前进，避免时间发生混乱。它们还会仔细地将覆盖在表盘上的污垢擦去。

就在这个领域里，大断绝后的某个时刻，发生了一点小小的变化。

某个时刻，一个身穿白色风衣的少年出现在这个领域。少年的肩头与腰间一共停着七只小蜘蛛。他——是的，这个少年竟然具有性别，这一点让无性别的AI惊愕不已——从第一次出现时起，便像是把这里当成了自己熟知的地方，带着一副周围一切都属于自己的表情，四处漫步，对AI的行动完全视而不见。

无性别的AI既困惑又惊讶，但还是默许了他的存在。

它们也只有默许他的存在。

若要问为什么的话——

夜深了，暖炉里烧着柴火。这火与其说是为了取暖，不如说是为了慰藉心灵。吃了一些东西之后，大人们的面前摆上了少许热酒，给朱尔和茱莉的则是温热的牛奶，啜上一小口，隐约有股白兰地的芳香。陶制的杯子摆在长桌上，桌旁坐了十个人。

“不冷吧，朱尔？”

桌子对面的伊薇特·卡罗尔问。与往日一样，那是如同牛奶一般柔和醇厚的声音。

朱尔打量着聚集在矿泉旅馆博彩房的人们，每个人都精疲力竭、遍体鳞伤。困守在这座旅馆里的AI，加起来总共只有两百个——这就是仅剩的所有AI了。

“没事，完全没问题。”

“是吗……”

伊芙[1]微笑着又做起了手工。下午三点开始的蜘蛛猛攻，在黄昏时分暂告一段落，而此刻的时针正指向晚上八点。博彩房里本来是没有时钟的，那东西放在这里总显得太煞风景。眼下这座大钟还是特意从接待台拿来的。

洗个澡，吃些东西，看着暖炉里燃烧的炉火，心里确实生出了些许难得的平静。沉甸甸的木头家具和皮革椅子，以及稍稍有些昏暗的灯光，都让人心中的不安有所缓和。这样的安排都

① 伊薇特的昵称。

是经理道尼吩咐的，他本来就是宽慰人心的专家。不过，伊芙并没有拿起盛有热酒的杯子，只是任它一点点凉下去。

“不喝吗？”

“我不喝。要是因为我拖了大家的后腿，那可就太对不起大家了，对吧？”

伊芙手上的动作半点不停。像是为了给她照亮似的，烛台和台灯都集中在她手边。其实每个人都知道，她栗色的美丽双眸不需要光线。

在伊芙的前面，大大的桌布铺展开来。

这是用闪烁着银白色光芒的细丝编织而成的桌布，已经快要完工了。这块椭圆形的桌布上缀满了精美的蕾丝花纹，看上去繁复奢华。这是伊芙仅用两个小时就将近完成的东西，她的编织速度之快，令人惊叹不已。当然，她也是不得不加快进度。矿泉旅馆是否还能存续下去，正与这块用蜘蛛分泌出的丝所织成的桌布息息相关。

坐在旁边的茱莉轻轻敲了敲朱尔的肩膀。

“你也稍微休息一会儿吧。”

“唔。”

朱尔把身子向后靠到椅背上。茱莉的膝头上，“尾巴”也在香甜地沉睡。它曾经一度被交到大人的手里，一起在旅馆要塞抵御蜘蛛，等到终于被大人交还回来的时候，它已经精疲力竭了。但茱莉比“尾巴”更憔悴，她也在不停编织蕾丝桌布，而且已经差不多完成了。当然，她编织的这一块要比伊芙的小很多。

大桌子上还有另外三个女人也在努力编织。那是安娜、多娜和卢娜，三胞胎姐妹。她们把背弯成相同的弧度，都在以极快的速度舞动织针，那副样子完全无法区分谁是谁。

在这张桌子旁，聚集着夏之区界屈指可数的使用视体的能手。

三姐妹中的一个拿起面前的杯子，将里面的热酒一饮而尽。

朱尔试着问："多娜，情况怎么样？我画的蕾丝花纹没问题吧？"

"没有什么问题，小乖乖。"

多娜嘻嘻一笑。由于镜片的缘故，多娜圆睁的双眼看起来显得更大。

"阿姨觉得非常好。尽管是从来没人想到过的模样，但非常非常漂亮，而且很容易编织。虽说比起外形来，更要紧的是花纹的性能……"多娜用食指点在脸颊上，侧过头说，"阿姨的脑袋没有你的好使，除非实际试一次，不然怎么算也算不出来。不过，这里头有一个最大的问题……"

"啊？"

"我可不是多娜，我是安娜哟。"

另外两个人也抬起头哧哧笑了起来。朱尔讪讪地摸了摸自己的后脑勺，他确实没分出来谁是谁。

左边的姐妹开口说："我教你怎么分辨吧，朱尔。做果酱拿手的是安娜；做泡菜拿手的是卢娜；做油灰拿手，而且做的果酱和泡菜也都最好吃的，是多娜——就是我。”

此话一出，三姐妹一下子炸开了锅。她们像麻雀一样叽叽喳喳地争论起各自的手艺到底哪个好，哪个不好。不过争论归争论，手上的织针可没停下。

“我确实不知道到底谁的手艺最好，”朱尔摇着头说，“不过就算知道了，好像也没办法区分你们呀，多娜。”

听到这话，刚才自称多娜的那位摆出一副吃惊的表情说：“哎呀，我是卢娜呀。”

这家旅馆的接待台前张贴着许多往日的照片，其中就有三姐妹年轻时拍的。十七岁时的三姐妹，身边各自有男性守护着，笑靥如花，惹人怜爱，仿佛精灵一般。

此时此刻，眼前嬉笑的三姐妹看起来魅力仍然不减分毫。

三姐妹一直没有结婚，是因为她们的母亲病倒了，而且家里还有一个病弱的弟弟。

然而，就在今天，三姐妹的小家受到蜘蛛袭击，被吞噬了。

那里有差不多见证了她们一生的雅致舒适的手工作坊，也有上了年纪的朋友最喜欢过来坐下闲聊的芳香治疗室，更不用说房子里还有她们的母亲和弟弟。但这些全都被蜘蛛吞噬了。

“伊芙，还没好吗？”

菲利克斯·卡罗尔走进来，催促伊薇特。那是一种带着不安的尖锐声音。他的手掌神经质地搓着脸，十分用力。那张脸细细长长，像是狐狸。红色的头发如同玉米须一样摇摆不定。

“还没好啊？道尼先生在等着呢，副镇长大人也在等啊。”

“马上就好了，菲利克斯，马上就好。”

伊芙手上的动作依旧不停，脸上露出温和的微笑，像是在安慰比自己小的丈夫似的。伊芙还是少女的时候，菲利克斯就是裁缝了，一直都是买她的蕾丝，如今他是伊芙的丈夫。

“要是你这儿拖了后腿，后面可就要赶不及了。”

明明是谁都心知肚明的事，菲利克斯非要再说一遍。朱尔把身子靠在茱莉身上，斜眼打量这个小个儿男人。尖尖的鼻子，瘦削的下巴，满是抬头纹的额头。朱尔总觉得，每次只要听到菲利克斯的声音，自己好像也被他的不安感染，变得心神不定。

“对不起。”

伊芙没有任何辩解，反而露出一丝微笑，仿佛是在说：呀，我竟然动作这么慢，连我自己都很吃惊啊。

朱尔感到非常不可思议。伊芙到底认为菲利克斯这家伙什么地方有魅力啊？

“算了。”菲利克斯长长地叹了一口气，“真不敢相信，这都花几个小时了？按理说，这种时候不可能偷懒不干活儿吧。”他看起来怎么也无法保持平静，鼻子、眼睛都红红的——在这样的紧要关头，他居然喝醉了。

“再有一会儿就好了，稍微等一下吧。别着急。”朱尔终于忍不住插话道。

“朱尔，你这是在跟我说话？”菲利克斯眨巴着眼睛问。

“是啊。”

“好，你给我记住。”菲利克斯把手插到胸前大围裙的口袋里，弯腰盯住朱尔的脸。那围裙是裁缝的工作服，上面有无数的口袋，有个口袋里有一把大剪子。“让你教训两句也无所谓。吹空瓶子的时候不是会有‘嗡——’的声音吗，小孩子的牢骚就跟那声音一样。小屁孩，听好了，你不总是喜欢装模作样议论大人吗？这都是因为你们自己什么都还做不来罢了。”

朱尔放弃了和菲利克斯对话的念头。茱莉在旁边故意发出“嗡——”的一声。这声音的意思是：朱尔已经做完了自己的工作，伊芙也正在接下去做，到底谁是小屁孩？

就连这么明显的暗示菲利克斯都没弄明白，他好像以为自己骂倒了面前的小子，对朱尔他们失去了兴趣，转身朝柜台走去，看起来是要去再喝一杯。

“抱歉，朱尔。咱们不管他。这个怎么样，你看？”伊芙说。

“真不愧是伊芙，挑不出半点毛病。”朱尔瞥了织物一眼，回答道。眼前的精美网纹无比美丽，可以说其中凝结着伊芙全部技巧。朱尔一直都在不动声色地关注着，确保极尽复杂的针眼当中编入的程序里没有混入错误。

“也看看我们的吧。”三姐妹中的一个说，“已经织了这么多，要让我们推倒重来可不干哟。”她们的织物远比伊芙的朴素得多。既简单又牢固，从这个意义上说，她们的织物同样非常完美。三个人的秉性完全展现在织物上。

伊芙的工作差不多要完成了。大大的桌布铺展在桌上，以蛛丝编缀的蕾丝花纹的边缘处，特意留下了几个未完成的部分。

博彩房的门被猛地推开，发出巨大的声响。七八个脚穿橡胶靴的渔民闯进来，带着一股不管遇到什么都绝不会消沉半分的士气 。

是安努他们回来了。

“朱尔！那个把大人指使得团团转的小鬼在哪儿呢？！”

安努用犹如男性一般粗犷的声音笑骂道。

她比周围身强力壮的男人还要高出一个头。

“哎呀，你在这儿啊！在吃伊芙的奶啊？”

朱尔的脸腾地红了。的确，伊芙有着柔和的脸庞和丰润的体形，浑身洋溢着母亲的气息。柜台前的菲利克斯听到这话，脸色很不好看，不过看起来并没有要抗议的打算，只是朝自己的酒杯弯下腰去。安努当然更不会在意菲利克斯的神情，径直朝朱尔走来。

仅仅是这样的姿态，就散发着周围所有人都无法企及的魅力。

“朱尔，好小子！了不起的小子！”

安努笑着伸手把朱尔的头狠狠摸了一通，把他的头发拨弄得乱七八糟。安努厚厚的嘴唇微微上翘，和肌肤有着同样的颜色。她眼睛很大，眼角吊起。在古铜色肌肤的反衬下，眼球如同蓝宝石一样璀璨。

“是啊。”

“哈哈，你自己也说是啊。好家伙。你确实是个厉害的小子——放心吧，我们打败了蜘蛛的进攻，它们暂时撤退了，跟你预想的一样。”

“谢谢。”

安努重重地坐在朱尔旁边。

“喂，我说，你们也来看啊。都来看看伊芙的花边。这玩意儿太厉害了！”

渔民中只有一个男人的个头勉强赶得上安努。他也朝朱尔走过来。

他就是今晚本该与朱尔在象棋上一决胜负的男子。

他也是借给安努诗集的男子。

他还是用声音拯救了陷入恐慌状态的女教师的男子。

茱莉虽然还保持着坐姿，但情不自禁地挺直了身子。旁边的朱尔敏感地意识到她的目光变温柔了。

何塞·范·多梅尔在安努身边静静地坐下。

八个人在桌旁围成一圈。

这时候，经理道尼·普雷让和查理·贝尼耶一同出现在另一扇门那儿。两个人抬进一只革质的大箱子，那是由海船上使用的大衣柜改造成的。两个人都缄口不言，步履谨慎。他们把箱子小心放到桌上，然后长长舒了一口气。

贝尼耶把箱子的锁拿了下来，郑重其事地说：“打开吧。”

两个人取出减震材料，抬出内箱，揭开富有光泽的布料，里面出现了“水晶吊灯”的身影。

大家全都屏住了呼吸。

“水晶吊灯”是个椭圆形的视体，长径在三十厘米以上。像这么大的视体，迄今为止还没有发现过第二例。如果这个区界可以称为一个小世界的话，那它就是世界上最大的视体了。

“水晶吊灯”的形状、透明度及凝结在其中的光芒，都让人感觉它是一块精心切割出的钻石。它发出摄人魂魄的光芒，有一种让人忍不住想要投身进去的美丽。视体上有着无数的切面，每一个折转都极其完美，不管从哪个方向照来怎样的光线，经过它的反射，都会令光线与钻石相得益彰。

两个人小心翼翼地将“水晶吊灯”从箱子里取出来，转移到蕾丝上。烛台都被集中在伊芙的蕾丝周围，烛光映在“水晶吊灯”里，闪耀出绚丽的光华，直让人误以为桌上还有别的火焰在燃烧。朱尔不禁想，若是凝视这块石头的内部，究竟会看到什么样的光景呢？透过数以千计的切面钻进去的“光芒”“声音”“感情”“欲望”，会经过怎样的变容，接受怎样的编织……就算是朱尔，要想在头脑中模拟那样的过程，也是无论如何不可能的……那一定是超高难度的舞步——不是一个人的独舞，而是兼具了优雅与壮观的大型群舞吧。

伊芙曾对朱尔说过这样的话：“想要穷尽视体的内部，那是不可能的，就像人永远不可能完全了解人类大脑中发生的事情一样。”

是的，就像大脑一样。

如果说视体是大脑的话，朱尔想，那么具有最高智慧的，岂非这块“水晶吊灯”？它的每一个切面和每一丝光芒，不都透露着智慧吗？

“啊，做好了。”伊芙仿佛了却一桩心事似的说，“老公，蕾丝做好了。”

“做好了？”菲利克斯跳了起来，“道尼先生，做好了。伊芙做的，做好了。”菲利克斯朝旅馆经理自豪地报告道。

“那么就剩下最后一点了。”

道尼不动声色地回应菲利克斯道，摸了摸自己的光头。

“水晶吊灯”放在伊薇特的蕾丝上，茱莉织好的蕾丝则被盖在“水晶吊灯”上。两个人的手艺都很精巧，两块桌布的边缘丝丝入扣。

然后，稍小的三块视体被放在三姐妹各自拿来的蕾丝上。

“火之师”是一块琥珀色的视体，具有黏糊糊的质感。它的中心有火，但那并不是反射的炉火。在琥珀色之中，那火看上去仅如炭火般微弱，用手掌包裹上去也只能感到些微暖意，但依照使用者的能力，可以将其中的热能导向外部，改变视体外部的温度。

“雪景”的样子更加与众不同。完美的球形带有令人惊异的透明感，在它的内部，飘雪的景色之中，封存着一座小小的房子，一起封存的还有永不停息的暴风雪——那就是所谓的“玩具雪屋”。“雪景”中的寒气可以被化作指向性很强的射线，以气象的形式导向外部。这两块罕见的攻击性视体，守护在“水晶吊灯”的两翼。

剩下的那一块是直径十五厘米左右的黑珍珠一般的视体。这种尺寸的视体也是屈指可数，人们称之为“黑色网格”，基本上没有人清楚它的能力，但是伊芙建议启用它。

承载了三块视体的蕾丝分别同“水晶吊灯”的蕾丝联结在一起。

“其他的也都设置好了吧？”巴斯坦问。

“都好了，视体的摆放场所也都检查好了，完全挑不出毛病。”安努的声音里可以听出高昂的情绪，“万事俱备，接下来就是盼着蜘蛛早点过来了。”

“你别乱讲话，我可一点儿都不想蜘蛛过来。”

道尼装着若无其事的样子抚摸自己的秃头。被安努不经大脑的话弄得紧张起来的空气重又恢复了平静。在经历了今天的事件之后，能让人露出笑容的事物还有多少呢？至少道尼身上便有这样的魅力。安努也知道这一点。她立即站起身来低头说：“对不起。”

“好了，”朱尔也站了起来，“该唤醒‘水晶吊灯’了吧，然后还要解释整个计划。再接下来，就是苦战了。”

贝尼耶感慨地看着这个站起来发话的十二岁少年。这小子真是个天才。

贝尼耶想起了今天下午的事。

茱莉把视体借给副镇长巴斯坦之后，朱尔提出了一个方案。这个方案当场就被采纳，接下来大家分头开始准备。到了下午三点左右，蜘蛛的攻击再次开始了。

蜘蛛没有走有警官固守的猫行道，而是越过了屏风一样的山脊，冲到东海湾。

虽然旅馆外设有岗哨，但蜘蛛突如其来的攻击让人们来不及传递警告信息。十六只蜘蛛袭击了别墅区。雅致的建筑群被卷入雪崩般的“饥饿”之中，转瞬间便被吞噬得一干二净。学龄儿童避难的大别墅，以及收容了更小的孩子的植物园管理楼，全都悄无声息地消失了，连半点哭号声都没听到。

蜘蛛将美丽的别墅区化作空洞的虚无之地后胃口大开，进一步冲将下来，将疗养所及其中的老年人都化作了“空穴”。然后，它们直冲到船坞与旅馆的近旁，终于同守卫在这里的自卫团发生了冲突。

站在自卫团最前面的，是安努率领的渔民。

安努以鱼叉和朴刀与蜘蛛酣战的事已经无人不知。能做出此举的人，除了安努之外，整个区界数不出第二个。

这件事本身就具有非常重要的意义。

蜘蛛并非坚不可摧。鱼叉，也就是说，区界的事物是可以作为武器用在它们身上的。

蜘蛛很可能不是这个区界的东西，那种“饥饿”本是这个区界中并不存在的现象。因此，抵抗蜘蛛，石头、鱼叉、火焰等“物理的”武器是否适用，如果没有安努莽撞的举动，恐怕没人能知道答案。而且，比这更重要的成果是，安努拿到了蜘蛛的尸体。

所以，经过下午的攻防战后，自卫团终于勉强挡住了蜘蛛的攻击。

这一战果首先要归功于自卫团高涨的士气与自信，这当然得益于安努。而另一个原因在于茱莉带来的战法。

人们从旅馆的展示厅抬出了具有高度反射能及变容能力的视体。珍贵的攻击系视体终于被公之于众。诸如“火之师”和“雪景”之类传说中的视体，被委托给精心选拔的使用者。逃来海湾避难的人当中，视体的使用者为数不少。当然这也绝非偶然。若是不能使用手边的视体延续生命，想安全到达海湾，本就不是一件容易的事。巴斯坦命令将“尾巴”中保存的经验数据传达给了其他的视体。

与此同时，通过研究蜘蛛的尸体，人们对于它们的身份也多少有了一些了解。这一成果给大家的激励是无可比拟的。

兽医比奥特的解剖发现，蜘蛛似乎是一种比较单纯的区界对象，不具备像AI这样的高级判断能力，基本上是一种只具有简单功能的工具。可以认为这类基本的代码与平时常见的担任区界修理工作的蜘蛛源自同一个祖先，其功能只限于执行某几种简单的命令。茱莉感觉到的“饥饿”便是这些命令当中的一个，其功能似乎是将目标物体从这个区界消除，同时将其移动到其他区界去。换言之，在这个区界消失的人有可能会在其他区界生存下去。仅此一点就让士气高涨了数倍。知道了对手的真实身份，战斗时所能发挥的力量自然截然不同。

安努超人般的战斗力，配合上视体，其效果真如预想的一样。由于视体全都吸收了“尾巴”的经验，其效率倍增。在“火之师”和“雪景”惊人的威力面前，蜘蛛几乎可说是不堪一击，侥幸逃开的则丧命鱼叉之下。损伤殆半后，蜘蛛变得不知所措，最终败退回去。就这样，经过船坞一役之后，区界的居民终于争取到了一线生机。

“‘妖姬’可以顺利行动吗？”道尼身边的巴斯坦问朱尔。

“皮耶罗先生正在弄，大概已经好了吧。”

朱尔的话音未落，皮耶罗·阿弗莱便走进了博彩房。他穿着无袖T恤，身形显得有些纤弱，左手手腕上戴着粗粗的手链。皮耶罗只比茱莉大两岁，对视体很熟悉，他精通视体分类这样的精微知识，只是不太擅长操作视体。

“皮耶罗，花了不少时间呢。肯定是看那个美人儿看得太入迷了吧？”安努取笑道。

在所有视体藏品中，“妖姬”是最有名的一个。花生壳形状的视体“房间”里，住着一个魅力非常的女性。

“哪有这样的事啊？”

皮耶罗难得露出的害羞表情让大家哄堂大笑。

“伊芙，测试一下看看。”

伊芙笑着伸手沿蕾丝的边缘摸了一圈，就像试奏羽管键琴[①]一样。“水晶吊灯”犹如通上电源般亮了起来，那种光芒让暖炉都黯然失色。光芒凝聚在水晶的一个切面上，然后延伸开去，扫过整个博彩房。

突然间，房间的角落里出现了一个不知名的女子。

---

① 也称大钢琴，结构原理和现代钢琴的前身翼琴相似。因为使用鸟类羽毛管拨弦而得名。

那女子黑发及腰，有着浅黑色的肌肤，纤细柔软的身躯上裹着罗马风格的深色衣裳，长裙却如鲜血般殷红。

她双手抱在胸前，眼睛挑逗般朝大家望过来，唇上也浮现着挑逗般的笑容。那股真实感让人禁不住屏息静气。

她不是AI。

她是“妖姬”——住在那个视体中的小房间里的女子。

她在视体中生活。每天用珐琅壶泡茶，喜欢料理和画画，一个人刻苦学习舞蹈。到了晚上，她就记日记，写诗歌，在床上抚慰自己的身体（奔放而激烈）。

床的正上方有天窗，透过天窗，可以看到冬天的星座和夏天的太阳。房间里每天都会送来牛奶，看上去，她既是娼妇，也是诗人。

她对窥视视体的人总是微笑着招呼——“不来这里吗？”“不喝点茶吗？”——可惜没有一个人接受她的款待。每个人都被坚硬的视体墙壁挡了回去。谁都不知道她的名字，大家经常聚在一起猜测。谁都想喊她的名字。大家都觉得，她肯定也有自己的本我才对。

她就是这样魅力非凡。

“哟，你装什么吃惊？”巴斯坦砰地敲了一下朱尔的头，“你小子不是很会和这个美女打交道吗？多少人都羡慕你啊。”

朱尔嘿嘿一笑，抬头看巴斯坦。对方说的确实没错。

“伊芙，怎么样？”他问。

“了不起啊……”连伊芙都好像被这个女人吸引了似的，“非常漂亮。”

伊芙落在蕾丝上的手指一拿开，女人便消失了，仿佛伊芙的手指就是开关似的。贝尼耶终于舒了一口气。

“妖姬”是诱饵。

这个诱饵真正的价值，并不是玩这种幻灯游戏，而是要以更加高明的方法引诱蜘蛛。

贝尼耶心怀赞叹，望向少年。

他忘不了提出“陷阱之网”这个方案时朱尔的模样，更忘不了这个少年将搬进旅馆小餐厅的黑板写得密密麻麻、全是粉笔字的身影。这小子用起粉笔来，就像手上拿的是支冲锋枪一样。

“大家都明白了吗？”望着目瞪口呆的大人，朱尔说，“准备工作需要花一些时间，我估计要到今晚八点左右才能完成。不过只要能坚持到那个时候，我们就可以在旅馆里大展拳脚了。如果一切顺利的话，我们不仅不会轻易被蜘蛛干掉，说不定还可能创造出转守为攻的契机。”

黑板上画着一幅无比复杂的网纹图，最上面用粗大的字体写着“陷阱之网”几个字。

朱尔说：“陷阱之网，我们要做的就是这个东西——以矿泉旅馆的安防系统为参照。我知道，这家旅馆其实没有什么真正意义上的安防系统，我们生活的整个数值海岸，访客只需付费就能在这里度假享受，但是，矿泉旅馆是个特别区域，在这儿享受需要支付额外的费用。区界的事物都与现实世界事物的运作机制相通，任何访客都可以看见旅馆，也都可以随意接触。换句话说，只要有大门，谁都可以进入。但矿泉旅馆毕竟是一个需要追加费用才能进入的特殊区域，所以区界的设计者在这里加上了认证程序。在这个区界里，认证程序的实体就是旅馆的安防系统。这样解释差不多听得懂吧，道尼先生？”

道尼点点他形如白炽灯的脑袋。

“矿泉旅馆中，所有地方都设有细微的探测器。这些探测器被称为微型传感器，它们每时每刻都在监视着旅馆的大门、墙壁，以及每一扇窗户，同时也监视着非法ID的出入及内部的违法行为。一旦遇到非法入侵，它们可以根据情况拘禁对方；即使碰上暴力行为，它们也可以进行自卫攻击。

“我提议，将这套安防系统加以改造，用于对蜘蛛的作战。目前该系统的能力还有不足，但只要使用视体加以弥补，应该可以派上大用。作为探测器也好，作为处理器也好，作为攻击武器也好，视体都具有相应的能力。只要有合适的使用者，视体潜在能力的开发是无止境的。用这种手段，我们甚至可能控制系统本身。最重要的是，在这个旅馆里，本来就收藏着许多非常珍贵的视体。接下来的问题是……旅馆里有视体的使用者吗？”

巴斯坦说出了伊芙和三姐妹等人的名字。

“伊芙也在啊？”

随着这一声，贝尼耶仿佛看见朱尔的眼中卷起一阵旋风，那是他在进行飞速思考所致吗？朱尔很快清出黑板上的一块区域，在那里又画出一幅画。

“这是蕾丝桌布的草稿，请让伊芙马上去织。这块桌布就是推动陷阱之网的程序。”

贝尼耶完全不明白朱尔在说什么。其他人应该也一样。

朱尔不以为意，继续说下去：“还需要一个最大最复杂的视体作为网络的中枢视体。一旦战斗开始，会有无数感官信息从旅馆的各个角落蜂拥而来，单靠两三个使用者根本无法及时处理。这时候，最理想的武器就是宝石型的大型视体，能同时对多条入射光线进行变容处理那样的。”

终于，成年人中间响起了说话声。

沉静而清晰的声音。

“你是说……将蕾丝作为接口，使用者通过它来控制视体，进而操控整个陷阱之网？”

所有人都吃了一惊，转头寻找声音的主人。何塞·范·多梅尔抱着胳膊靠在墙壁上。他似乎一转眼间便理解了朱尔的想法。之所以说“似乎”，是因为贝尼耶自己还没弄明白这两个人到底在说什么。

“能问个问题吗，朱尔？”

“请问，何塞。”

“蕾丝的材质呢？还有陷阱之网的网线又用什么做？”

“蛛丝。”

“唔。”何塞轻轻点了点头。

但其他的人——当然，包括贝尼耶在内——全都目瞪口呆。

用什么不好，偏偏要用蛛丝……这可是从蜘蛛身体里出来的东西啊，怎么能把它拿进矿泉旅馆？大家顿时炸开了锅，异议声经久不息。

“我看过比奥特先生的解剖记录，”朱尔对身边的巴斯坦说道，“和我们平时常见的维护区界的蜘蛛比较起来，它们的基本构造没什么不同。虽说我们只了解这个区界的事物，不过应该可以做出这样的推测，即在整个数值海岸，这类蜘蛛大概都是很常见的程序类型。它们吐出的丝结构是相同的，丝的基本性质也没有任何差异。迄今为止，这个小镇的大部分地方都被小蜘蛛吐出的补丁网修补过。所以，应该没有理由不让蛛丝进入旅馆吧。”

“也许没有理由不让蛛丝进入旅馆，那么，让它们进入的理由呢？”何塞依旧抱着胳膊靠在墙上一动不动。

“优良的传导性能。茱莉在海滨击倒蜘蛛的时候，就是通过蛛丝将‘尾巴’反射的‘饥饿’传导送回的。运送视体和保存视体的时候，不用蛛丝乃是常识，因为那样会使视体中的内容泄漏，或者会有无用的外部信息流入，导致视体浑浊。但这个陷阱之网……虽然可能还有人没理解它到底是怎么运作的，但现在只需要理解一点就行了：陷阱之网的核心是要让各个视体以极高的流动性交换内部信息，所以连接视体的网线必须具备优良的传导性能。在这一点上，蛛丝是最合适的材料。还有一点，它的来源也很丰富，就在外面，堆积如山，都是蜘蛛留下来的。”

“绝缘性呢？”

“这一点可以得到确认——或者说，已经确认过了。蛛丝具有极高的绝缘性。会想到用蛛丝，本来就是看中了它的绝缘性。”

“没有陷阱吗？”何塞问。

“什么意思？”

“就是字面的意思。敌人预见到我们会使用蛛丝，于是故意将之设计得易于使用，但实际上蛛丝当中藏有某种陷阱……你能确定这东西没有危险吗？”

朱尔沉默了一会儿。他并不是无言以对，而是在等待在场的众人领会何塞话中的含义。

“何塞，”巴斯坦开口说，“你说的是不是这个意思：我们遭遇的并非一场单纯的灾害。蜘蛛是某个人操纵的工具，那个人计算到了蛛丝会被我们拿进旅馆这一步，是吗？”

“的确，”朱尔轻轻点一点头，“这也并非没有可能。”

“那还要拿进来？”贝尼耶情不自禁地站了起来。

“当然不应该。”何塞依旧抱着胳膊说。

“可以做一个比较简单的测试。”朱尔这样说着，擦空黑板上的一块区域，又画上一张新的模式图，“不过这就要借助三姐妹的力量了。你觉得这样如何？”

何塞点点头：“去年的象棋大赛我输给了你。”他放开胳膊伸出手去，“我现在服气了——你的确智力过人。”

“但我还是想同你赛一场象棋啊。”朱尔笑着伸出手，和何塞的手握在一起。

“好了，各位，准备工作终于做好了。陷阱之网这样就算完成了，各位也都应该完全理解自己的岗位和职责了吧？”

副镇长巴斯坦的声音让贝尼耶回过神来。巴斯坦伸开双臂，语调沉稳平静，全体人员都在凝神细听。

“此时此刻在矿泉旅馆中，只有两百人。这是区界仅存的人口。上午，西镇遭遇攻击；下午，东海湾的大部分也在蜘蛛的攻击中消失殆尽。我们的山峦、松林、帆船、快艇，连同停泊船舶的船坞和鱼市，此刻都变成了被蛛丝覆盖的‘空穴’。这个旅馆已经处于重重包围之中了。这是极其困难的一战。敌人的力量深不可测，我们的武器几近于无。”

有人擤了一下鼻子，那是勒内。勒内是个很有能耐的造船匠。一条船不管受了怎么严重的损伤，到他手上，都能像被施了魔法一样复原。每逢勒内造的新船下水，不管贝尼耶身边有什么样的女人，他都会把恋人弃之不顾，跑去观看。贝尼耶想，如果说在场诸人中有人有资格为船坞哭泣哀悼的话，那这个人非勒内莫属。不过勒内当然不是在哭泣，他只是有点鼻炎罢了。

没有任何一个人在哭。在这个博彩房里，没有半点感伤的情绪。

“万幸的是，我们有一座最坚固的堡垒，那就是这座矿泉旅馆。这里既有能让身体休息的床铺，也有充足的食物和燃料，还有能够抚慰心灵的酒窖。尤为重要的是，进出这座堡垒非常困难，因为我们有账房先生道尼监视一切。”

大家全都微笑起来。

“此外，我们手中还有最高级的视体。这是我们很大的优势。同时，我们不缺视体的使用者。是吧，伊芙？”

“是的。”

“我们还有能让这些使用者发挥出最大力量的人。”说着，巴斯坦报出了朱尔的名字。

“让我们这样想一想吧。自从大断绝那场悲剧以来，一千年里没有一个访客来过这个区界。但不知为何，我们终于迎来了久无音讯的访问者——凶恶、狡猾、丑陋的蜘蛛。

“热情款待来访的宾客，这正是我们最擅长的。就让我们以一贯的热情让蜘蛛好好享受享受吧，我们绝不会有半点偷懒。”

巴斯坦淡淡地结束了讲话。这是他一贯的风格。

“安努，接下来就拜托了。”

安努站到巴斯坦身边，开始下达指示。

首先，男人都集中起来分成三组：一组由巴斯坦率领前往正面的大门；一组在安努的指挥下前往设在海面上的阳台，那里可以算是这个旅馆最难守卫的地方，安努和何塞都分在那一组；剩下的男人分散在旅馆各层的关键处。他们可以说是令陷阱之网顺利工作的技术部队，能使用视体的男性基本上都分在这一组里。

“巴斯坦，”贝尼耶走到长期共事的男人身边，“我去海上阳台吧，能干的家伙都在那边，老家伙跟着他们比较容易混。”

“呵呵，”巴斯坦笑了，“你这老东西，真是碍手碍脚啊。”

两个人拥抱了一下。

“再见了。”

“唔。”

两个人在这里道别，再也没有重逢。

男人都走了，博彩房里空荡荡的，只剩下老人、女性和孩子。

“茱莉，开始吧。”

朱尔像是为了不妨碍茱莉她们似的，离开桌子。茱莉把搭在朱尔肩膀上的手放开，低声说：“喂，朱尔，能帮我照顾下这个小家伙吗？”

茱莉递过来的是“尾巴”。“尾巴”还在睡觉，绒毛伏着，看起来就像是块普普通通的乳白色石头。

只有“尾巴”没被放进陷阱之网，因为茱莉强烈反对。

“它是个很听话的小家伙。”

“嗯。”

“你要好好照顾它，要守护好它。”

“嗯。”

朱尔接下“尾巴”，手上传来微微的温热。那是因为它一直被抱在茱莉膝头吧，但确实也让人产生一种感觉，仿佛手里正蜷缩着一只小动物（松鼠或是睡鼠之类）似的。“尾巴”在朱尔手上微微颤动。它是感受到了自己在两只手之间传递吗？手掌里隐约传来一点带有寂寞的“声音”，那是在呼唤茱莉吧。

“绝对不能让它接触别的视体。”

“呃？”

“答应我。”

“好的。”

“拜托了。”

然后，茱莉转向大桌子。

伊芙、茱莉，还有三姐妹，几个人围住“水晶吊灯”。博彩房里剩下的人都围在桌子周围。在女人和孩子凝望着的视体上，承载着这家旅馆的命运。当然，还有他们亲人的性命，都承载在这个由视体组成的陷阱之网上。

突然间——

有人敲了一下朱尔的肩膀。朱尔跳了起来。

“又见面了，小家伙。”

老人身上依旧穿着乌黑的衣服。他是什么时候来到自己身边的，朱尔一点都没察觉。

“你妈妈真可怜啊。”

老人的语气就像在谈论明后天的天气一般轻描淡写。

朱尔仿佛冻僵了一般，动弹不得。

老人的脸上有一道巨大的伤疤，几乎让整张脸都变了形。朱尔的目光落在老人空空的右眼眶里，怎么也移不开视线。

他费尽力气才挤出嘶哑的声音：“你也在这里？”

老人没有回答这个问题：“这是什么表情啊，好像见了鬼一样。不过你做得确实不错啊。把蛛网挂到旅馆外墙上的确是个杰作。这样蜘蛛就不会靠近了。”

“你是谁？”

“这是个很难回答的问题啊。是要我用一句话解释清楚？可是，就算我自己知道，也不能随便告诉你吧，是不是？”

“那你总可以说下自己的名字吧。”

“我的名字——”老人一笑，报上了自己的名字，“我的名字叫朱尔。”

在朱尔听来，这声音仿佛不是从老人口里说出来的，而是出自那个没有眼珠、犹如墓穴一样黑洞洞的右眼。朱尔一阵眩晕，一种莫名的感觉涌上心头。

你是……我的父亲？

金盞花、罠の機序、反撃

4 金盏花、陷阱的构造、反击

在茱莉·蒲兰顿的心中，留存着对生日的记忆。

那已是千年之前的记忆了，那时候访客还在拜访小镇。

那时候——也就是大断绝发生前不久——茱莉在家里养了一只名叫“金盏花”的兔子。它是只年轻的雄兔，只有嘴角、腹部和足尖是白色的，其他的部位，如耳朵、背部，还有四肢，全都是乌黑的。茱莉很喜欢它的腿，那腿看上去像是穿了鞋子一样，给人一种很懂礼貌的感觉。她也很喜欢它软乎乎的鼻子和嘴，总是动个不停。她还喜欢抚摩它的耳朵，毛茸茸的，摸起来很舒服。

茱莉不喜欢待在家里，她总是把金盏花放在紫藤编织的大篮子里，带它一起到附近的原野散步，然后随意躺在草地上，用麦秸帽盖住自己的脸，任由时间静谧地流淌。帽子上散发着麦秸和自己头发的味道（那时候茱莉金发的颜色要比现在更深一些，一直垂到肩胛骨下）。阳光照射下的手脚热热的，有一种刺痛的感觉。干爽的和风缓缓搅动整个原野的气息。金盏花跑上一阵，就会回到茱莉身边到处乱嗅。茱莉没有取下麦秸帽，从裙子口袋里摸出一些饼干碎屑，捏在手心挤得更碎一点后，再摊开手掌，凑近金盏花的鼻尖。这时候，小兔子就会很开心地吃饼干，一口一口细细舔食粉状的碎屑。茱莉喜欢在帽子下面感受这种软软的舌头在掌心移动的触感。她喜欢集中所有的感官去感受掌心的温暖，她喜欢在原野上与金盏花共度漫长时光。茱莉的另一只手解开罩衫胸口处的纽扣。头发的味道，青草的热气，搅动草原气息的干爽和风。

金盏花被设置为开启茱莉性功能的钥匙。

茱莉与其他AI不同，她不会轻易答应访客的要求。仅仅使用普通的方法，不可能与她取得性接触。若想对她用强，她就会立刻提起篮子逃去原野。

她既珍贵，又绝情。

虽然和她发生过关系的AI数不胜数，但她对访客却总是冷若冰霜。这样的态度恰恰正是茱莉的魅力所在。

不过，一旦理解了金盏花的意义，便可以轻易支配茱莉了。这个设定……其实是一个小小的娱乐节目。想激发茱莉的性欲吗？那就来解个谜吧，很简单的。

只有足够有钱的访客才买得起与茱莉共度她生日的权利。

不管是谁购买了她父亲角色的扮演权，都会带来很多礼物。在数值海岸入口的小店，各类商品堆积如山，都是为了方便访客买礼物赠送给AI。

茱莉极度讨厌过生日。她很清楚（也很无奈），自己的生日事实上是为了访客而存在的。

但唯独这一天有些不同。

茱莉一看到这次作为父亲前来的男人，便立即明白了。

这孩子，年纪比我小。

夏之区界中设有极高的伦理屏障。就算再富有的顾客，没有到达一定的年纪也绝不可能入场。眼前这个少年大约是个水平极高的黑客吧，茱莉想。

少年扮演着四十多岁的父亲，他的穿着无懈可击，一举一动都带有这一年龄应有的优雅和衰老的预兆，他说的话没有半点特别的地方，茱莉却分明看见一个重重包裹下的孤独身影。那是个孤独的少年，正在小心翼翼地窥探着茱莉。少年的孤独之上披着厚重的铠甲，那是他用矜持和他自己选择的孤立铸就的。茱莉感到，在那铠甲之下有什么与自己同质的东西。真是如此的话，那里也应该有什么与自己不同的东西吧。

我想知道那是什么，茱莉想。

她想揭开这个父亲的外衣，探视其内在。

这是一个怎样的黑客呢？

这是茱莉第一次对访客产生兴趣，她的功能设定本是让她更容易将感情投在AI身上的。

然而，这位父亲与其他访客不同，他没有表现出半点迷恋茱莉的样子，恐怕他早就看破了金盏花这类的小花招吧。为了确认这一点，茱莉连做了好几次暗示，但他都没有理会。喝下午茶的时候，他也只是坐在餐桌对面，静静地注视着茱莉而已。

这个少年究竟在想什么啊……他到底在看我什么？

我想看看这位访客眼中的自己是什么模样。

父亲喝完茶，说自己想看会儿书，随后进了书房。茱莉非常惊讶。她的“父亲”是个非常昂贵的角色，针对该角色的黑客行为，一旦查实会被处以相当严厉的刑罚。不管是付钱进来，还是以黑客的方式潜入，通常情况下，总应该争分夺秒地在这个小家庭里享受角色扮演的乐趣才对吧。

茱莉决定到父亲的书房里看看。

刚刚才喝完茶……去干什么呢？茱莉心怀忐忑地给自己找借口。她左思右想了半晌，终于选好一样东西上了楼。

茱莉敲了敲门：“爸爸，我可以进来吗？”

门里传出父亲的回答：“进来吧。”

那是一种尽力模仿中年男性的语气，茱莉禁不住都要笑起来了。她费力抿住快要扬起的嘴角，推开房门。

父亲站在窗前，背后是随风飘动的白色窗帘。他在观察茱莉。

“你来啦。”

茱莉把带来的东西拿给父亲看。

那是很久以前另一个访客送给她的礼物。

父亲——那个少年——终于像是生出了些许兴味似的，低头去看茱莉手中的东西。

“彩笔，还有素描本？”

“是啊。爸爸，能给我画个像吗？”

当年那位送她画具的访客，也曾央求茱莉给自己画个像，还边央求边一件件地脱下衣服。那位父亲是要茱莉画下男性的他，但扮演者本身是一位年近三十的女性官员，真是令人哭笑不得的倒错。

“好啊。”

父亲把手上正在读的书平放在桌上，那是一本精装大书，好像是本长篇小说。

“打扰你读书了吗？”

“啊，没关系。这本书我已经看过了，只是有点怀念，重新翻翻而已……给我吧。”

茱莉把画具递给了父亲。那是一双粗大的壮年男性的手掌，但男人的身体下隐藏的却是少年。茱莉想要透过伪装，去触摸那双真实的手。在她的想象中，那该是一个神经有点敏感的少年。父亲的大手打开了素描本，尚未擦掉的一页上还留着先前的那幅画。茱莉面红耳赤。父亲默默地撕掉了那一页。他打开彩笔盒的盒盖。

“你今天上班吗？”

“客户取消了预约，下午都没事了。”按照原本的设定，父亲是在另一个小镇的会计师事务所工作。

“那今天可以好好休息了。”

“是啊，晚上我来做菜吧，难得今天是你的生日。妈妈也会给你烤蛋糕吧。”

“太好了。”

茱莉按照父亲的指示站到窗边。强烈的阳光映照着茱莉，一圈光晕笼罩着她，轮廓边缘的发丝化作一根根明亮的线条。父亲看了一会儿眼前的光景，随即拿起彩笔，在纸上勾勒起来。

“为什么忽然想要我给你画画呢？”父亲说。

“是为什么呢……”茱莉脸上的微笑浮在阳光之中。

“我可以帮你把兔子画上去。”

茱莉感觉父亲的语气中有时会带上少年般的稚气，还有一些隐约的紧张，仿佛扮演父亲的少年同比自己年长的茱莉待在一起时有些尴尬。这让茱莉没来由地生出一股喜悦。

“不用了，只要画我就可以。”

“这样啊……”

茱莉将目光从少年身上移开，把脸转向窗外，但她感觉得到他的视线，很舒服。让他给自己画画，真是个好主意呀，茱莉想。这样就可以控制他的视线了。

“爸爸很少把自己关在书房呢。”

“是吗？”

父亲竖起素描本，专心致志地舞动彩笔。在那个素描本上，究竟出现了什么样的图案呢？

“是啊，你每次在家的时候，不总是同妈妈和我待在一起吗？”

“每次都这样子，会嫌我烦吧。偶尔来点不一样的，你不就会主动来找我了吗？”

真讨厌，茱莉想，不过就连这种讨厌也是让自己开心的讨厌。这么说来，自己的举动果然还是在他的算计之中吗？茱莉有点理不清头绪了。

阳光依旧强烈。茱莉故意站在阳光底下，好让光线穿透自己薄麻质地的连衣裙。她没有穿内衣，对面的少年应该能看见自己的身体曲线吧。但她并非要挑逗他，她只是希望咫尺之遥的他看到自己。她希望这一刻永不结束。

“我很期待今天与爸爸共进晚餐呢。”虽然这并不是那么值得期待，但茱莉这时候也只能找到这样的话题。

“那我就要全力以赴地把饭做好。”语气太生硬了。茱莉硬生生憋住笑，连肩膀都颤抖了起来。

“好了，画完了。”素描本翻转过来，茱莉看到画中的自己。

绚丽的色彩。

父亲把盒子里所有的色彩全都用上，描绘出茱莉的身姿。

他用蓝色和紫色描画茱莉的肌肤，麻质的衣服则以粉红和浅绿表现。在该是阴影的地方和所有的明亮之处，都用了互补的颜色。

各种颜色相互搭配，让茱莉看起来仿佛裹了一身白色光芒，既像新娘面纱的清丽光芒，又像百合花一般的纯洁光芒。

茱莉感到自己双颊发烫。

这是比照片更加传神的素描。画面上，蓬乱的发丝在夏风中微微舞动。就连自己偶尔闪过的不动声色却又暗含企图的表情都被捕捉到了。这位访客的眼光真是敏锐啊，茱莉想，小心翼翼地将画抱到胸前。

“我还从来没有收到过这么令人开心的礼物呢，从来没有过。”

“嗯，那晚饭的时候也要开心哦。谢谢你，今天我也很愉快。”

“我想吻你。”

“是吗，谢谢。”

“我想吻你，爸爸。”

父亲向茱莉微微一笑，重新捧起桌上读到一半的书，就好像刚刚什么也没发生一样。那副神情似乎在说，自己不想被任何人打搅。

茱莉很是失落，轻轻走出了书房。整整一下午，她就缩在自己的房间里呆呆地看那幅画。漫长的下午就这么过去了。往日里，她总会把金盏花叫到身边，但这一天，她连这样的心情都没有。

太阳落山，茱莉把水从汲水瓶倒进脸盆，洗了洗脸，拿梳子梳了梳头。她脱下身上所有的衣服，仔细打量了一番穿衣镜里的自己，再换上一件点缀有橙色雏菊图案的深蓝色连衣裙，又看了看自己的舌头和指甲的颜色，然后走下楼梯。厨房里飘来的香气让她吃了一惊。

母亲一看见茱莉就扭过脸，像是刻意避免与她对视一样。茱莉觉得有点不对劲。怎么了？是不是发生了什么不好的事？

四个人的餐桌旁，茱莉坐在父亲对面，弟弟坐在母亲对面。

父亲从烤炉里取出一只炖汤用的平底锅，锅盖周围溢出的汤汁已经有点焦煳了，一阵香气从烧焦的地方散发出来。

“来，给你盛一碗。”父亲打开了盖子。

浓茶色的汤汁还在咕嘟咕嘟地翻滚，父亲拿勺子在锅里搅了一下，舀上一勺汤。汤里是金盏花的头。

茱莉的弟弟呕吐起来。母亲紧闭双眼，咬住牙关，垂头强忍。

茱莉并未慌乱。

她镇定自若。

在这一刻，既存在着一个惊骇不已的自己，也存在着一个视若无睹的自己。

不可思议，却又仿佛理所当然。

金盏花好像是被活着直接丢进汤里的，太可怜了。它没有先被处理成兔肉，而是被整个儿煮熟了。

它的表皮基本上都被煮化了，耳朵也不见踪影，脸上的肉一条条地垂在汤里。

经过勺子的搅拌，无数煮脱的兔毛漂到了汤面上。

“活生生煮熟的？”茱莉问。

“对。”

父亲简单地应了一声。他的眼神里没有丝毫的残忍，也没有半点要以茱莉的痛苦为乐的模样，只有孤独，如远星般隐约闪烁。

“太可怜了。”

茱莉也是平静如水，没有一丝波澜。若是放在以前，我也许就会崩溃了吧……但今天不会。是的，我真的觉得金盏花非常可怜，但那种痛苦并没有强烈到足以毁掉自己的程度。

“你不想吃吗？”他这样说着，又把勺子放回汤里。

“太可怜了……”茉莉也分不清自己是在对谁说话。她站起来，将两手伸进滚烫的汤汁里，捞出可爱的金盏花的头，紧紧抱在胸前。黏稠的汤汁比开水还烫，从金盏花空空的眼窝中溢出来，沿着茉莉胸口缓缓淌下，直至小腹。

好痛。

好烫。

“烫吗？”他问。

茉莉点点头，“嗯”了一声。

那种苦痛让她流下了眼泪。

茉莉集中所有的精神，在被生炖的金盏花身上探寻它生命最后一刻的感受。

她将那种感受全部载入自己体内，强忍着几乎无法忍受的苦痛和恐惧。她隐约觉得这是自己必须接受的惩罚，但这是为什么呢？

“太可怜了。”这一次是他在轻声低语。

茉莉感到，通过那一刹那的对视，自己和他似乎达成了某种一致，就像他们共同犯下了某种罪行一样。金盏花就是这罪行的祭品。可怜的金盏花，对不起……我也同样感受到了炙热和痛苦，所以，原谅我吧。

“爸爸，我想吻你。”她把金盏花已经煮化的头颅紧紧抱在胸口，对他这样说道。

她的眼角余光瞥见母亲背过了脸，那张侧脸冰冷如铁。

这不合往日的惯例，这是个特别的生日，是第一次专为茱莉庆祝的生日。

“爸爸，我想吻你。”

他伸出手，托住金盏花依然滚烫的头颅。溢出脑颅的汤汁沿着他的手臂流淌，灼出一道道水泡。

茱莉盯着他的眼睛。那是一双黑客天才的眼睛。为何自己会看穿那背后有他存在，茱莉此刻明白了。

茱莉，还有他，就在沸腾的汤锅之上，相拥而吻。金盏花的鲜血气息，仿佛是在祝福两人。

那是久远的回忆。

伊薇特扫视着大桌子的桌面。

她的眼睛几乎看不见任何东西，一片漆黑中，只有“水晶吊灯”在闪烁着清晰的光芒。她明白，房间中所有开启的光源都集中在那里，就像是被它吸引过去的一样。

迄今为止，伊芙遇到过各种各样的视体，却从没见过像“水晶吊灯”这么漂亮的。它与其他视体完全不在一个等级。她不禁有些战栗，怀疑自己是否真能控制它。她觉得自己仿佛正在这块视体的面前萎缩。

伊芙用双臂抱住自己的身体，既像是在怜惜自己，又像是在给自己鼓劲。她的手掌由颈项开始，滑过肩膀、乳房、腰肢、足踝，抚摸着身体的曲线。

伊芙看不到镜中的自己，唯有通过手掌来感受自己身体的形状。

伊芙会用不同的力量抚摸自己，而身体也会在不同的力量之下产生不同的感觉。通过长时间不同力量的抚摸，她可以精确计算、充分把握身体的感觉。

如果说伊芙生活的那个封闭世界中仅有一个开口的话，那便是视体了。

对于伊芙而言，视体是唯一可以成为镜子的存在。因为视体不仅可以处理视觉，还可以处理一切由事物与认知所带来的感觉。

把手伸进视体的作用圈，指尖所触到的，是从对面伸来的另一根手指——那是视体映出的伊芙的手指。视体还会让伊芙感觉到，那根手指的镜像具有与自己一般无二的感觉。然后，镜像会在视体的作用下发生变容，由于伊芙精确掌握着自身的感觉，因此她可以准确地定量分析视体所引发的变容——换言之，她可以理解视体。

对于视觉之外的官能，伊芙有远超常人的敏锐。她的感觉来源于自身，排除了一切干扰，其精度高得无可挑剔。这与其说是她双目失明的缘故，不如说是一种天赋。即使是对AI，上天似乎也是公平的。

伊芙无疑是夏之区界中最强的视体使用者。只有伊芙，才能像最优秀的宝石专家一样，在一瞬间看出视体所有的性质。也只有伊芙，能让视体聆听自己的呢喃。正因为如此，她对视体的爱恋，没人能比。

而在此刻，伊芙全身紧绷，忐忑不已。

能行吗……

她不停问自己。能行吗？能照那孩子的作战计划实施吗？

她能感觉到，在“水晶吊灯”周围，有什么透明的东西正在像火焰般摇曳。那是视体的作用延伸到玻璃质的外部了。伊芙又开始抚摩整个身体，让自己保持镇静。首先必须启动“水晶吊灯”。铺在“水晶吊灯”下方的蕾丝花纹上写有运行陷阱之网的程序，与一般通过文字写成的程序不同，它不是以线性方式一行行读取，而是在整个平面上四面延伸的网状程序语言。

伊芙的任务就是令视体读取它。

“各位？”伊芙向大桌周围的每个人轻声说道，语调一如既往地客气。桌前，除了三姐妹、茱莉和伊芙自己，再无他人。所有能运用视体的男人都去了战斗的最前线。

伊芙将指尖轻轻地搭在蕾丝的边缘，就像搭在反应灵敏的键盘上一样。

“别担心，我会牢牢抓着你。”茱莉说。

茱莉说话的神态，三姐妹点头的场景，全都清晰地展现在伊芙脑中，仿佛她亲眼所见一般。那是“水晶吊灯”强烈的“光”的反射。她甚至知道三姐妹每个人的左边脸颊上都现出了酒窝。

“那就拜托了。”

伊芙提升指尖的感知度，试图读取“水晶吊灯”的作用圈——刹那之间，一股从未感知过的力量攫住了她，伊芙不禁一阵恍惚，等到她重新反应过来的时候——

她已经飘浮在一个广阔的空间里了。

不，这里果真是广阔的吗？

或者进一步说，这里果真是空间吗？

没有上下。

也没有前后左右。

除了自己，再无他人。

未知的空间。

伊芙能感觉到这里聚集着无可比拟的官能。

在伊芙的眼中，那就像火焰一样。

是的，只要通过视体，伊芙就能看见各种事物。

伊芙清楚地意识到，在由视体带来的视野中所发生的一切，自己都是将之作为火焰的运动来认识的。即使眼睛完好无损，自己的感知也不会比此刻更深刻吧。无论如何，视体带给自己的绝非简单的各个感官对外界刺激的反应，而是直接深入到知觉与官能的本源。

“水晶吊灯”中的火焰乃是官能之炉。伊芙准确地意识到这一点。被吸入“水晶吊灯”中的官能，以纯粹而美丽的火焰的形式运动着。

烈火掠过伊芙的肩头，带着剧烈的起伏和炽烈的热量。

火焰是“声音”“色彩”“质感”和“官能”的复合体，从火焰的辐射中可以清楚感觉到这一点。火焰是视体的“语言”，但在语言中又找不到条理，就像装满字母饼干的口袋破了，撒出不成词句的字母一样。在这样的地方，不要说站立，就连一个可以固定身体的地方都找不到。没有上下，没有前后，没有左右。

理论上说，再小的视体，都能在其内部观察到本质上与此刻相同的现象，唯一的不同在于，此处的规模实在异乎寻常。首先，此处浩瀚无边的空间便已让伊芙力不从心。

好吧——伊芙此时却意外地冷静，她在思考对策——且让我将自己的身体实体化吧。换作一般的AI，面对此时的局面，必然无法确认自己的官能，任其化作感觉的碎片，逐渐变容，直至消亡，但伊芙可以牢牢掌握自己的内核。对她而言，她的所有官能都是一种自觉，不论何时何处，她总可以建构出自身的全体形象——所谓“实体化”，指的也就是这种建构。轻描淡写间，她便已经确立了区别于周围官能的自我形象。由于身体形象已经完成，她可以将头部所在位置假定为“上”。当然，这样的假定也使得“上”与伊芙来时的方向一致。于是，就像在大海深处遥望水面一样，她仰起头，朝“上”望去。透过闪烁的光芒，伊芙隐约看见三姐妹的面孔，她立刻将锚绳抛了过去。“上”的概念更为清晰了。

伊芙做了一次深呼吸，然后再一次眺望“水晶吊灯”里的景象。

没问题。我明白。我理解。

伊芙仿佛看见一片广袤而空旷的土地，上面虽然还未划分任何区域，但预言者一眼便看出了未来的都市形态，心中已然生成了都市建设的蓝图。她激动地意识到，那预言者便是朱尔，规划早已写在他的程序中，编进了蕾丝花纹里。

伊芙通过锚绳向“上”送出信号，霎时就有人用力一拉，伊芙脱离“水晶吊灯”，失去了视界。

她发现自己又坐在桌边，似乎还在轻轻动着手指。

伊芙用她没有瞳孔的眼睛扫视了在座的每个人，开口说道：“没问题，随时都能启动。”

几个女人点了点头。

“我激动得心怦怦乱跳，”伊芙很少这样表露自己的感情，“真想早点再回视体里去。”

此刻，有一种可以发挥自己全部才能的兴奋感驱使着伊芙。

“你们抓紧锚绳！我去定坐标。”伊芙等所有人都点头确认之后，再一次潜入“水晶吊灯”。

这一次她抓着茱莉的蕾丝。

伊芙可以在视体中完整重建自己的形象。在视体中，能否保持自身意味着能否夺得主导权。只要能够确定自己的位置，便可以反过来对视体内部进行操控。这就是使用视体的基本原理。

伊芙落在刚才的地方。蕾丝的形状与形象没有半点损伤。当然，她不会忘记蕾丝的花纹和网目。

“到底是我编的嘛。”伊芙低声称赞了自己一句，叉开双腿牢牢站立，挥舞起手中的蕾丝，就好像正在把刚洗好的衣物晾上竹竿，又好像正在舞动没有旗杆的战旗一样。

风乍起。

在这个无前无后、无上无下、无左无右，甚至连空间都不存在的官能炉里，骤然生出了一个明晰的点，也就是此刻风的起点。

伊芙的面孔所向便成了前，后背便成了后。她的头顶即上，脚下即下。前后上下既然分明，坐标随之而定。

换言之，伊芙成了一个小宇宙的中心。

原点既定，清凉的风便从这里源源送出，火焰也就知晓了自己所在的位置。有关坐标的自觉向四处扩散，直到最后，“水晶吊灯”终于从无限的虚无转换成可以度量的空间。

时机业已成熟。

伊芙的眼中分明看见，火焰开始恭顺地徘徊在原点周围，就像被驯服了的野兽。她也知道，自己被某种看不见的强大力量支撑着，那是茱莉和三姐妹的手在背后支撑着自己。

就是现在。

伊芙放出了蕾丝，就像撒网一样。

在“水晶吊灯”变容能力的影响下，编织蕾丝的蛛丝已经变得很细，网纹中的逻辑性被分离出来，向视线所及之处扩展开去。伊芙看到蕾丝上所有的节点一着地便启动了子系统，收纳在网纹中的程序自动展开，构建起陷阱之网。

伊芙的心中不禁产生了一幅颇为讽刺的画面。

“如此说来，我真像一只端坐在蛛网正中的人面蜘蛛[1]啊。”

刚这么一想，伊芙的耳边便传来了多娜的声音：“对抗蜘蛛的陷阱之网里，竟然坐着一只人面蜘蛛呢。”她仿佛带些讶异地笑了起来。

“那我们几个就是黑寡妇了呀。不过……”安娜也开口了。三姐妹正在“水晶吊灯”中逐渐将形象实体化。

“……我们还没有结婚呢。”卢娜的唠叨让茱莉扑哧一声笑了出来。以伊芙凿开的位置为支点，她们终于得以在“水晶吊灯”中立足。

“咱们的这个位置比任何地方都重要。”伊芙向茱莉在风中渐渐现形的发丝喊道。

“我知道。”茱莉声音的周围，出现了她的嘴唇，“这里是控制所，也是掌舵室。”

三副亮闪闪的老花眼镜出现在地平线的远处，分别位于三个不同的方位。

“寡妇也不错。”

“让我来看看视体……”

“跟施魔法一样……”

“真像……”

随着三姐妹的唠叨，她们肥猫一样的身体也完全显现出来。虽然她们身处无限远的距离，却又像坐在餐桌对面一般近在咫尺。

---

① 一种长脚蜘蛛，因头胸部的花纹类似人脸而得名。

三姐妹必须分别处于地平线的不同边缘。如果将伊芙和茱莉所在的位置视作“水晶吊灯”这个小宇宙的中心，那么三姐妹就必须身在距离她们最远的地方，这保证了朱尔的程序，也就是陷阱之网的安全性。三姐妹对信息输入的反应特征完全相同，她们各自监控陷阱之网的实时状态，进而相互验证各自的监控结果。

“真像什么？”茱莉问。

“《麦克白》里的女巫啊，不是吗？”

伊芙微笑起来。“嗯，只要是在这里，我就能清清楚楚地看到你们的样子。也许这里才是我真正该在的地方吧。”她低声自语道。

五个“寡妇”放眼向庞大的官能炉望去。璀璨燃烧的光芒此刻已然俯首帖耳，但伊芙感到其能量似乎反而提升了数十倍。一想到它们真正的力量也许还要更大，伊芙几乎要战栗起来。

“要下雨了吧。”

北边的地平线上，官能的动静像是慢速摄影镜头下的积雨云。

“从正面过来了呀。”茱莉说。

“战斗还要过一会儿才会开始，”伊芙柔声说道，像是也要让自己安心一样，“网络还在继续连接。”

东南西北，四面的天空中都出现了同样的动静。连在陷阱之网上的视体总数，大大小小全算上，大约将近一万个。它们读取的官能全部一齐涌入了“水晶吊灯”之中。

如同要检测新造大坝蓄水性能的总工程师，伊芙满怀信心，将意识聚焦到西边的云层上。

身体正在朝那个方向飞去——这种感觉包裹住伊芙。

森林的芳香。

夏天的夜晚。

煤气灯照亮了夜色中的院子，院中的绿草像刚淋了水一样鲜灵。遮阳伞下的白色桌椅排列得整整齐齐，只是椅子上空无一人。院子对面的小森林也是旅馆的领地。

伊芙此刻就在西边的院子里。打开的门上配有监控摄像头，她刚走过那下面，来到院外。

尽管伊芙明白现在自己身处“水晶吊灯”之中，自己感受到的一切都是视体传送来的，但这身临其境的绝对真实感依然让她不知所措。

只能认为自己真在西边的院子里。

不，不仅如此。

伊芙的感觉是，自己在西边院子里逐渐实体化的同时，又好像化作了夜色，淡淡地弥漫到整个院子当中一般。

以乔治·克里斯宾为首的十名猎人正带着猎枪伺机而动。旅馆外墙下面有一排靠背很舒服的白色椅子，那些胡子拉碴的男人就大模大样地坐在上面，脚下趴着他们的猎犬，猎犬的鼻子全部朝向森林的方向。

谁都没有发现伊芙在场。

森林的芳香。

夜间的草地和森林，散发出绿色植物的浓郁香气。

伊芙喜欢这种味道，恍惚间，她甚至感觉自己就是那香味。

乔治一边盯着树丛，一边拿起随身带的酒壶喝了一口。他就像咬碎食物似的，用力嚼着每一滴白兰地，伊芙感到了他齿间炸开的香气和牙龈的弹力。他扫视着黑暗的森林，锐利的目光把挤在里面的蜘蛛看得一清二楚。伊芙也借他的眼在看。蜘蛛就要冲上来了吧，那些家伙本来也不怕猎枪……

难道它们也在等待时机？乔治微微一笑。笑容太不明显，除了伊芙，无人察觉。

伊芙放开焦点，回到网络的中心。

她本来也没有离开过这里。更为准确的说法是，她的“实体”趴在博彩房桌子上的“水晶吊灯”上。

伊芙吁了一口气。她才仅仅体验了网络收集的一小部分官能，便获得了这么多鲜活的信息……

伊芙试着重温刚才的感觉，那是她从未经历过的体验。

她确实捕捉到了唯有在乔治体内才能获取的感觉。除了白兰地和牙龈，还有无数纷繁而难以言喻的感受，譬如少许的饥饿感、一颗心提到嗓子眼的紧张感，等等。但这又并不等于与乔治合而为一。

不知怎的，伊芙总觉得自己不止一个。

我是青苔表面的纹理，我是森林长长的吐息，我是弹壳黯淡的光泽，我是醇酒飘散的芬芳。

究竟该怎样形容啊，这般奇妙的感觉？

啊，伊芙突然想到了。假若我是视体，便会如这般感受世界吧。

伊芙的心脏怦怦直跳，激动得近乎痛苦。

难道说，在这里，我甚至可以变成视体吗？

她试着改变焦点的方位。

大海的芳香。

安静的浪花。

伊芙站在朝向港口的海滨阳台上。

阳台上点着好几堆篝火，篝火旁围着十几个安努的手下。不知道是谁事先准备了烤炉，炉中的木炭烧得通红，上面正烤着肉串。当然，同样没人发现伊芙站在那里。忽然，一条文有刺青的粗壮胳膊擦过她身边——安努抓起一根铁扦，从挂在腰间的刀鞘中拔出刚磨好的刀，削下一大块肉直接塞进嘴里，嘴角都溢出了肉汁。她又割了一大块，把扦子递给何塞。

何塞张开大嘴咬下一块肉。

“何塞？”

“嗯？”

两人倚在阳台的栏杆上。安努·卡什迈尔望着何塞的侧脸，他那张棱角分明的侧脸正对着深夜的大海。

“我在想蜘蛛的事情啊……”

“嗯。”

“那帮家伙到底是从哪儿冒出来的？”

“你在担心？”何塞慢悠悠地问道。安努闭上双眼，吸了吸鼻子，仿佛是要闻一闻那声音的味道一般。她很喜欢何塞慢悠悠说话的声音，这表明他的大脑正在飞速运转。

“你不担心？”

“我还顾不上担心。眼下就有更让我想不通的事。”

“嗯？”安努睁开眼睛。

“蜘蛛是单一机能的工具，对吧？”

“是吧。”

“这么说来，到底是谁在使用这些工具呢？它们吃掉的东西实际上都被扔进其他的区界了吗？它们到底是要拿走什么东西？又有什么目的？这个区界老得差不多都快烂了，难道还藏着什么宝贝不成？”何塞的语气依然慢悠悠的，目光也仍旧望着大海。

“嗯。”

“还有，我们没有自己想象的那么强大。你和我打起架来还算厉害，可说到底，这里只不过是个游戏世界啊。对蜘蛛——虽说这样的想法挺伤巴斯坦和朱尔的自尊——我还是觉得没有胜算。但怪就怪在，好像有谁想让我们产生一种能打赢的错觉。他们想让我们在这里建个要塞。这到底是怎么一回事？”

何塞三口两口把肉啃得一干二净，将铁扦戳回炉子。他一边嚼着嘴里的烤肉一边说话。

“啊，”安努连连点头，像是彻底服了何塞一样，“我真是服了你了——呃，我说的是你那副吃相。”

后退。再加速。

消毒药水的气味，还有尚未凝结的血的气味。

矿泉旅馆的四楼。

客房的走廊。

伊芙一边依次摸索着挂在天花板上的视体，一边紧跟推着手推车往前走的斯特拉。

斯特拉是旅馆的职工，她正在将大型手推车推进货用电梯。满车都是染血的亚麻布，堆成了小山。这一层楼收容的都是病人和伤员。

“杜梅医生还真是撑得下来啊。”斯特拉嘟嘟囔囔地发着牢骚，“那家伙真是铁人，干上一百个小时连觉都不用睡也没关系吧。但我不行啊，还没习惯当护士，半天下来就已经精疲力竭了。像我这种出了名的端个盘子都会打翻的人，竟然让我去帮忙打针。要是患者意识清醒的话，准会跳下床就跑，脸色也肯定煞白煞白的。”

事态如此紧迫，斯特拉还在埋怨，真有点不分轻重缓急，但在伊芙听来还是觉得很有趣。

斯特拉一路嘟嘟囔囔，走廊里空无一人。她停下推车，走进一个空房的洗手间，坐到马桶上，解决之后把手伸进胸口，从双乳之间掏出一小盒香烟，点上一支抽了起来。

“呼……”

伴着烟雾的叹息从斯特拉嘴里吐出，她已经累得浑身酸痛了。疲劳和香烟的味道剥夺了她的思考能力，有那么一瞬间，斯特拉的大脑变得一片空白。

所以，在自己屁股下的马桶深处，啵地出现一个水泡，随即又立刻消失的情况，她完全没有注意。

后退。再加速。

差不多就要掌握移动的关键了。

已经自由自在了。

伊芙兴奋得难以自抑。无论聚焦于官能积雨云的任何一处，都会得到近乎无限的信息。

森林的芬芳。

炭火的热辐射。

肉块表面渗出的透明油脂。

陶瓷马桶坚硬光滑的表面。

伊芙隐约生出一种莫名的恐惧。流入“水晶吊灯”的官能信息被整合在一起，便会形成旅馆自身的人格边界吧。整个旅馆——包含了每一个AI与视体的旅馆，将会化作一只敏捷凶猛的野兽，向蜘蛛亮出利爪。这便是朱尔的构想。

在那中心——是我。

伊芙陶醉了。

加速。

旅馆正面灯火闪耀。

朝向前庭的窗户，从底楼到四楼全都亮着灯。前庭亮如白昼。

这里聚集了三十多个人，是人数最多的地方。矿泉旅馆两翼被海滨环绕，正面则是宽敞的前庭，没有任何掩体。蜘蛛一旦来攻，只有和它们硬碰硬地交手。正是因为如此，巴斯坦才会亲自来这里吧。

蜘蛛就藏在靠近灯光所及之处的黑暗里。巴斯坦很清楚，那些大小参差、形状各异的蜘蛛正在黑暗中蠕动。

“放马过来吧。”

巴斯坦站在门廊上延伸出来的房檐底下。从大厅出来的皮耶罗递给他一小杯咖啡。

“皮耶罗。”

“嗯？”

“你家有访客去吗？”

“嗯，我的妹妹这个角色是空缺的，访客基本上都是年轻女性。”

“那是什么感觉？我的家里没什么访客来。好像我是个不怎么让人感兴趣的人物。”

“那最好不过。访客来的时候，你别指望能有什么好事。”

皮耶罗挠了挠耳朵，淡蓝色的眼睛罩上一层阴霾，手腕上的锁链丁零当啷地响了起来。

巴斯坦看了一眼这条锁链，然后移开了视线。

“唉，访客反正总比蜘蛛要好。”皮耶罗说，然后让锁链停止响动。

所有人都默不作声。

紧跟着的瞬间，黑暗中跳出了一只蜘蛛。说是蜘蛛，倒不如说是一根放平了的鱼骨。

一根根由中间向下弯折的肋骨便是它的脚，一条餐叉形状的触角从脑壳伸出，还在不停地摆动。这只蜘蛛的个头有一头牛那么大。

蜘蛛仿佛是提线木偶一样，以不可思议的轻盈身手迅速穿过前庭，作势要跃上旅馆的外墙跳进去。

但就在脚触到墙壁之前的一刹那——

蜘蛛被火球包围了。

耀眼夺目的火焰自旅馆的墙壁喷出，蜘蛛就像被燃烧的巨手捏碎了一样，接着爆炸开来。

然后便是热浪与冲击。

震动使博彩房里发出了一声悲鸣。

朱尔刚要从沙发上站起来，那个自称与他同名的独眼老人抓住他的手腕。

“别慌。”

旅馆正面传来隐约的欢呼声。陷阱正在顺利运作。朱尔放下一颗悬着的心，坐回到沙发上。

但博彩房里一片混乱，爆炸引起了大家的恐慌。

茱莉的声音说："没事，旅馆没事，请大家冷静。"

朱尔也抬高声音："有只蜘蛛掉进了'火之师'的陷阱，应该已经被消灭了。"

"对，我看见了，非常成功。"茱莉说，然后重新将视线投回桌子，开始继续集中精神。

五个女人围成一圈，像是要亲眼看看"水晶吊灯"的内部一样。

闪烁的光芒照亮了她们的脸。

茱莉·蒲兰顿潜进"水晶吊灯"，随即看见伊芙宽阔的后背及柔和的肩膀。茱莉根据她的背影来判定自己的位置。

然而，即使有了背影，依然难以确定眼下的状况。

茱莉的思维好像有点混乱了，但试着思考一下总没问题。我们所在的这个世界是一个休闲空间，一个叫作数值海岸的虚拟度假区。在这里，又有一个临时构建的虚拟世界，而我就被吸进了它的里面。

茱莉抬头向"上"看，隐约看到在遥远的上方，有一个全神贯注、埋首看桌的自己的身影。那就是所谓的"假想的实体"？

茱莉收回视线。

"水晶吊灯"内部正变得井然有序。编进蕾丝的朱尔的程序已经展开完毕，外部传送进来的数据正在有条不紊地接受处理。陷阱之网在发挥视体特有的共振性、互相浸透性的同时，其内部应该也像生物一样在自动进行处理。由这一点上看，即使没有“寡妇”有意识的控制也没什么关系，网络的基本特性已经被蕾丝定义了，不会发生太大的偏差。

相比之下，此刻最重要的是网络的攻击能力。“火之师”虽然一击成功，但这也意味着网络直接进入了实战，事先没有任何预演。由此刻起，必须一面尽力避免自身的损耗，一面探索网络的“战术”……茱莉紧张得喉咙发干。

她将周围以太状的“火之师”的精髓聚在双手中。茱莉拉开双手，像制作麦芽糖一样，火焰被拉成细细的绳索，如皮鞭一样弯曲颤动。她把火焰放到网络上，火绳沿着网络一路前进，在岔路口被引导至网络的各个角落熊熊燃烧，仿佛多头的火蛇一般。然后，茱莉又开始召唤下一拨火焰，如是周而复始。

一旁的伊芙手中则是一幢小小的房子:“雪景”。在她脚下，还有一对“猫”正等着出场。

茱莉把待战的自己留在原处，将剩下的注意力转移到旅馆正面的战场上，聚焦在那里。

茱莉站在玄关处，巴斯坦的身边。当然，巴斯坦看不见茱莉。

蜘蛛已经变成了一团火焰，正在四处翻滚。就是刚才那只蜘蛛。闻不到骨肉烧焦的味道，只有火焰燃烧的气味。

“嘿嘿，那只蜘蛛，没看见丝就扑过去了。”皮耶罗笑了。

确实如此。旅馆覆盖着一层蛛丝编就的薄帐：极细的丝线附在墙上，基本上沿着原来就有的爬山虎布置，伪装在这些绿色植物下面。这张网既是覆盖旅馆表层的神经网络，也是猎捕异物的器官，更是发出“攻击”的武器。

一旦受到刺激，附近的视体便会通过陷阱的线路，调来“火之师”的力量。由丝线传来的能量在受到刺激的地方释放，像刚才那样将蜘蛛烧焦。

这个网络基本上可以调用视体所能操控的任何力量——超高温的火焰、超低温的“雪景”，还有“黑色网格”……

巴斯坦圆睁双眼，皮耶罗全身紧绷。这些全被茱莉清晰地感觉到了。

浑身是火的蜘蛛退回森林，火焰的亮光照出了黑暗中重重叠叠的蜘蛛的轮廓。

蜘蛛组成的墙骤然崩塌。

大群蜘蛛化作漆黑的洪流冲向旅馆。

但蜘蛛连旅馆的外墙都碰不到。围绕着前庭，等距地布置着一些门灯，门灯的灯泡早已换成了视体。这些白热化的视体刺激“火之师”迸射出火焰，这回的火焰温度远高于刚才的第一击。倾泻而下的火焰团团围住冲过来的蜘蛛，将它们一批批烧成灰烬。

没被烧死的蜘蛛踏过前庭的草地蜂拥而来，这些家伙另有“厚待”恭候。

匍匐在绿草上的丝线启动。数千根闪着银辉、大如匕首的锋利尖针，自草坪之中笔直向上射出，从蜘蛛下面刺入，刹那间便将它们撕得粉碎。尖针穿出蜘蛛的躯体后依然继续上升，直到超过了旅馆的屋顶才开始下落，将蜘蛛的残骸死死钉在碧绿的草地上。

“白银之猫”是一块特殊的视体，里面封存有幻想生物。那是两只成对的猫儿，有着青瓷一般的瞳孔、鲜艳如血的舌头，以及银光闪耀的皮毛。那皮毛只要一感应到猫的愤怒，就会像刺猬的刺一样猛然竖起，由肌肉弹射出去。

陷阱之网不停地给幻兽极度的刺激，使它的毛发变成威力十足的短剑，再将之藏在青草地里。

而且，针上还附加了“雪景”的能力。

“哇，看啊。”皮耶罗手指的方向，钉牢蜘蛛的尖针正冒出剧烈的寒气，眼看着蜘蛛的残骸就结成了冰。

“和朱尔预测的一样啊。‘雪景’的寒气通过尖针导向外部了！”巴斯坦赞叹道。

说话间，眼前的景象又发生了骤变。尖针切换了属性，一股股看不见的高热冲击波——“火之师”的热量，从尖针上释放出来。经受不了急剧的温度变化，蜘蛛的残骸都化作粉尘，随风飘散，不见踪影。冲击波的方向也处在精密控制之下，草地上没留下一丝烧焦的痕迹。

欢声雷动。

玄关处的人争先恐后地奔了出去，抓起扎在草地上、恢复到常温的短剑，挥舞着向阵脚大乱的蜘蛛发起了攻击。他们投出去的短剑仿佛变成了手榴弹一般，在蜘蛛队伍中卷起一阵阵热浪与寒流。蜘蛛溃败，连连后退，四散奔逃。

战况进展之顺利，简直令人难以置信。就这样继续下去吧……

此时的茱莉正在前庭观战。不过，她所捕捉到的信息并不只有这些。在聚焦于旅馆正面战场的同时，她还在接收其他地方传来的官能信息——

比如说：臼齿嚼动下的白兰地，齿舌残留的琥珀香。

仅剩的一滴白兰地在口中变得温暖，香气直沁心脾。乔治·克里斯宾侧过头，对其余九个猎人和他们的猎犬打了个信号。来了，蜘蛛来了。所有人都端起了枪，不动声色。乔治将自制的那杆长出一截的大枪抱在健硕的胸前，无声地跪在地上，纹丝不动。

膝盖下压倒的青草和苔藓散发出清香。刚刚打磨过的枪身带有夹杂着青草味的金属气息。挂在脖子上的护身符和新皮绳散发出熟悉的味道。护身符是妻子玛丽亲手给他做的，也是她亲手给他戴上的，上面还残留着来自她胸口的、带有母亲温暖的乳香。然而，玛丽和小赫克托已经不在了。刹那间，乔治有些恍惚，他想起了昨夜餐桌上蜡烛燃烧的香气。

黑暗深处的森林里有些动静，只有乔治的眼睛能看到的动静。数十只蜘蛛聚集在一起，相互之间紧密结合，将身体的各部分零件重组在一起，构成一只巨大的蜘蛛。

这具新产生的巨大躯干上伸出两只眼柄，像是潜望镜一样，眼柄上各有两只眼球。四只眼珠从森林深处紧盯着乔治——没错，确实是在紧盯着他。

乔治不为所动，毫无怯意。但面临同样场景的茱莉，却不禁在蜘蛛毫无表情的注视下战栗起来。

乔治的手指搭上了扳机。潜藏在手指中的茱莉，真切地感受到扳机的质量。

黑暗中，大蜘蛛动了起来，它那巨大的身躯甚至赶得上半个旅馆的大小。

其余九名猎人一时间都陷入了呆滞状态——无能为力，大脑一片空白。

但乔治依旧端着枪，姿态、神情都没有半点变化，只有锐利的目光紧盯着他该注视的地方。茱莉在他眼睛的内部，追随着他机敏精准的视线。

蜘蛛的脚横扫林中的树木，巨大的树干像火柴棒一样四散飞起，砸倒了两个猎人。蜘蛛锐利的“饥饿”犹如子弹一般扫过地面，一个个井口大小的空洞连缀成串。又有两个人死于“饥饿”的袭击。

蜘蛛颤动全身，高声大笑，听不见的次声波在猎人的胸廓引发共振，将他们摧毁。猎人口中喷出鲜血，猎枪纷纷走火。

血液和火药的味道。

乔治的鼓膜刹那间破裂，肺里涌出阵阵鲜红的东西，但他依然纹丝不动。所有的感觉都集中在眼里。他在凝神等待最后的一刻。终于，他下达了指令：开枪。

乔治连开两枪。滚烫的火药味。强烈的后坐力彻底摧毁了他的肺。即便如此，他的表情依然不变。他的最后一丝生命力似乎也随子弹一道射出。他闭上双眼，缓缓向后倒去，最后一口气被吐出唇间。

琥珀香。

再比如说：味道。烤肉的味道。

对着烤得香喷喷的地方一口咬下去，油脂的味道和肉汁的味道在口腔里弥散开来。细细咀嚼之下，嚼劲十足的瘦肉便会渗出野兽的气味。在牙齿、舌头和脸颊内侧肌肉的共同作用下，筋肉的纤维被一点点嚼碎。

但何塞只咬了一口，就把铁扦径直戳回炭火里。

茱莉感到自己像一层薄纱般贴近了何塞。海风的清凉与炭火的热量，令人倍感惬意。

喂，何塞……茱莉对着那只戴有鱼形坠饰的耳朵低语。她故意压低的声音淹没在海风里，像是怕他听到似的。

我，能进入你的感官吗？

何塞正在卷起挂在阳台栏杆上的钓丝，上面缠着很多小灯泡那么大的视体，就像是游园会上的廉价灯饰。何塞并没有看这些视体，他的脸正朝向另一边的青黑色海面。

波光粼粼。

“这海有点怪。”安努说。

“啊，是吗？”年轻的渔夫心不在焉地应了一声。

何塞手边的大酒杯里装着满满一杯橙汁调配的葡萄酒，他拿起酒杯，和着口中的肉咕咚咕咚喝了下去。冰冷的果汁仿佛使体内的细胞发出了新芽。

“我明白了，这海是假的。”何塞断言道。

安努点头道：“是贴纸。”

何塞点了点头，握住刚才啃得精光的大铁扦，站上阳台的边缘。他像拿着鱼叉一样举起铁扦，紧盯海面。

骤然间，凡是他目光所及之处，海面便会微微一颤，随即停下所有的波浪，静止下来。

紧跟着，那酷似贴纸的海洋以难以置信的速度自水平线卷过来，卷到阳台近前时变成了一个圆球，像网球一样高高弹起，越过头顶，接着又啵的一声张开全身的刺，就像海胆一样。

声东击西。

但何塞并未看什么海胆。

他刚才一直紧盯着隐藏在海面上的一只小蜘蛛，那只蜘蛛现在正要从阳台下爬进来。何塞用铁扦戳住它，抡起来敲进炭火里。伴随着一阵唧唧唧的皮肉烧焦声，一股恶臭弥漫开来。

“吃吗？”何塞开了个很无聊的玩笑。

“省省吧。”另一边刚刚掸开海胆的安努皱起眉头哼了一声，她想象了一下那东西的味道，“哎哟哟！”

那个想象中的味道，茱莉也尝到了。

“哎哟哟！”

真难吃。

茱莉正在慢慢习惯，并开始享受起这里的乐趣。茱莉与其他“寡妇”正在化身为矿泉旅馆，化身为陷阱之网。

一百首乐曲同时奏响时，能够细品每一首乐曲的韵味吗？或者说，一百种乐器同时演奏一首曲子，能听出每一种乐器的不同吗？能分辨其中最微妙的差别吗？

眼下所发生的一切便与之类似，只是难度更高……不但是在同时欣赏一百首乐曲，还要同时读一百本书，同时品尝一百道菜和一只蜘蛛的味道！

茱莉化作乔治细细品味的那滴醇酒，化作“白银之猫”短剑上的那束寒光，也化作皮耶罗手腕上叮当作响的锁链。她清楚地感觉到自己的确是在亲历这一切。她已经化作陷阱之网所能捕捉到的一切细节，同时，她也是陷阱之网本身。

呛人的烟。

点着的香烟落在洗手间的地板上，升起朦胧的烟雾。

跨坐在马桶上的斯特拉高挽着裙子，上身工作服的领口也敞开着，缀有淡淡雀斑的硕大乳房已经泛起了红晕。她一只手爱抚着乳房，另一只手则在裙下忘我地忙碌。

斯特拉沉浸在自慰的快感中。

香烟已经差不多烧完了，斯特拉贪恋的快感却还意犹未尽。

我这到底是怎么了?

大脑一隅发出轻微的警告。今晚有点奇怪,平时不是这样的。这么渴望自慰是为什么呢?而且很不可思议的是,今天晚上弄起来特别舒服。还从来没有过这么美妙的感觉,都好像不是我自己的身体了……

啊,真对不起大家,得快点结束。再等一会儿,就一会儿……

化身于斯特拉身体一部分的茱莉也感觉到了这种几乎令人震惊的官能刺激,不过她同时也清楚地意识到,马桶的底部咕嘟咕嘟冒出了泡泡。

琥珀香消失了。

乔治的躯体被巨大的“饥饿”吞噬,尚存一息的乔治的感官变成了一片恐怖的空白。(茱莉想起了发生在鸣沙之滨的事,不禁战栗起来。)

大蜘蛛杀光了猎人,躯壳嘎吱作响,似乎很满意。

乔治的两发子弹嵌在它的胸口,那是它唯一受伤的地方,但不过是皮毛小伤罢了。

是吗?

茱莉就在蜘蛛里面,准确地说,在子弹里面。她正通过嵌在子弹里的小小视体观察蜘蛛的内部。

蜘蛛内部就像一个未经装修的房间,自来水管道、电线、安全装置、散热板、隔音器材……支撑着区界根基的标准单位程序都显露在外。这是个了无生趣的空间，到处都塞满了零件。两颗子弹就嵌在其中。

子弹正以惊人的速度“发芽”。

击中蜘蛛的那一刻，子弹的铅质外壳在冲击下脱落，露出了其中与黑珍珠极其相似的视体。这虽然是块很一般的视体，但由于“黑色网格”的加入而呈现出黑色。网格已经从黑珍珠的表面发出芽来。正如它的名字所示，黑色的方格正以几何级数向外扩展，带有均匀光泽的深黑色，就像精心研磨的墨汁一样顺畅地生长着。

构成方格的只有直线和直角，但大小并不统一，找不出半点规律。

两颗种子像是在比赛似的扩张着网格，如同结核般侵蚀着蜘蛛的胸腔。尽管蜘蛛体内满是程序部件，但那完全不妨碍它们的成长。遇上挡路的部件，网格便径直贯穿，丝毫不受影响。

没人知道网格由何种东西构成。也正因为没有人知道“黑色网格”的详细特性，它长期以来都被视作过于危险的存在，一直被封存，很少被导向外部。这次也因为测试其威力风险太大，事先并没有做测试。

有推测认为，网格可能是一种无特定材质的、纯粹的逻辑存在。这在整个区界都是史无前例的。可以认为“黑色网格”内封存的是一种“病毒”，其感染能力受到限制，却可以在指定的范围内进行彻底的破坏。

茉莉同时也在从蜘蛛的外部进行观察。

蜘蛛将注意力转向了旅馆，无数眼柄开始在墙壁表面扫描，寻找可乘之机。

但网格已经充满大蜘蛛的内部，几乎不剩半点间隙，有些甚至都溢到了外部，整个蜘蛛简直像被一个笼子吞进去一般。

然后，定时炸弹所设的时限到了。

蜘蛛无声无息地化为一堆飞散的粉末。

沿着线条和平面，蜘蛛所有的一切都被切割开来，变成了一堆不知所云的乱码，落在西边的庭院里，堆成一座小山。

何塞又喝了一杯橙汁，顺便漱漱口。橙汁非常好喝，他从来没有感觉到这个饮料会有这么好喝。扩散在舌头和喉间的香味，仿佛闪耀着光辉一般生动。喝下一口，香味便会布满全身的每一个角落，甚至能感觉到橙汁的脉络蜿蜒在身体内部似的。

太不可思议了。为什么会这么好喝？我的嗅觉和味觉都好像提升了百倍。

突然间，何塞想到一点。

难道说……反了？

并非我的感觉敏锐了，而是我们所在的世界，鲜明了百倍？

汗如雨下。汗水散发出浓重的味道。

上身前倾，领口处微露的乳房剧烈摇晃。那种震动茱莉也能清晰感受。

她和斯特拉同样疑惑：为何会如此舒服？

在斯特拉身体的最深处，产生了近乎失控的快感，那股感觉汹涌而来，眼看就要将茱莉彻底吞没。就在这一刹那——

马桶底部沸腾起来。

水里伸出几条覆盖着锐利针状体毛的腿，腿上有着黄黑相间的花纹。那几条腿抱住斯特拉的臀部往下拉。大力拉拽之下，茱莉感觉到斯特拉腰部的骨头断了。

水里伸出的脚还在增加。趾甲深深地刺进斯特拉的胸口。马桶底部探出蜘蛛的嘴，扎进她的胯间。新冒出来的两条腿缠住了她伸到门上的手臂，茱莉听到肩膀脱臼时发出沉闷的声响。

……这样很好。

潜藏在旅馆某处的蜘蛛被斯特拉激起了食欲，来到这未加防备的洗手间里。

终于等来了。

……很好。茱莉脱离了斯特拉，从她的体外观察蜘蛛。

斯特拉的五官消失了。

表面所有的纹理和色彩都消失了，斯特拉变成了一个白色的人偶。人偶随后变得软绵绵的，化作柔软的、没有固定形状的糊状物。然而，这些“糨糊”却有强劲的黏性。

蜘蛛的腿拼命挣扎，但越是挣扎就缠得越紧，直到完全动弹不得。

本是斯特拉的那团“糨糊”将伪足[1]贴到浴室的墙壁和地板上用力撑住，不让蜘蛛逃脱。彻底抓住了。

斯特拉是诱饵。这种AI实际上并不存在。它的本质是“糨糊”，一种无特定形状的视体，内含变形虫状的形象，会模仿人类的体形、五官和穿着。

……这样很好。茱莉离开了洗手间。

“果然，没有好吃的诱饵就不行啊。”三姐妹中的卢娜说。

“在‘斯特拉’身上加进‘妖姬’里头那个女人的特性，是皮耶罗的主意吧？”多娜说。

“是啊，”伊芙答道，“虽然要达到她本人的野性魅力还有点难度，但也相当生动了。”

“可蜘蛛还是进入旅馆了。”安娜的脸色有些阴沉。

“没关系，反正我们掌握了蜘蛛的行踪。”

到现在为止，共有三只蜘蛛侵入旅馆，全被“斯特拉”抓到了。这些蜘蛛是被故意放进来的，是为了确认警戒放松到怎样的程度会被侵入，同时也是为了确认“糨糊”到底有多强的性能。与此同时，根据这三只蜘蛛计算出的敌方侵入模式已经成了整个陷阱之网的共享信息。

“旅馆里已经没蜘蛛了呀，‘斯特拉’还剩下十几个呢。”

“我说啊，要是能把访客也交给‘斯特拉’这样的人偶就好了。”茱莉说。

① 变形虫等原生动物的运动器官和捕食器官。

三姐妹笑了。

伊芙紧锁眉头，没有瞳孔的眼睛望向远方。

移动，聚焦。

旅馆前庭的男人们拔起草地上“白银之猫”短剑，冲向森林。被踩到的蜘蛛残骸如同冰块一样纷纷碎裂。

跑在最前面的男人抡圆胳膊甩了几圈，把短剑投出去，落在森林里的蜘蛛中间。一阵嘈杂的声响过后，森林里燃起猛烈的火焰，蜘蛛顿时四散逃窜。

男人们欢声雷动，蜘蛛变成一个个火球翻滚在地的样子让他们大为兴奋。伊芙感受到了他们澎湃的激情。

有个男人发现了一只濒死的蜘蛛，他单膝着地，反手握剑，把剑从它的眼球直插入脑里。蜘蛛还是没死。这个名叫帕斯卡的男人用剑上的冷气一点点冻住蜘蛛。他懂得如何使用视体。蜘蛛越来越虚弱，直至死亡。男人心中激荡的喜悦也感染了伊芙。白天帕斯卡目睹了年迈的母亲被吞食的一幕。他永远也忘不了蜘蛛咀嚼时发出的声音。在蜘蛛冻结、化为冰尘之后，他拔出短剑，向森林深处走去，寻找下一只蜘蛛。

前庭的森林从靠近旅馆正门的地方开始渐渐消失：大家掷出的短剑将树木变成了木炭和冰碴。这片茂盛了千年之久的丰饶森林，眨眼间便遭到了破坏。

皮耶罗混在人群之中，手握短剑直奔出去。手腕上的锁链当啷乱响，那声音唤醒了皮耶罗的记忆，而那份记忆，又给皮耶罗带来了强烈的兴奋。

伊芙略微体验了一下那奇怪的兴奋，那是一种对访客的强烈憎恨。他刚踏入森林的时候，青苔和树皮的芳香本想温和地裹住他，但他浑身散发出的杀气将它们吓得远远的。

皮耶罗到现在也无法忘记访客扮演的“妹妹”的行径（虽然他已经忘记是第几个访客了）。那个星期，购买了他妹妹这个角色扮演权的，应该是个七十多岁的老家伙。皮耶罗的妹妹九岁，基本的设定是喜欢算术、下棋和养花。但在那个星期，他“妹妹”那不足一米二的小身体，全身上下裹着一件黑色橡胶紧身衣，把全裸的皮耶罗双手反绑到背后。惊人的膂力。也许是因为经历过于残酷，皮耶罗忘记了具体的细节，只隐约记得她鞋跟的尖端是小小的男人性器的形状。

还有穿透他双手手腕的卡锁。侵蚀肌肤的冰冷和坚硬，皮耶罗至今仍然无法忘记。

“我……”皮耶罗小声嗫嚅。

我……他想对来自现实世界的访客说，我恨你们，恨到了极点，绝不原谅……

伊芙感到不对劲。

对皮耶罗思维的追踪越来越难了，他正在从陷阱之网的视野里消失。

皮耶罗继续在林中前进，他向茂密的凤尾草丛走去。

看到……拳头大小的……小蜘蛛……逃走……

夏日湿润的土地透出甜美的腐叶芳香。松软的泥土支撑着皮耶罗的步伐……轻拭额头……闷热的空气……水珠……女人的手指……摸……

伊芙混乱了。她能接收到的渐渐只剩下皮耶罗的一些片段，只能看到他的掠影，听到只言片语，接收到残缺的感觉。这是怎么回事，难道网络的灵敏度正在恶化？

伊芙努力试图恢复网络的灵敏度。她换了一条追踪路径，透过分散在森林各处的男人手中拿的视体，她伸出感知的触手。

如此一来，她又可以清晰地看到皮耶罗了。谢天谢地，他还存在。他好像正被什么人引导着，朝凤尾草那边走去。

皮耶罗伸手拨开草叶，踏进草丛深处。

然后消失了。

皮耶罗从网络的视野中彻底消失了。

伊芙已经将他精确定位。但是，仅仅穿过一片丛生的草叶，他就消失不见了。那片凤尾草，只需一步便能迈过去。从这一边踏进去，立刻就会从另一边出来。理应如此。然而，就在踏出一步之后，皮耶罗被吞没了。

这是信号不好？

或者，是更加严重的情况？

沙发上，揽着朱尔肩膀的老人手上加重了力气。朱尔明白他的意思。面朝“水晶吊灯”的伊芙脸色变了。肯定发生了什么事。

“朱尔，”老人在少年的耳边轻声低语，“终于要开始了啊。”

四人のランゴーニ、知的な会話、無人の廊下を歩く者

5 四个朗高尼、知性的对话、在无人的走廊里漫步的人

AI也有回忆。谁都是一样的吧。那是小时候的、区界诞生之前的回忆。

也许是一种诅咒吧。每个人都在怜爱、珍视自己的回忆，就像怜爱、珍视自己孩提时收藏在藏宝箱里的种种物品一样。

然而，那些是曾经真实发生过的事吗？

何塞经常想这个问题。倒也不是全神贯注地去想，而是无意识地在头脑的某个角落里冒出这样的念头。思考并不会就此展开，仅仅是在背景中悄无声息地反复循环。没有答案。也不曾有意寻求答案。

何塞至今依然保留着孩提时候的藏宝箱。那是只铁锈斑斑、毫无质感、盛放饼干的四方盒子。保存在那里面的，是他少年时收集的东西。

风干的蝴蝶。

信封浸了水后揭下来的邮票。

涨潮时发现的蓝色小玻璃瓶。

还残留着些微樟脑气息的女式手帕。

一件一件物品身上，寄托着一份一份回忆。只要打开藏宝箱的盖子，无论何时，何塞都能回忆起寻获那些宝物时发生的种种插曲。

那不是重复了千年的夏日旧事，而是夏日之前所发生的点点滴滴。

回忆是坚实的，深切而鲜明地映刻在脑海里。支撑记忆的宝贝也依然在藏宝箱里，无论何时都可以触到。

但那些事情，在数值海岸里从来没有发生过。它们仅仅是故事的背景设定，在故事开始之前便被安排好了，而数值海岸中的所有事物，都只是故事展开所需的道具，仅此而已。

从周而复始的夏日真正开始时起，何塞便时常为这个疑问而苦恼。是的，早在夏日开始时，何塞便是如今的年纪，藏宝箱中的东西也是从一开始就全都收在里面的。

如同孩提时珍藏在藏宝箱里的种种物品一样的回忆，它们真是曾经发生过的事吗？

然后……何塞的思绪在这里变得迟钝。从这里开始，无法再往前了。

那是何塞的思绪无法触及的暧昧领域。

有一些……无法回想起来的记忆，只残留着一丝苦涩而甜美的感觉。在那个领域，有着何塞无法见到的记忆，但他知道它在那里。

那是什么呢？发生过什么呢？

断裂的、被切割成一节一节的印象，只有一点点隐约的感觉片段。

女人敞开的长衣。

长衣里赤裸的温暖身体包裹着自己。

缀满朝露的草原上盛开着小小的蓝色花朵，犹如宝石一般。

花的颜色和天空的颜色一模一样。

空气微冷，湿润，清新。

这份记忆，束缚着我，诅咒着我。

蝴蝶的蓝色翅膀。邮票上的汽船图画。带有银色盖子的玻璃瓶。手帕上的刺绣。

记忆虽然暧昧，残留的片段却异常鲜明。

那个女人的黑色长发上，晨雾细微的水珠正在滴落。

她的脖子颀长，优雅如水鸟。

白色的夏日长衣的袖子，被殷红的鲜血浸湿。

草原的一角，采摘来的艳丽花朵堆在一起，铺成床的形状。那个女人就站在花床的旁边，发出冷冷的、泛着银光的笑。

记不起究竟发生了什么。

只记得一个名字。

马丁。

是弟弟的名字。

“这一夏”开幕之前、从未真实发生过的回忆。

皮耶罗目瞪口呆。

谁能想到，伸手拨开凤尾草的叶子，眼前竟然会出现一间巨大的卧房，房子里还摆着一张无比豪华的睡床，上面罩着华盖。

闺房。

自然，皮耶罗不可能知道这个词。

不过，这不妨碍他被眼前的情景震撼得张口结舌。房间里满是奢华至极的用具。睡床周围悬吊着不知多少重的帷帐，垂到地上的豪华布料在重叠之中自然生出厚重的感觉；撑起天花板的四根支柱都是用罕有的上等优质木材制成，上面还雕刻着精致而大气的装饰花纹。所有的材质与色调都经过完美的调和，几乎让人连呼吸都要小心翼翼。这种美丽与奢华，同矿泉旅馆的贵宾室或博彩房之类的地方相比，就像分属两个世界一样截然不同。旅馆是供富裕市民享受的地方，是众人趣味的集大成之所在。而这个房间显然是给某个特定对象度身定制的，房间本身按照该对象的品位经过彻底的改造。其程度，就连区界中最富裕的市民也望尘莫及。一言以蔽之，房间里洋溢着贵族风范。

皮耶罗感觉到一股触电般的强烈冲击，随后整个人都畏缩了。是的，这样说一点都没错。但他不是因为房间的壮丽，而是因为想到了房间的主人。那个主人强烈的个性在房间的每一个角落都彰显无遗。与窒息般的郁结伴随而来的，还有为那芬芳所魅惑的感觉。那主人一定是个美艳、高贵、冷酷、无情的人吧。一定是个无比可怕、没有人能够揣测其喜怒的人吧。在这个人面前，我这样的人真是渺小如尘屑啊——这样想着，皮耶罗心中生出了一股热烈的感情，那是一种连他自己也无法描述的情绪。

“呀！”

声音从帷帐深处传来。

帷帐无声无息地左右分开，声音主人的身影出现。皮耶罗自己都没意识到自己正在向床边移动，然后抬头仰望。

一个美貌的男子全裸着横卧在睡床上，俯视着皮耶罗。

“呀，皮耶罗。”

那声音犹如高级鞣皮一般艳丽。

“啊……”

终于，皮耶罗明白了，为何自己早在看到那个男人之前就会有一种畏缩感。从天花板的高度、梳妆台的大小及台前的椅子中，他已经隐约意识到了。

男人的身高足有三米。

仪表堂堂的身躯有一种异样的美丽。睡床上堆叠着许多大大的羽绒枕，他的身子就靠在枕头上，那身影恰似白鹤探颈，异常优雅。古典雕像一般的身体，没有一处不协调。舒展的四肢上展现的俊美肌肉，让人一望便知其中蕴含的力量，但又给人一种恬静的感觉。胸口与小腹犹如磐石一般坚实，其上覆盖着一层薄薄的脂肪和雪白的肌肤。白得炫目的床单只有一角轻轻覆在胸上。他仿佛是做着白日梦的独裁者，但又笼罩着些许保守的气息。金发的光辉让整个画面更显华丽。

他薄薄的嘴唇微微张开，露出一丝轻笑。

皮耶罗张口结舌。他被彻底震撼了，完完全全、五体投地地屈服了。

首先是因那男子纪念碑一般的美丽与威严。

然后是因那无可比拟的巨人的微笑。

那微笑中显露出任何人都无法望其项背的、深植于男子本性之中的冷酷无情。在男子精神的深处，存在着某种腐蚀了他自己的东西，那精神的溃疡化作微笑盛放。如石灰墙壁般白皙的躯体，一定已经被恶虫筑满了巢穴。比珍珠还要洁白的牙齿，仿佛是以战死者的尸骨雕刻出的饰品。疾病、剧毒、死亡渗透他的全身——恰恰因为如此，这男子才会具有如此的美丽，皮耶罗深深领会到这一点。

巨人并没有浓密的毛发，不过，覆盖全身的汗毛偶尔会像扑了金粉一样闪烁光芒。他的身上散发出混合了皮革、烟卷、红茶和体臭的气味，闻上去有一股令人陶醉的感觉。

“呀，皮耶罗，你很了解这间房子吧。我一直在盼着你能来啊。太高兴了。”

男人的声音与他口中所说的正相反，没有一点高兴的意思。皮耶罗从中听不出任何感情。

但恰恰是这种没有任何感情的声音，让皮耶罗更加焦躁。他无法解释自己的这种情绪。这是爱慕吗？是希望被拥抱、被爱抚吗？还是想被他像严父一般责打？诸如此类的感觉，虽然多少都沾了点边，但还是不得要领。皮耶罗焦躁得都要发狂了。

在这里，在当下，有一个可以轻易将自己从很久以前就迫切想要的东西给予自己的人。要满足这一点，唯一的条件就是自己开口说出那个愿望。然而，那究竟是什么愿望，皮耶罗怎么也想不起来了。

“怎么了，皮耶罗？”男人温柔地问。

在那种温柔之下，皮耶罗只想抛开一切，向男人说一句“请原谅我”，他只想要把这一句说出口去，然而，就连这都与自己真实的愿望相距甚远。他缄口不言，发不出一丝声息。他跪倒在地，额头触碰到床边的地毯。地毯上洒满了他滚烫的泪水。

“好了，我知道的。皮耶罗，你是这样想的：‘我想被你吃掉。’”

皮耶罗如遭雷殛，纠结的感情阴云突然烟消云散，只消一句话便够了。如此简单，如此轻易，为何我原来竟会不知道？我，是想被这个人吃掉。想要被吃。想要被他吃掉。于当下。于此地。

“皮耶罗，你想被我吃掉。不是做成菜肴，而是生吞活剥。你想被我粗暴地扯掉手脚，想被我撬开紧密坚固的骨架，想被我大块吃掉体内的东西，想被我大口喝掉血液。你渴望死亡已经很久了吧？你的心很高贵，相较混乱而迷糊的死亡，你更想选择撕心裂肺的苦痛。你异常自恋，极度厌恶把自己交给只会暴殄天物的蜘蛛。你想把自己交给巨大而强壮、伟岸而美丽的事物，让身体被解剖到每一个部位，让每一个角落都被充分而尽情地品尝。你想一边被称赞，一边步向死亡。放心吧，皮耶罗，我将会像钟表匠一样细心分解你的骨骼，我将会温柔地亲吻你挖去了眼珠的眼窝。我将不浪费你的任何一滴鲜血，让它们都来点缀我的身体。因为，这是你所希望的。”

“如你所言。”皮耶罗用一种被欲望折磨得嘶哑了的声音说道。他浅黄色的眼睛已经因为陶醉而湿润了。巨人说得一点不错，这个人深知我心。啊……不，不是那样，这个人是在为我考虑我的想法，是帮助我给我的感情赋予了内涵。

“你此刻已经沉醉销魂了。如果要问为什么，那是因为你在想象自己具有什么样的味道。你大概是一种纯洁的味道吧。现实世界的访客越是让你痛苦，你也就越受净化。来，让我来依照你的愿望去做吧，绝不会有一丝留情。我会发挥魔法般的力量，让你不会在半途气绝。我让你尽情品味无法想象的痛楚，直到你吐出最后一丝呼吸。”

“啊……”

皮耶罗犹如朝向祭坛的信徒一般，从唇间漏出幸福的气息。他钻进帷帐，跪行到睡床旁边。

“请允许我询问你的名字。”

“朗高尼，”巨人的手猛地抓住皮耶罗的头，“我是朗高尼。”

然后，朗高尼开始食用皮耶罗。就在这顿大餐刚刚开始的时候，可怜的祭品突然感觉，迄今为止自己所体验到的那种渴望倏地消散得无影无踪，仿佛刚才的一切都是彻头彻尾的谎言。他记起自己本是一点都不想被食用的，但这时候已然无力回天。朗高尼花了远比所需更长的时间享用自己的食物。他完美地遵守了约定。直到最后一片被吃完为止，皮耶罗的精神和感觉依然存在，一种几乎是区界无论如何也无法提供的痛苦感觉贯串了整个过程。

赤裸的朗高尼站起来，身上沾满了鲜血。随着他的动作，整个房间以他赤裸的身躯为中心，开始迅速平滑地收缩。床、墙纸、房中张设的帷帐，所有东西不再维持原先的形状，纷纷解体成无数的织物，随即又合并编织成奢华的衣裳，遮裹在朗高尼的裸体上。衣裳与朗高尼的肌肤紧密贴合，吸尽了牺牲者溅出的鲜血。

房间消失了，朗高尼——蜘蛛的指挥官——站在旅馆西边的森林里。他把皮耶罗的一只眼睛像糖球一样扔进嘴里，随即将衣裳变作AI和视体都无法看到的隐身衣，将自己切换到不可视状态，举步朝矿泉旅馆走去。

伊芙无计可施。

怎么也找不到皮耶罗。陷阱之网也没有感觉到森林的异常。如果这与蜘蛛有关系的话，那就是说，蜘蛛已经可以在不被网络察知的状态下行动了。想到这种可怕的可能性，伊芙不禁打了个冷战。

伊芙怀着焦躁的情绪等待三姐妹中的某一个开口说出这件事，不过没有人说话。是大家都还没注意到这个无比危险的征兆吗？

此时的陷阱之网已经不再是一个单纯的安防系统。它是官能之线。整个旅馆已经成了一个虚拟的生物体，化作驱除蜘蛛的免疫系统。设想一下，身体中出现了某个神经系统无法到达的部位，无法探知那个部位发生了什么情况，那会怎么样？如果自己的手脚都不能按照自己的意志行动，又会怎么样？

哎呀，此刻没有考虑这些事情的闲暇。单单为了监控这个网络、确保它正常运转，就让我们忙得不可开交了，伊芙想。此刻，就在这一瞬间，陷阱之网正同时与十只以上的蜘蛛作战。的确，仅仅这些就要求我们这些“寡妇”必须集中全部注意力。

但伊芙也沉湎在陷阱之网的绝佳官能性之中，她陶醉于只有身处陷阱之网才能体会的那种犹如激流喷涌般的全能感。伊芙作为视体使用者的力量无人可以比拟。陷阱之网恍若巨大的邮轮，除去伊芙，无人有力量转动其沉重的船舵。而且，还没有任何人担心皮耶罗的事。

先多观察一会儿再说，伊芙决定。

那之后再做决定也不迟吧。

“终于要开始了啊。”那个自称朱尔的黑衣老人，用一种慢得近乎怪异的语调喃喃道。

“表面上看，运转得很顺利。”老朱尔继续说，“不过那些女人当中，至少有一个已经注意到，可能出现了一个陷阱之网感觉不到的东西，是这样吧？”

“那……”朱尔的身体僵硬起来，“不可能。”那不可能。视体可以捕捉到区界的一切现象与事物。有东西能够逃过视体的监控吗？不，不会有，不会有……应该不会有吧？

“我当然不是说你做得不好，你的活儿干得已经很漂亮了。”老朱尔接着说。

朱尔在想，视体看不到的东西，到底会是什么？

“不说话了？闷头在想？有视体看不见的东西，这是当然的。视体又不是无所不能的玩意儿。话说回来，就算视体看得见，你们看不见就还是看不见。想明白了没？”

这简简单单的一句话却直指计划中未曾考虑的盲点，朱尔不禁心头一震。

“但网络本身也有本我，只要视体能看见，就会发动免疫系统出击。”朱尔说。

“这个本我是个急急忙忙赶造出来的玩意儿吧？对于不受AI常识束缚的人有效吗？马上网络就没用了，然后我们的脑袋都要给拧下来。”

朱尔真想先把老头的脑袋拧下来。

就在这时，朱尔的后脑不知道被谁狠狠敲了一下。朱尔吃了一惊，还没来得及反应，紧跟着脚下被人一个横扫，朝前栽了下去，鼻子撞在绒毯上。

细长得犹如狐狸一样的脸，玉米须一样的红色头发。打朱尔的是菲利克斯。

“你要干什么啊，在这种时候内讧？”朱尔气愤地说。

熏人欲呕的酒臭。

“小子，你给我规矩点。大人全都在拼命啊，就为了保护你们。”

朱尔怔了一下。不懂规矩喝得酩酊大醉的明明是这个家伙。

朱尔爬起来，看到伊芙站在菲利克斯背后。菲利克斯也感到自己背后有人，回过头去看。

“在干什么呢？”伊芙问。

“你看到啦，教这小子懂点礼貌。不就是戳了他一下嘛。”

伊芙死盯着菲利克斯，脸上虽然显出悲伤的表情，眼睛却不是那样，犹如翻滚的水面下纹丝不动的磐石。

“在这种时候……”

“就因为是这种时候，不好好守点规矩可不行。交头接耳、嘀嘀咕咕会让周围人担心的。”

“真无耻。”

伊芙的表情毫无变化。被她冷静的目光凝视的人心里肯定会非常不安吧？

“又来这种眼神……好吧好吧，反正我也腻了。”菲利克斯把头扭向旁边，“我玩腻了，没兴趣了。”

菲利克斯推开博彩房的门，往走廊走去。隔着玻璃门上的彩色拼图玻璃，他跌跌撞撞的背影更显得摇晃不定。

“对不起，”伊芙来到朱尔面前，眼光中的冷静消失了，“对不起，朱尔。”她的眼泪流了下来。

“啊，没关系。”朱尔摇摇头，但除了这一句，他也再说不出什么。

“我回去工作了。”伊芙转身走了，留给朱尔一个心灰意冷的背影，光润的栗色长发漂亮地束在脑后。

朱尔不经意地朝玻璃门看了一眼。

菲利克斯摇摇晃晃的背影一下子消失了。是走过走廊的转角了吧，朱尔眯起眼睛想。

“喂。”有人招呼了一声。

是约耳。约耳是个老厨师，长着巨大的啤酒肚，黑框眼镜里的黑眼珠透着笑意。

“别往心里去。”说着，他也朝老朱尔招呼了一声，“你们两位呀，嘀嘀咕咕咬耳朵确实是挺碍眼。来大家这儿吧，喝点热汤。”

“那可太好了。”老朱尔也站了起来。

约耳一边走一边说：“巴斯坦先生捎话过来，说蜘蛛的攻击好像告一段落了。三明治都准备好了。”

年轻的侍者端上汤碗和包在纸里的面包。

“也请给伊芙她们一份吧。”

“好的好的，这就去，特别是要犒劳一下茱莉，”约耳笑了，“不过那孩子可不好伺候。”

朱尔把约耳的汤端到嘴边。鸡肉奶油汤上漂浮着泡沫，喝起来有一种卡布其诺的味道。奶油的味道与鸡肉的汤汁，就像叠了好几层的毛巾一样温暖轻柔，简直可以说是迄今为止从未尝过的美味……朱尔不禁生出一种错觉，仿佛是第一次品尝这种能让自己联想起“美味”一词的东西。

“这个也很好吃。”老朱尔大口吃着烤成金黄色的三明治，

“里面是鸭肉酱吗？真奢侈啊。”

朱尔低下头。他想起了老朱尔的话。如果确实存在某种网络不能感知的东西，它会采取怎样的行动？可供判断的信息太少，不管怎么想都没有意义。朱尔换了个思路，开始考虑维持网络系统运转的安全策略。

“喂，”老朱尔塞给他一块三明治，“再不吃就没了。”

对着面包一口咬下去，那股鲜烈的味道，简直要迫使朱尔中止思考了。麦粉与酵母的香气，盐、油脂与大蒜的味道。

回想一下刚才被戳、被扫倒、被殴打的感觉，很疼很疼。如此的疼痛，仿佛有一种平生第一次经历的感觉。但回想起来，自己其实受过更重的伤。今天的伤——这么描述可能有点怪——所带来的疼痛“质量”很高，就好像不管用再好的收音机听音乐，也没办法和听现场音乐相提并论一样。

其中的原因无从推测。

裹着罗马风格衣裳的女人，看到暖炉上的珐琅汤锅冒出了大股的烟气，于是从沙发上站起来，光脚踏着木地板走过去，拿起汤锅放到桌上。

她住在视体的小房间里。

谁也不知道她的名字，连她自己也不知道自己是谁。她既不是人类，也不是AI。

她同“火之师”中燃烧的火焰一样，仅仅是“妖姬”中的“现象”而已。她虽然知道小房间的外面有什么东西存在，但她知道谁也不可能来拜访她，谁也不可能和她交谈。她只能永远一个人孤单生活，度过这漫长的岁月。

她把热水倒进壶里，从橱柜里取出茶杯，排列在桌上。

她望着桌上的茶杯，好像看到了什么不可思议的东西。茶杯有两个，这样说来，我在壶里也放了两人份的茶叶。是为谁放的呢？

她把剩下的热水倒进茶杯，暖暖杯子，又从橱柜里取出糖浆腌制的果脯。她有些心神不宁，但那种感觉并不坏。对她而言，这是初次经历的事情，是一种要迎接客人到来的心绪。

她把果脯放在茶杯旁边，又倒上茶，在桌子一侧坐下，望向入口处的门。谁都不曾开启过的门扉，宛如酝酿着什么似的，慢慢朝内侧一点点打开。出现在门口的是一位粗眉大眼、络腮胡须、长着一双漆黑的、容易使人亲近的眼睛的牛仔。他个头不高，脚步轻盈。男人的一举一动都显得自然流畅，仿佛已经来过无数次。他走进房间，而她也像对这种访问习以为常似的从容。

“呀，玛丽亚。”

“你来了。”玛丽亚答道。

应了一声后，她的身子不禁微微一颤。自从出生以来，这还是玛丽亚第一次被人呼唤自己的名字。

是啊，我是玛丽亚。我的名字叫玛丽亚。

被赋予了玛丽亚这个名字，感觉就像自己的轮廓被明确固定了下来。一股宽慰感在心中漾开，就好像直到唇上啜到清水时才明白自己有多饥渴一样。泪水忽然滑落，止也止不住。这让她想起了在那漫长的岁月里，陪伴自己的只有可怕的孤独。突然，玛丽亚又生出一股恐惧：自己已经无法再忍受独处了。我渴望有人陪伴。

玛丽亚站起来，犹如舞蹈演员一般笔挺的背，尖尖的鹰钩鼻，宛如波浪的鬈发。男人走过来，在玛丽亚的鬓角插上一朵红花；白得炫目的翻领衬衫上，散发出新鲜的雪茄香气。玛丽亚的眼前是被络腮胡子遮住的喉结。玛丽亚想要一口咬上那个咽喉，想要将唇压在他的胸口涂满唾液。玛丽亚将手伸进男人的衬衫与吊带裤之间。性欲犹如野兽般放肆开来。

"玛丽亚，你很寂寞吧。"

美男子显出几乎察觉不到的笑容，右手手掌轻轻抚上玛丽亚的脸颊。厚实的手掌，是玛丽亚第一次接触到他人的肌肤。

"让我好好抚慰你吧。"

"唔……"

在男人的凝视中，玛丽亚感到自己正在盛放。男人充满欲望的舌头从唇间探入，探寻着玛丽亚的牙齿。男人吻上被自己赋予了名字的女人，将自己口中含着的东西——皮耶罗的眼球喂给了女人。在喂进玛丽亚的嘴里之前，眼球已然如甜美的炼乳一般融化。毫无察觉的玛丽亚，伴着陶醉的感觉将它喝了下去。朗高尼看见玛丽亚双眼迷离，仿佛是被欲望笼罩上了一层薄雾，于是悄悄地微笑起来。

"你是个好女人。"对着犹如贝壳般美丽的玛丽亚的耳廓，朗高尼低语道,“不管经过多久的岁月,你都不会老去。你喜欢咬噬,喜欢厮打,讨厌谄媚,讨厌被利用。你的眼睛色彩浅淡,却有一种狰狞的感觉。头发漆黑,光可鉴人。声音像咖啡一般香甜。”

被他紧紧抱着的玛丽亚沉醉于一股无法言说的幸福感之中。对迄今为止还从没有同任何人说过话的玛丽亚而言,被人以如此甜美的言辞形容会产生多么惬意的感觉,这是她根本无从想象的事。朗高尼吐出的词语,化作一根银针,将玛丽亚的自我幻化成的蝴蝶牢牢钉在标本底板上。恍惚中,玛丽亚仿佛看见一幅受虐般的图景,这愈发让她情欲涌动,不能自已。

“我们来做有趣的事吧。”朗高尼用手指拨弄她卷曲的黑发,低声细语。

“什么样的事?”

“有趣的事啊。我单单想一想那事,就差不多快高潮了。”

两个人犹如亲密的恋人一般,先是哧哧窃笑,随后终于放声大笑起来。他们一边大笑,一边倒在床上,声音慢慢低下去,最终变得一片沉寂。沉寂了许久之后,又开始发出喘息声。

伊芙很伤心。

真的很对不起朱尔。伊芙的脸颊像火烧一样滚烫。

连小孩子都明白,这已经是火烧眉毛的紧要关头了。菲利克斯的举动实在不可原谅,而且自己也不能再原谅自己了吧。

太可耻了。

经过千年之久的漫长岁月，不管原本设定得怎样亲密的AI夫妇，也可能关系恶化到无法修复的地步。伊芙对此总觉得有些滑稽。

大断绝之前没有过这样的事，他总是对自己很好、很温柔。喜欢安静地坐在悠闲的房间里、一个人呆呆出神的我，他就这样接受了，给了我温柔的爱意。他从来没和我争论过什么，应该也从没有想要和我争论什么。他总是一个人忙忙碌碌，沉默寡言。那时候，他应该是从心底决定要将我作为他的终身伴侣吧。

可是如今，连与那个人说话都成了一种痛苦。

伊芙想要相信：即使是如今，那个人也一定在爱着我。他不会讨厌我。正常情况下，他和我应该还可以像过去一样，在接下去的千百年中延续和睦融洽的夫妻关系吧。AI的优点，不正是在于不会被单调枯燥的岁月磨灭热情吗？

但实际上，到今天，自己的一举一动、一言一行似乎已经全都不再合他的心意。

自己所做的再平常不过的举动，不知怎的就让他好像踩到地雷一样激动起来，突然间火冒三丈，大声朝自己怒吼，然后这一天便被糟蹋了。可到底什么事情会让他爆发，根本毫无头绪。实事求是地说，即使事后也想不明白。被他责问“你当我是傻瓜吗？”的时候，自己全然迷惑不解。我只是和往常一样做事啊。但这样的反应只会让他愈发焦躁。如此一来，不忤逆那个人说的任何一个字，理所当然地接受下来，换取他的欢心就好了吗？

满脸堆笑地应对他就好了吗?

这样的日子，一天天将我侵蚀。总感觉有一种毒素慢慢在身体中蓄积，洗碗的时候不知不觉间会做上许多次深呼吸(对于AI来说，这是非常惊人的举动)，而这又会惹起菲利克斯的怒火。

如果说还有什么事能让自己放松的话，那就只有触摸视体了。只有在此时，我才可以获得全部的感觉，才可以挺直腰板。没有人比我更适于操控视体，也没有人比我更能在视体之中采取正确的行动。就算所有的AI都否定我，只要有“水晶吊灯”，有陷阱之网，一切便尽在我的掌控之中。菲利克斯的恐吓只是嘴上空谈，只要身处视体之中，便可以看清这一点。

话虽如此，刚才的争吵倒是也有让人心情愉悦的地方。

就好像看着一件高价但不合品味的青花瓷瓶在繁华街道正中摔碎一般，伊芙产生了一种奇怪的愉悦感。是的，彻底毁坏了也没什么了不起，伊芙想。哪怕是历经千年，破碎了又能如何？就连曾经以为会永远持续下去的区界，据说也已经遭受蜘蛛的袭击，彻底崩溃了。其实，即使没有崩溃的话，菲利克斯恐怕也要和自己说再见了吧。持续了千年的和菲利克斯一起的生活，就让我这双手将其终结吧。

回到放置“水晶吊灯”的桌子只有一段极短的路程，可伊芙的头脑中已经闪过了无数纷繁的念头。不过，一旦在椅子上坐下，伊薇特·卡罗尔便专心致志，排除杂念。心情总算恢复了，有一种未来掌握在自己手中的感觉。

遗憾的是，这是错觉。

视体如同彩灯一般镶嵌在阳台上。何塞・范・多梅尔倚着栏杆，静静眺望海面。

刚才的攻击之后，再没有什么明显的动静。旅馆正面的接触战似乎一如事先预想的一样进行。看起来，一切都很顺利。可是，何塞不认为可以一直这样下去。最大的证据便是面前这片静谧的大海。虽然已经不像刚才那样酷似贴纸，但这反而更让何塞觉得危机四伏。真实的大海，就算再风平浪静，都会隐隐发出轰鸣。无可计数的生物就算全都沉沉入眠，睡梦中的呼吸也会像香槟酒的细泡一样乘着海风飘来的吧，但此刻听不见一丝声息。大海死绝了吗？即使是何塞，也无法确定这片大海到底什么地方出了问题。

海风拂过脸颊。何塞忽然觉得风里夹杂着些清爽的气息，于是侧过头，看见身边站着一个少年。少年是何时出现的，何塞竟然一点都没有察觉，他不禁吃了一惊。

"呀，何塞。"少年微笑着招呼了一声。

这个少年有一种和朱尔相似的纤弱感，不过应该稍微年长一些吧。不知道是不是混入了一些东亚人的血统，细长的眼睛看上去像是少女。他的身上只穿着一件镶着藏青色绲边、白得炫目的T恤。刚才闻到的便是来自少年顺风飘舞的长发上残留的香皂味。这是一张全然陌生的脸。在这个区界，仅此一点便足够心生提防了。

“你在提防着我呢……我只不过打声招呼而已。”少年说。

“你叫什么名字？”

“我叫朗高尼。没听过这名字吧。”

“唔……”何塞不知道该如何回答。这个少年——朗高尼是在说，他是来自外面的人。也就是说，他在说自己与蜘蛛有关。这就等于是说让何塞杀了他一样。

少年就像能读懂何塞的心思一般，接着说了下去:“你杀不了我。”

何塞在心里掂量了一下少年的这句话。一秒钟后，何塞的手里已经握住了插在背后烤炉上的粗大铁扦。再半秒后，铁扦横扫在少年的右太阳穴上，但感觉就像敲到岩石上一样，铁扦从何塞震得发麻的手里掉落，都有点弯曲了。

“瞧。你杀不了我。”少年说。

难道是故意引我敲敲看的吗？我已经老得不行了吗？——何塞咬住自己的嘴唇。

“何塞，说说话吧。我对你挺感兴趣的，只对你一个人才有点说话的兴趣，和你说话才有价值。”

少年和何塞一样，靠在阳台的栏杆上，望向大海。那是刚才安努站的地方。安努在哪里？

“首先，你的脑子非常聪明。所以你注意到自己的感觉变敏锐了，而且由这一点推断出‘是世界变鲜明了’的只有你。还有，说‘他们想让我们在这里建个要塞’的也是你。很敏锐啊。哎？为什么我会知道你的想法？那多亏了你们那个绝妙的陷阱之网。网络虽然不可侵入也不可干扰，却很容易窃听。何况，你们为了攻击，还必须让蛛丝保持开放的状态，这就更方便窃听了……哎呀，你怎么了？”

何塞满面通红，他使足了浑身力气却动弹不得半分。

“不行的，你动不了的。像个成年人一样和我交谈吧。”

何塞的表情扭曲了：“难道我只能发声了吗？你可真厉害啊。”

少年没有理会何塞的话，继续往下说：“说到哪儿了？对了，是说你很敏锐来着。我很佩服啊，这里竟然有个头脑这么好的人，所以，我就想直接找你，听你说说你的推测。你一定对我们的真实身份做过很多推测。要是能说给我听听，一定会让我不虚此行吧。我很无聊，我的朋友只有蜘蛛，都是些既愚蠢又简单的机器。我想做一些更有深度、更能激发出智慧火花的交谈。何塞，我就是为了这样的交谈而来的——和你两个人，没有任何人打扰。”

何塞有一种无所畏惧的性格，即便是同蜘蛛作战的时候，也没有产生过任何可以称作恐惧的感情，但此刻不一样。不是因为自己的行动自由被剥夺，也不是因为铁扦没起到作用，而是因为他意识到，这个阳台上已经很长时间只有两个人在说话了。海上阳台一共安排了十五个男人，再加上安努。直到刚才为止，这里应该还有五六个人在巡逻才对。大家全都被这个小子干掉了吗？不对，这不可能。怎么说才好呢？难道说，何塞想，这里只是一个看起来和矿泉旅馆很相似的地方，实际上并非同一个场所？就像是在剧场的舞台后面再做一个一模一样的舞台，趁我不注意的时候把我带到这里，让我和这个少年（是不是真的少年也值得怀疑）演一场独幕戏？这样想来，从刚才开始，大海的模样为何没有半点生气，似乎也可以解释了。不过，尽管明白了是怎么回事，也并不意味着可以消除恐惧。为了应对这种仿佛被悬空吊在一片漆黑中的恐惧，需要某种可以踏脚的东西。即使身处半空，手上是否也能抓到某处突起的岩石呢？能不能在这少年身上找到可以凭靠的地方呢？

“你……”何塞努力放缓声音，开始讲述自己的推测，“按我的猜想，是从区界外面来的。我想，你来自访客的世界，也就是说，来自真正的现实世界，不然就无法解释你为何具有超常规的力量。我们是利用区界里的力量作战，可你们的力量与之不同。不是质量或者重量的不同，而是维度的不同。你们的力量，是这个夏之区界中没有的。与我们不同的维度是哪儿？只有访客的世界，也就是现实世界。”

“呵呵，”朗高尼在何塞说到一半时就开始露出笑容，插话道，“你是说，我是访客？”

“严格说来不是。正规的访客不可以做出这样的举动。付多少钱，就只能得到多少钱的服务。我听说过，区界的事物都被标上了与现实世界的东西相同的价格。访客如果要在区界买橙汁、买家具、买娼妓，在现实世界的信用卡上就会记上与之相应的金额。如果打算毁灭夏之区界的话，就需要支付一座港镇和八千人口的价格，更不用说这种行为根本不可能被认可。如此说来，你要么就是非法入侵者，要么就是他的代理人了。”

朗高尼扑哧一声笑了出来：“你说得好像这个虚拟度假区还在营业一样。你们以为区界同访客的关系还是一如既往吗？大断绝已经过去那么多年，你们还没习惯没有访客到来吗？”

“在这个区界，确实还有人没有习惯，但我并没有抱着那样的希望。的确，这里也许不过是个寂寥的、再没有客人来访的度假区而已。又或者，是访客的世界里发生了战争或者瘟疫之类的变故？就让我们假设这个数值海岸破产了，所以访客不来了。但是，数值海岸本身不可能没有资产价值，一定会有相应的资产管理者。没有这类人的许可而擅自闯入，想要破坏其中的软件资产，这种行为可以称为非法侵入，那是盗贼的行径。”

何塞感到朗高尼上钩了。这小子对于访客与区界之间的主从关系怀有强烈的厌恶与排斥。这种感情何塞也是感同身受。那就是说，这个小家伙不是现实世界的居民，而只是某个来自别的区界的同胞。正因为是区界的居民，才会对我的话语有那样强烈的排斥（虽然掩饰得很好）。

“就算我像你说的那样，是从现实世界用非法手段来到这里的好了，那么动机呢？”

“盗墓。除此之外没有理由。”

“呵呵。”朗高尼轻笑一声，眼睛眯成一条缝，“很妥帖的说法啊。的确，自从大断绝之后，从现实世界来看，海岸就像是个巨大的坟墓，但盗墓者不会在没有宝物的地方挖掘。何塞，如果是你的话，你想从夏之区界挖出点什么呢？”

目前为止一切顺利吗，何塞暗想，看起来似乎是如此。下面就是胜败的关键了。从这里开始，必须像这家伙说的那样，做一些更有深度、更能激发智慧火花的交谈。必须想办法揪住狐狸尾巴，搞清楚他们到底在找什么东西才行。

何塞开始努力回忆迄今为止自己所经历的最艰辛的象棋比赛——与朱尔对阵的那场最精彩的比赛——努力要找回那一刻的感觉。

茱莉·蒲兰顿分给我的这只耳饰也一定会给我力量的吧。何塞想起了那个时候许下的约定。

鱼形的耳坠……

菲利克斯带着一股想哭的情绪，推开了博彩房的玻璃门。

他非常清楚自己是最差劲的人，怎么说都是非常可耻，有时候他也有从此洗心革面的想法。他眨了好几下眼睛。别哭，我要让她看看我比任何人都强。他使出浑身力气飞快往前冲。插在围裙口袋里的剪刀和卷尺——都是裁缝吃饭的玩意儿——拼命摇晃，发出丁零哐啷的声音。别哭，谁都别来追我，我连被人狠揍一顿的价值都没有。

“不是原来的她了呀。”菲利克斯喃喃自语。不是原来的她了呀。那时候的她才像个女人，能感觉到我的温柔，能知道我们相互照顾，是个很贤惠的女人。夏之区界中，像我们这样的知名夫妇必不可少，这大概就是设计者的低级趣味吧。又矮又瘦的我和胖我十倍的伊芙。胖妻瘦夫。

真是很好的女人。奶子大，又很香。肚皮上的肉很结实，这也很好。没有瞳孔的眼睛我也很喜欢。我本来就应付不来女人的目光。

每天晚上都跟她睡觉。

每个晚上访客都会跑来偷窥我们的夜生活。我们也在努力。怎么说呢，就像工作一样。一般来说，应该是把我的角色卖出去，让访客来尝尝伊芙的味道。可现在设计成我们这对夫妇的模样，应该也是为了满足访客偷窥我们的趣味吧。她的腿虽然有点儿粗，可真的是很漂亮。她的脸啊，摸多少回都摸不够。她的脚小得出人意料，我常常喊着“小蝴蝶”去吻……

菲利克斯一边回味着他的美好过去，一边往前走。按照走廊的直线距离来算，他早该走出走廊了，可尽头的拐角依旧很远。菲利克斯没有注意到这一点。不过，能在想着美好事情的时候永远地走下去，这也是一种幸福吧。只要忘记了目的地，就可以一直安心地走下去。难道不是这样吗……

菲利克斯继续走着。在他周围，尘埃一般的微小粒子开始堆积，但菲利克斯沉湎于美妙的回忆之中，一点儿都没有注意到。

可是，全都变了。

大断绝。

那之后全都变糟了。

有没有客人来都是无所谓的事，每天晚上不同伊芙睡觉也没什么关系。两个人都知道自己本来是没什么大用的人，所以都在努力扮演知名夫妻的角色。我做裁缝的手艺实在普通，不过和伊芙的编织手艺比起来也差不到哪里去。我脑子不够使的时候她也会帮我。她的眼睛不好，我打定了主意不让她自卑，也不让她感到有什么不方便。同时，正因为有她的存在，我才可以克制自己，不像疯狗一样到处乱咬。诸如此类的，不正说明我们还是很好的夫妇吗？

可恨的是那个玩意儿。

视体。

说起来，那些叫作视体的玩意儿到底是什么时候出现的啊？

开始时只是些小东西。哎呀，还有那种东西啊——大家都这么说来着。她本来就不是爱热闹的人，对那东西也没什么大兴趣。仔细想想我也有责任。都怪那天晚上喝酒——不过那天说是喝酒其实也没喝醉啊，不说这个了——在酒馆里，勒内非要拿个视体出来跟大家显摆，然后我就把那玩意儿偷出来拿回家了。反正那老头子也是在海边捡的，我也没什么好内疚的。本来是打算送给她当礼物来着……

尘埃实际上都是细小的蜘蛛，但菲利克斯毫无察觉。无声无息、无臭无味的细粉一般的蜘蛛一点点附着在他的身体表面。蜘蛛的屁股上有钩状的针，轻轻钩在菲利克斯的皮肤和衣服的表面。蜘蛛钩上带有超小型的马达，马达一开始旋转，就像拆开织物一样把菲利克斯的表面变成了丝状的物质。蜘蛛卷起这些丝，再以“饥饿”消除。因为这个过程既不痛也不痒，沉醉在回忆中的菲利克斯完全没有注意，蹒跚着在漫长的走廊里永不停息地走下去。

……不带那个礼物回去就好了。她第一次讨厌我就是那个时候。我呢，非要说那个是什么“能让眼睛看不见的人也看到东西的玩意儿”，一定要强迫她去看，说起来也是蠢到家了。

她凑近那东西的时候，眼神变了。“啊，你太厉害了。”她说，“我能看到、能看到了！”她好像全身都被捆住了似的，动都动不了。唔，这也不是没道理的，是太开心了吧，我也很开心。然后，她转过头朝我看过来。那张脸啊，到现在我也忘记不了。“啊！”她倒吸了一口冷气，我听见了。是我有被害妄想？不是吧。她确实是看见了我的长相和身材，真是被我的样子吓了一跳吧。她这是第一次知道自己丈夫到底是怎样一副猥琐样吧。那时候我喝了很多酒，头发湿得不成样子，衣服皱巴巴的，鼻子红得发紫，纽扣好像都扣错了，哪是能给人看的样子。所以她发出“啊”的一声也没什么好奇怪的吧。从那之后，不管再怎么装作什么都没发生过，都已经没用了。只要看到她浑圆的脸，我耳边就会响起那时候她倒吸一口冷气的声音。

好吧，那就算了吧。从那个明亮的早晨开始，她就再没有看过视体以外的任何东西。从早到晚，只要有空，她就在看视体，整天都在念叨视体。不管我劝多少次都不听。有一天，我终于明白了，这家伙已经不会真心看我了。难道不奇怪吗？好不容易眼睛能看到东西了，却不去看这么长的时间里一直陪着自己的男人……

蜘蛛在紧张有序地行动。菲利克斯的衣服、围裙口袋里的剪刀，全都变作丝线卷起拽走。玉米须一样的红发也被卷走，成了秃子。耳朵也被取走了。表皮的大部分都消失了，露出里面的程序。菲利克斯的姿势开始变得生硬，但他浑然不觉地走着。是的，菲利克斯一旦开始考虑起爱妻和自己，脑子就全被这事占满了，别的事也就入不了他的眼（实际上，他的眼睛已经被卷走了）。这不是很令人同情吗？菲利克斯，你可真能走啊。为了你，我把一千公里以上的距离都压缩在这个走廊的一个步幅中了。只要在这里，视体的视线、陷阱之网的监视都不会干扰到你，不管你想走多久都没关系。

走吧，走吧，菲利克斯。一直走到你的身体和精神一点不剩地被卷走。

朗高尼的唾液散发出一股雪茄的气息，很难说是香还是臭。这也让人感到惬意。玛丽亚在床上陶醉地伸了个懒腰。她都记不得交合多少次了，全身上下都带上了静电一般的快感，他的手抚摸到的地方，都会弹出噼里啪啦的声音。

“玛丽亚。”

“什么？”

“有件事想拜托你。”

“什么事啊？”

“唔，就是啊，把这里，这样子稍微张开一点好不好？”

玛丽亚咯咯地笑了起来。原来像诗人一样锐利的眼神，这时候已经变得迟钝了。

朗高尼将自己的男根插入玛丽亚体内。插到一半的时候，玛丽亚的脸上罩上了一层阴云，好像有些痛苦似的皱起了眉，然后发出“啊”的一声悲鸣，随即气绝身亡。准确地说，不能叫气绝身亡。因为玛丽亚本来也没有生命。换言之就是这样：朗高尼夺取了玛丽亚所属的视体——“妖姬”——的机能。朗高尼贯穿了玛丽亚，追溯到“妖姬”最本质、最核心的部分，将该部分置于自己的支配之下，通过“妖姬”插入了陷阱之网。

朗高尼一一检查夏之区界里的其他几个自己，确认他们的进展。正在与何塞谈话的少年朗高尼、正在走廊里分解一个男人的不可见的朗高尼，还有巨人朗高尼也很快就要来到这里了。

他的本体不在这个区界。他是从别的地方向夏之区界投影了好几个副本。

与何塞的对话进展顺利。何塞是个健康、有才能、具有丰富感情和智慧的男人，再没有比他更合适的人了。

很好，很顺利。奸尸者朗高尼慢慢地运动自己的腰部，暗自窃喜。那么，就让我也在旅馆里散散步吧。朗高尼一边因绝顶的快感扭动身体，一边开始扫描陷阱之网。

洗手间里，是一派凄惨的景象。

马桶裂成两半，瓷砖纷纷拱起，上面满是裂纹。本来呈现斯特拉形态的白色“糨糊”此刻已经有些凝固了，变成了半干的小山。蜘蛛的脚从山的各处钻出来，还在微微动着。

造船匠勒内带着几个年纪差不多的人一起走进来。他们拆下门，捂着鼻子，忍住恶臭进到洗手间的隔间里。捕获的蜘蛛必须加以回收调查。虽说蜘蛛应该已经丧失了行动能力，但绝不能掉以轻心，要靠几个人拿渔网裹住拽回去。

勒内从身后的一个人手上接过网，盖在“糨糊”山上。另一个人拿一把翻晒牧草时用的叉子把“糨糊”山翻过来。

“哇，臭得鼻子都要掉了！”勒内来回扒拉手上的渔网，皱起眉头说，“把它拽出来。”

男人们退到隔间外面，开始往外拽渔网，可是总好像拽不出来。

“渔网是不是被门锁什么的钩住了？”

“哦，我去看看。”勒内又一次进到隔间里。恶臭变得更浓了。不知怎的，好像是一股精液的气味。哎呀，难道说“糊”是这种味道的吗？勒内觉得有点可疑，他绕着小山转了一圈，看到有一个男人的手腕从小山里穿出来，伸在外面。

勒内吃了一惊。是谁被殃及了吗？他一边想一边打算去摸摸那只手。就在这时，那手臂越伸越长，紧跟着，一个男人的半身从“糨糊”里冒了出来。那是朗高尼。

勒内目瞪口呆。

“原来如此，玛丽亚是通到这种地方啊。”朗高尼自言自语了一句，随即注意到勒内的存在，“啊，初次见面，请多关照。”

“啊。”勒内应了一声，感觉自己周围的现实正在纷纷崩落，

“这是怎么回事？”

“唔，就是这样子。”朗高尼听上去就像看着自己的车子掉在沟里的旅行者，“这些黏糊糊的到底是什么玩意儿？”

“这是‘糨糊’。”勒内心中生出强烈的警惕，提醒自己不可说话，嘴巴却不受控制，开始喋喋不休地说起来，“是视体的机能实体化了的东西。”

“是‘糨糊’和‘妖姬’的混合吗？这样就综合了视体的机能啊。嗯，学了一招……好了大叔，再见。”

朗高尼朝勒内挥挥手道别，潜回“糨糊”里。

勒内怕得几乎要哭起来，跟着朗高尼挥起了手。他有一种感觉，不管怎么挖这个“糨糊”，都不可能把这个牛仔挖出来。

必须告诉大家。

勒内连滚带爬地逃出隔间，却在门口呆住了。

通往走廊的出口远得一眼望不到尽头。洗手间的通道两侧排列着成千上万的隔间——运用透视画法的完美透视图。

背后传来狼吞虎咽的声音。

好像是蜘蛛复活了，正在大口吞食“糨糊”。还有咯吱咯吱的声音。是在咬什么东西吗？

勒内怎么也无法回头，感觉上就好像连时间都停滞了一样。

被无限延长的时间和被无限延长的空间中，勒内终于发出枯枝断裂一般的声音，笑了起来。

为什么？为什么？

差不多都变成骨架了，即便如此，菲利克斯依然踏着轻捷的脚步，嘴里嘟囔个不停。虽然记忆和思考全被卷走了，但依然唠唠叨叨地走着。还真是和你的脾气一样啊，都是些愚蠢透顶的废话。

为什么？为什么？

菲利克斯，你还真让我吃惊啊。蜘蛛差不多把你的身体都取走了。可就算这样，单靠悔恨，你就能像个幽灵一样轻捷而行啊，真是滑稽。不过这样也好。好吧，你的悔恨我也领受了，就让我令蜘蛛把它卷走吧。

就让我把它变成——唔，一个小小的装饰品吧，点缀在我想拿矿泉旅馆做成的“东西”上。

即便是在朗高尼把菲利克斯的一切半点不留地取走之后，在那无人的走廊中，啪啪的脚步声也持续了好一阵。

天使

6 天使

玄关的战斗开始之前不久。

矿泉旅馆的经理室里，道尼·普雷让正摸着他白炽灯泡一样的脑袋。战斗的准备工作令紧张气氛越来越浓，经理室却异常安静。房间里只有道尼一个人，天花板上的灯也没有开，只有大桌子上的台灯亮着。

台灯的光晕里，数十本大大的皮革账本堆在桌上。光晕之外还有更多的账本堆积如山。

道尼往日温厚的脸庞此刻冷硬如冰。平日里温厚沉着的“道尼先生”的假面，是他为了宽慰旁人而精心装扮的。一个人独处的时候，也就可以挣脱假面的束缚了。虽说是挣脱了束缚，却不意味着可以放松几分。或者不如说恰恰相反才是，特别是在看这些账本的时候。

账本的封面上是小小的烫金数字。古典的优美字体，与矿泉旅馆的向导图和房间号的铭板上使用的字体一样。数以百计的账本全都按顺序编上了号。其中一本展开在道尼面前，浅白色的纸上用蓝黑色墨水整齐地写着小小的文字，一行行排得密密麻麻。

这是道尼写的日志。

展开的这本是“这一夏”开业当时的日志。

数值海岸的AI既是虚拟世界的登场人物，也是这个世界的舞台背后的工作人员，承担着各种各样的工作任务。这有一点类似于小剧团里的演员同时担任经理或者宣传的工作。道尼·普雷让也被赋予了各种性质的工作，既要让矿泉旅馆的服务达到最佳，也要让工作人员运转正常，然后还要管理眼前的这些账本。账本是一个细致入微的数据库，其中记载了矿泉旅馆的利用者在客房里的种种行径。道尼是唯一一个有权访问这个数据库的程序，可以说，将道尼描述成披上AI外皮的程序集合体也不为过。

来到这个会员制服务区的顾客，是由谁介绍来的，是访客还是AI，具有什么样的嗜好，因为什么而感到快乐……这一切都被道尼记录下来，运用于下一次的服务之中。与此同时，出于保护私人信息的目的，这些内容也处于道尼严密的管理之下。

不管再怎么乐观地看，道尼过的都是地狱般的日子，与他温厚明智的性格格格不入。

在这个矿泉旅馆里，访客是如何放浪形骸、做出了怎样残忍无情的行径，道尼心知肚明。他们把小镇上的AI带来这里，会进行怎样的摧残，道尼也是全然知晓。当然，访客本来在镇上也劣迹斑斑。

但是，这些行为都是合法的，谁也不能指责。如果说访客卑劣的话，那么夏之区界从一开始就是丑恶的，眼前的账本便记录下了所有卑劣和丑恶。

即使是发生了大断绝、访客再也不来了，也没有道理扔掉这个账本。因为也许不知什么时候就会重新开始营业，而且就算从此关门，账本里也保存着顾客的机密性极高的个人信息，依然需要严密的管理。账本总是被收藏在金库里，金库是可以防止黑客入侵的坚固外壳，钥匙一直由道尼贴身保管。

不过事到如今，这样的日子似乎终于可以结束了。

道尼将“白银之猫”的短剑轻轻放在桌上。光晕之中，短剑映出冷冷的光芒，宛如裁纸刀一般。

接下来该把所有账本都烧了。

对于矿泉旅馆能否战胜蜘蛛的问题，道尼的看法是悲观的。

不过，道尼并不以为那完全是坏事。无论怎么说，一千年的夏日假期也太长了。AI至今仍能保持自己的本我，差不多也是近乎奇迹的事。道尼偶尔会想，能够终结于此，未尝不是一件好事。或许夏之区界终于将要消失，蜘蛛仅仅是来打扫此地的吧。如果真是如此的话，听天由命也未尝不是一种不错的选择。

但不管是什么样的情况，只要预料到会有非法访问数据库的情况出现，就必须事先将数据库彻底破坏。这当然也是道尼的职责。

虽然可能性很低，但也不能百分之百肯定蜘蛛不是为了盗取数据而来的。如果被蜘蛛吞噬的部分真有可能被转移到区界外面的话，那就必须事先对此问题加以防范。

这一断言也许显得过于武断，不过道尼可以说是完全为了这个账本而存在的。就在此刻，他要将这些账本尽数烧毁，一点儿也不留。道尼极其难得地拿出一支平日不会抽的雪茄，切下烟嘴，用火柴点上了火。

玄关处传来冲击的声音。与蜘蛛的战斗终于开始了吧，朱尔的网络能够顺利运转吗？巴斯坦还是精神十足地担任着阵地指挥吧。

道尼将短剑的刃口贴在写有最初日期的那一页上，小心翼翼地召唤出“火之师”的力量，投在纸页上。纸张瞬间燃起火焰，账本转眼便从桌上消失得干干净净，连半点皮革燃烧的气味都没有，桌上也没有留下任何烧焦的痕迹。这一次试烧更让道尼惊愕，他发现第一册账本上写的所有内容自己再也想不起来了。其实仔细想来这也是理所当然的，但不管怎么说，烧毁账本，实际上就等同于烧毁自己的记忆。道尼将不吉利的念头驱出脑海，一本接一本地点燃。

忽然，道尼想起了茱莉・蒲兰顿的笑脸。那还是访客不断拜访区界时的事。某个夜晚，他正在整理账本，经理室的窗户上响起了敲窗声。窗户外面，茱莉摇晃着葡萄酒瓶，嘴巴不出声地动着。“送——东——西。”一打开窗户，她便笑嘻嘻地爬了进来，“看看你的工作，没关系吧？”

那一晚没有什么关乎两性的事。茱莉只是给道尼的咖啡杯里倒上葡萄酒，自己一边啜酒，一边笑嘻嘻地（没有半点妨碍地）注视着道尼整理账本。

道尼本来非常讨厌自己工作的时候有人站在一边看，可是，那天晚上却有一股安静温暖的气氛，工作进展得非常顺利。时间差不多了的时候，茱莉说了一声："那，明天见。"她从窗户爬出去的时候，也给人一种很舒心的感觉。她的屁股扭动起来真像个孩子，让人不禁露出微笑。那一晚，道尼工作了通宵，但因为心情愉快，一点也没觉得累。

道尼蓦地回过神来的时候，所有的账本都燃烧光了。结束得太快，太不过瘾了。

道尼挎上"白银之猫"的短剑，走出经理室。他打算去参加玄关的战斗。

接待台和门厅的灯都灭了，周围沉浸在一片昏暗里。

只有通往大餐厅的走廊还亮着灯。走廊的墙壁上悬挂着许多相框，相框里是这家旅馆举办过的各种活动的纪念照片。道尼忽然想起一件事，于是朝那里走去。

离他最近的相框里，镶着在前庭的草坪上举行保龄球比赛时拍的照片。本该是优胜者（访客）站立的地方，却连半个人影都没有，只有他（或是她？）举起的奖杯浮在空中。账本烧了，优胜者的图像也从区界消失了。道尼看着这张奇异的照片，发出一声放心的叹息。

一整排照片上，拍的全都是AI各种各样的笑脸，其中既有被蜘蛛吞噬了的人，也有此刻还在同蜘蛛战斗的人。还有那三个姐妹年轻时的照片——她们穿着白色运动服，抱着网球拍，的确像是妖精一般可爱。

就在道尼将要把这些照片全都看完时，一个异常古老的小相框引起了他的注意。相框里是一个人的肖像照。

很明显，这张照片拍摄的年代与其他照片不同，不要说发型或服装，就连照片本身都很古老。

道尼走近这张照片，慢慢端详。照片中微笑着的是矿泉旅馆的创业者托利努·克莱蒙的祖母莱吉娜年轻时的样子。莱吉娜坐在椅子上，旁边站着她五岁的女儿，也就是创业者的母亲娜迪娅·克莱蒙。在克莱蒙一家的房屋中的某一间里（如今已经不在了），母女二人凝望照相机镜头的那一瞬被定格下来，至今依然为旅馆的大厅增添着历史的光彩。拍摄这张照片的时候，矿泉已经被发现了，不过创业者托利努连个影子都还没有呢。

这段历史当然是不曾存在的，这张照片也是捏造的，这些都不过是为了给夏之区界增加真实感而做的设定。不论是莱吉娜、娜迪娅，还是托利努，全都不是出生于夏之区界的真实AI。就连道尼，在数值海岸中也从来没有五十七岁以外的年龄。

但对道尼而言，克莱蒙家族的历史即便是虚构的，也依然是关乎自己工作场所的历史，更不用说这一个工作场所还承载了自己的整个生命。这家旅馆如何诞生的坎坷故事，以及故事中登场的极富魅力的人物，在道尼看来（即使一次都没有真正见过），可以说是如同亲人一般真实的存在，道尼对他们自然怀有一种亲近的感觉。

莱吉娜的美貌，哪怕是在照片里，也像是在散发光辉一般震撼着道尼。那是一种绝对无法损伤的美丽。与之对照的是娜迪娅，在那张充满智慧却又略显神经质的脸庞上，笼罩着无法消除的阴霾……

在这张照片旁边，还挂着一张三十多年之后拍摄的照片。

在这张照片上，十五六岁的托利努跟随在母亲娜迪娅和祖母莱吉娜身边，但这时，就连莱吉娜的脸也是阴郁的。

她们会怎么想呢……道尼忍不住想起这个没有任何意义的问题。矿泉旅馆的每个角落都烙着浓重的克莱蒙家族的光与影，历经千年之后，它终于要迎来停业的这一天了。女神啊，如果你们还活着，会有怎样的感叹呢？

道尼·普雷让向着两张照片深深鞠了一躬。那是在道歉，还是别的什么，道尼自己也说不清。随后，他挺直腰杆，拉了拉坎肩的下摆，摸着白炽灯泡一样的脑袋，脸上挂出往日里人前温厚的表情，抬腿想朝玄关处走。

就在此时——

道尼忽然觉得背后传来一种声音，仿佛是从很远的地方发出来的。

热切却又压抑的低低声音……啊不，是喘息。

男女在床上交媾时的喘息。

道尼转过身。

大厅里一片昏暗，一个人也没有。只有三双眼睛，从克莱蒙家族的照片里望着道尼。

事态愈发严重，伊芙感觉到了无法形容的恐惧。

其他四个人还没有注意到吗？

陷阱之网里，虫蛀的空洞正在扩大。

犹如气泡一样的空白地带不停产生，伊芙看不到这些空白处的动静。

皮耶罗消失的时候就应该解决这个问题的，本不该把它当成单纯的通信故障轻易放过的。伊芙紧咬住自己的嘴唇。

集中注意力寻找原因，仔细查看网络的信息流动中是否存在混乱的地方。

然后，伊芙又发现菲利克斯不见了。

他一出博彩房就完全消失了。

以伊芙的能力，要追踪丈夫在走廊里留下的痕迹不是什么难事，但她只发现，从走廊的半途开始，菲利克斯的痕迹急剧减弱，最后变成干涸的白线，仿佛是拿用完了水彩的画笔硬擦出来的一样，然后便消失了。周围既没有门，也没有岔路，哪里都没有了丈夫的动静。

到这时候，伊芙终于意识到可能发生了某些网络无法捕捉的事件。

同时，伊芙又产生了一种从来未曾想象过的强烈感情。

……接下来又有哪个浑蛋要来找我的麻烦？

……想把大家都卷进危险里吗？

……就不能给我省点事啊?

……算了算了,就这样吧。

……放松点,没关系。反正那家伙脑子有问题,半点用都没有。反正其他四个"寡妇"还没发现。

伊芙自己也知道这是毫无道理的想法,她也隐约意识到自己为何会产生这样的想法。在她的内心深处有一种强烈的执着,她感觉这个网络就是自己所有的,怎么也不愿从网络中脱离。因此,伊芙下意识地将另一个大声发出警告的自己囚禁于意识的最深处。

然后,何塞消失了。

就在没有任何人意识到的时候,忽然之间,何塞就消失了。回放阳台上的小灯泡视体的画像,伊芙愕然无语。何塞就像被外星人抓走了一样,突然间就消失了。那块视体只记录到区界的时空材质上发生过一点微小的扰动。那种扰动如同气泡一样瞬间(大约仅有几帧那么短)出现,突然吞噬了何塞,随即又立刻消失了。这是一种远比AI所知的蜘蛛的"饥饿"更难对付的东西。

伊芙慌忙调出其他的视体作参考,随即发现,不知何时,网络已经被蛀得千疮百孔了。

伊芙瑟瑟发抖,现在的局面自己已经无法应付了。她对自己此前的隐瞒感到内疚,悔恨得连话都说不出来。她的眼前不时闪现出菲利克斯的脸。"你见死不救!"尖锐的声音在耳边大叫。菲利克斯表情、动作的每一个细节都清清楚楚地浮现在眼前。伊芙紧紧闭上眼睛，压力让她生出呕吐的感觉，眼底也有尖锐的刺痛。谁快点来发现吧，伊芙想。谁快点来大声指出蛀孔正在扩大的事实吧。比方说茱莉，你不是和何塞关系很好吗，不是应该立刻发现的吗？

却让我一个人如此痛苦……

大家如此无能……只有我抽到下下签。

茱莉·蒲兰顿周游了一圈陷阱之网，终于注意到有某个地方不对劲，她停下了手上的动作。

何塞不见了……

茱莉将感觉与海上阳台调至同步。

夜晚的海风。

安努和贝尼耶都在沉着冷静地监视着海面，其他男人也都一样。看起来像是没有人发现何塞不在那里。

阳台上的每个人都十分平静，这却反过来更让茱莉心生不安。难道说大家对于何塞的消失都没有半点介意吗？可是这种解释更说不通。是有什么诡计正在酝酿吗？茱莉想。非常非常危险的诡计。

茱莉小心翼翼地将广布于陷阱之网上的自身感觉全部集中到一起，将灵敏度调至最高。在她的舌尖上浮起薄荷糖的味道，茱莉以这种味道为核心，将身体的感觉统合在一起，并将之保持在舌尖上。她有一丝不祥的预感，隐约感觉有可能遭遇到令自己发狂的危险。她开始小心翼翼地探索阳台。可是，不管怎么凝神细探，依旧寻找不到何塞的气息。

用你的大脑——何塞暗暗对自己说——整理手边可用的材料。

第一，朗高尼（十有八九）是数值海岸的居民——从某个别处的区界来的某人。

第二，朗高尼（十有八九）在这个区界里有什么想要的东西。

第三，我让朗高尼认为，我错以为他是现实世界的居民。（这个小子真的这么认为吗？）

何塞灰心丧气。以上假设如果成立的话，就意味着他根本不可能击败这个小子。好吧，不管怎么样，先多耗点时间再说。

少年朗高尼背靠在海上阳台的栏杆上，望着何塞。何塞向着那一双清澈的眼睛说话："谢谢你刚才对我的夸奖，我很高兴，因为那意味着我的直觉是正确的。

"我是对安妮努说过——整个矿泉旅馆可以作为一个避难所，在这里组建陷阱之网。虽然这是个软弱的区界，从来只会将身体和自尊出卖给访客，然而大家现在不是也在团结一致与蜘蛛战斗吗？这样说了之后，我突然大吃一惊，因为我醒悟过来：有人想让我们在这里建筑要塞。

"首先是矿泉旅馆。如果想和蜘蛛打一场守城战，除了这家旅馆，别的地方都不在考虑范围之内。这里的建筑本来就很坚固，食物也很充足，还有休息的地方，更不用说还有视体藏品。

“然后是集中在这里的成员。整个区界有八千以上的AI，聚在这里的只有两百。但就在这两百人里，制作陷阱之网所必需的人物竟然一个不少。朱尔，然后是茱莉、伊芙。少了其中任何一个，网络都是做不出来的。这恐怕只能解释为，是某人刻意计算的结果，是有人特意把最合适的人才集中在这里了吧。假如我也算是这些‘人才’当中的一个，那也算是一种荣光啊……”

无论如何，首先必须从这个“隐藏的舞台”返回原来的区界。姑且先以此为目标吧。何塞一边往下说，一边考虑对策。

“也就是说，这一状态完全是你朗高尼刻意安排的结果。在矿泉旅馆围困这些人，他们自然就会做出陷阱之网。这就是你想要的东西，对吗？”

“唔……不愧是何塞。好吧，让我们回到原来的话题吧。何塞，如果是你，你想从夏之区界挖出什么来？这个问题是我刚才问过的。你的回答就是陷阱之网？”

“陷阱之网，不在夏之区界就做不出来。没有自如操控视体的技术，就做不出那样的武器。”

“你很有自信啊，那就姑且算你讲得对吧。确实，夏之区界里有很多优质的视体，我们很需要这些东西，但那不是问题的本质。别的区界并非没有视体，而且很多还具有更高的变容能力。我们要在这里挖出来的东西，真的不是视体。”

何塞品味着朗高尼的话。

朗高尼的目的，不可能与陷阱之网没有一点关系。

但是,朗高尼不大像是要将陷阱之网作为武器使用。诸如“雪景”与“火之师”之类的机能也许确实不是非常重要,朗高尼需要的,是一种精确度和破坏力更强的东西。那是什么?

何塞有一种不祥的预感。他所考虑的最坏结果,是夏之区界的所有人都被杀光,陷阱之网被朗高尼拿走。可是,难道说……

“给你一个好东西吧。”朗高尼凑近何塞,一下把他的右眼整个挖了出来。

“啊!”

何塞想要痛号,却叫不出声,喉咙的力量又一次被夺走了。这是完全没有预想到的剧痛,痛楚的“等级”远远高出寻常的极限。这份痛楚,似乎是要给何塞某种启示。朗高尼(以及他所代表的某些更加高层的人)的企图到底是什么,何塞似乎已经摸到了答案的边缘,但是,他的思绪被挡住了。

“看。”

少年朗高尼的双手像是变戏法一样动着,右手的手指之间出现了一个白色的玻璃珠。等珠子滚回到手掌上的时候,数目多了一个。

“知道这是什么吗?”

玻璃珠上有花纹——浅黄色的虹彩。那是某人的眼珠。

“给你换上这个。”少年将手中的玻璃珠按进何塞的眼窝。何塞清楚地感觉到,皮耶罗的眼球根部像是发芽一般,咔啦咔啦地成长起来,同眼窝的组织融合在一起。

“疼吧？应该非常疼吧？说实话，我还是有点失望，你连视体的本质都没弄清楚。所以，还是先让你用皮耶罗的眼球去好好看一看应该看的东西。用这个新的眼睛到底能看到什么，你就好好享受吧。”

随着少年的话语，这个新的眼球开始将内部储存的信息，也就是皮耶罗临死前的痛苦，从头到尾、原原本本地传给了何塞——绝无半分保留的残酷体验。何塞不得不全身心地接受凄惨无比的皮耶罗的死状。他心里只有一个想法：再这样下去自己一定会发疯的。

“唔，痛死了吧？什么都没办法想了吧？真是可怜啊，算了，就给你这么些吧。”

突然间，剧痛消失了。何塞的五感仿佛骤然被抛上了半空一样，陷入不安的状态。

少年继续说：“刚才算是免费服务时间，为你献上了剧痛的大餐。现在请问，为什么官能的等级会有如此的提升？答案是，因为蜘蛛吃掉了夏之区界的百分之九十。区界的虚拟现实引擎只要计算矿泉旅馆的周边一带就足够了，系统负荷变得非常轻。引擎的能力可以根据需求灵活分配，负荷变轻之后，引擎便可以将运算能力集中在某些部分。就是这个原因。”

原来如此，这个世界是以超高速的运算能力一帧一帧计算出来的。答案如此显而易见。

“这一点也在你们的计算之中吗？”

“对。”

“你们可以干涉那个引擎吗？”

“你想问的是这个问题吧：‘这儿是哪儿？’”

何塞不禁对少年思考的速度咂舌。

的确如此。何塞真正想要知道的是，这个舞台是由谁制作出来的。是朗高尼，还是某个连区界的居民都不知道的、被遗忘的对象？

“你可能会觉得很遗憾吧，确实，我们可以干涉引擎，而且非常简单。数值海岸的虚拟空间，操控起来非常容易。管理者本来就是想让自己的编程和维护越方便越好。”少年说。

“对于我们来说，这些已经是神明的领域了，无法理解啊。”

“是吗，我倒不这么觉得。”

“虽然可以触及神明的领域，但你们依然是AI？”

“是的。”

“真的不是访客？”

“真的不是。”

“你们怎么做到的？”

“……秘密。”

朗高尼将下巴埋进纯白的风衣领口笑了起来。忽然间，何塞看到的是一个犹如真正少年的笑脸。

“你们都能做到这些事情了，还想要什么？”

“这个啊，说起来就话长了。总之要做的事情很多，时间又非常不够。”

“我想问的也有很多。”

“是吗？”

“大断绝到底是什么？这个区界被抛弃了吗？如果真被抛弃了，为什么计算还在继续？这些计算要耗费大量资源，肯定价格不菲，为什么没有被中止？你们是什么人？为什么身为AI却可以干涉数值海岸的系统？你们利用陷阱之网要造出什么东西？”

“你还要问我们拿那东西做什么用吧……不过，何塞啊，再怎么拖延时间也是没用的。我知道你很想返回主线程，但是对不起，我只能请你放弃这个念头。我请你来这里，可不是真的只想和你谈天。因为某些原因，我必须把你单独抽取出来。说我这是在猎头也可以。作为补偿，给你看个好东西。好好看，好好记住。”

咔嚓一声，眼球上生出一股冲击感。何塞再一次感觉到，从那个眼球中流淌进来陌生的信息。

鲸鱼在烟花满天的天空中优雅地游泳。

这是何塞最初见到的景象。

夜。

别处的夜晚。

何塞看出天空中的星座不同，但他看不出这是哪里的区界。

被埋入何塞眼窝的眼球，飘浮在夜空之中一个很高的地方。

下面是无数光点，卷成犹如银河一般的旋涡。那是一座巨大的都市。

虽然不知道相隔多远，判断不出具体的大小，但至少也有夏之区界数十倍的面积、数千倍的人口吧。

如此巨大的区界也能被实现吗……何塞感到深深的震撼。为了实现这样一个区界，究竟需要多少资源，何塞完全无从想象。

突然间，一个小小的飞行物从夜色下的广阔都市里飞速升起，以可怕的速度掠过何塞的“眼睛”，继续上升。何塞的“眼睛”追随着飞行物的动向。

飞行物前方，很远的上空，在月亮的背景之下，有一头鲸鱼正在夜空中游泳。

鲸鱼如飞船一样，只是体积更大。何塞无法准确把握它的大小，但不管怎么看，他都感觉那头鲸鱼至少有一千米长。何塞只能看见鲸鱼的腹部，那里反射着城镇的灯火，发出银色的光芒，但那到底是鱼腹的银色，还是金属或者其他材质的银色，何塞分辨不出来。

那应该不是真的鲸鱼吧，就连是不是生物体都无法确定，但那形状、那动作，都和鲸鱼非常相似。优雅、庞大，不知怎的总让人感到其中蕴含着睿智。它摆动身躯，在夜空中悠然游泳。将它想象成鲸鱼，应该是最正确的吧。从它的形状与动作之中，可以体察到这样的意思——“给你们看看鲸鱼的样子”，或者是“我想做一头鲸鱼”，于是就有了那是鲸鱼的念头。可实际上那东西到底是什么呢？何塞很想凑得更近一些好好看看。

飞行物接二连三地从都市飞上天空，向鲸鱼靠近。飞行物有着陀螺一般的外形，它们高速旋转着，发出轻快的马达声，外壳上带有美丽的色彩，如打磨过的铜镜一般。陀螺的顶部并不旋转，上面设有像坦克顶盖一样的盖子。其中一些机体的盖子开着，露出人（分不出是AI还是访客）的上半身。人的头上戴着古典风格的飞行头盔，红白相间的围巾在风中飘动。

上空传来低沉的嘭嘭声，那是爆炸的声音。鲸鱼的腹部出现了小小的爆炸火花。说是小小的，其实那是与鲸鱼的大小相比而言，如果与飞行物比起来，火花就要大出许多。爆炸接连不断，四面开花。看起来，似乎是飞行物正在攻击鲸鱼，鲸鱼周围的夜空之中火光四射。火焰有着红色、绿色和蓝色的鲜亮色彩，犹如梦境一般美丽。明明是真枪实弹的战斗，却宛如梦境，像是遥远的传奇。

沐浴着月光的珍珠色云朵中出现了飞船。看上去，那飞船使用的技术与陀螺状飞行物的一样，只是体积更加庞大。那不是充满氢气的齐柏林飞艇，而是具有复杂内部结构的真正的飞船。它身躯庞大，外壳是铜色，两边船舷上伸出巨大的梳子一样的构造物，看上去像是古罗马战舰。仔细看来，梳齿一根根都在旋转。是通过这样的旋转产生浮力的吗？竟然会有区界具备这样的技术？鲸鱼与战舰的战斗似乎开始了。何塞非常想升上去看，但视点并没有移动。恐怕这不是真实的场景，而是某种类似录像一样的东西吧。

飞行物围住鲸鱼，发出犹如大群黄蜂一样的声音，旋转的躯体里不停放出火箭。火箭在鲸鱼周围爆炸开来，燃起团团火焰。旋转的平台上怎么可能发射火箭？何塞虽然疑惑，却又反过来更为这不合常理的景象着迷。

鲸鱼无比巨大的躯体弯曲起来了。

然后，鲸鱼的体表飞扬起无数白色且极其细小的、轻飘飘的东西，就像被吹起的蒲公英的绒毛，又仿佛是冰雪的碎片。雪片同今天早晨在区界里飞落的蜘蛛一样，每一片都在自主行动，开始与飞行物交战。

不过，这并非一场势均力敌的战斗。飞行器不堪一击，一接触到雪片，陀螺要么立刻停止旋转，要么一边旋转一边在空中分解了。失去浮力的飞行物先是继续上升一会儿，随后渐渐维持不住原来的姿势，就像扔上天空的飞盘一样失去上升的动力，转而朝下直直坠落。那些戴着飞行头盔的人，掉下去的时候连半点声音都没有，那是他们已经死了的缘故吗？有的陀螺喷出火焰，像是弹药库爆炸了一样。战舰粘到雪片后，就像是砖块建成的巨大城池，从两端开始，接合处纷纷开裂，整艘战舰随之解体。船体崩裂到两侧船舷的地方，便从内部喷出冲天的火焰，转瞬间，整艘飞船笼罩在一片火海之中。火光中，船体四分五裂，从火焰中掉落的砖块一边坠落一边冒出火焰。

粉身碎骨的空中飞船化作一团碎片从何塞视点的位置掠过，掉了下去。

歌声响起。

遥远的歌。

雪片轻盈地飘浮着，唱起了歌。

就像围着篝火的童子军唱的一样，那是一种声音清澄、稍稍有些走调的歌。何塞分不出那歌的旋律，甚至也无法确定那究竟是不是真的歌，但他知道，雪片共有某种基本的东西，并且正在互相唱和。

随着飞船完全消失，雪片分成若干组群，像跳伞运动员一样围成水平的圆轮，开始慢慢朝何塞所在的方向下降。圆轮越靠越近，何塞终于可以辨认出雪片的细微形状。它们像是玻璃质的人偶，何塞这样觉得，但这并不意味着它们具有人类（或者说是人偶）的姿态——就像那些不具有蜘蛛形状、却让人感觉是“蜘蛛”的东西一样。

从没有见过人类的外星人偶然间发现大量废弃的人偶，于是就以这些残缺不全的人偶为蓝本制造出各种各样的对象——这样的猜测也解释得通。

有的人偶只有臀部和大腿；有的人偶没有头，却长着数十只手臂，如同翅膀一样；有些人偶的头像项链一样穿在一起，头上长着深蓝色的瞳孔。不管是哪种人偶，都有着玻璃一样通透的质感。大多数人偶的全身都覆盖着密密麻麻的绒毛，那些其实是裹着冰霜的玻璃纤维，给人冰冷刺骨的感觉。若是用手触摸……何塞忽然胡思乱想起来……指尖一定会立刻冻僵吧。

雪片一边唱歌，一边继续保持圆轮的形状，不断下降。

何塞将视线投向下方。

下方大都市四处都冒出了火光，如同散布着无数宝石。刚才坠落的陀螺状飞行物引发了火灾。又过了一会儿，都市里开始接二连三地发生巨大的爆炸，那是空中飞船的残骸落地了。在何塞看来，那无法扑灭的火焰中，有数以十万计的AI四处逃窜（就像上午时候的我们一样）。

突然，飞船船体又发生了一场巨大的爆炸。那是飞船的控制中心被击中了吧。

放出蓝色微光的人偶朝着都市降落，速度越来越快。以何塞的视点看来，光点仿佛正在逐渐收缩，最后缩小到无法同街上的灯火区分开来。

于是，异变骤起。一个个黑色的圆以“街灯”为圆心开始向外水平展开，圆的边缘带着微光，内侧却是一片漆黑。何塞的直觉告诉他，都市紧随着人偶的飞落开始消失了。圆里面恐怕什么都不会留下吧。那个圆就是像蜘蛛做出的“空穴”吗，或者是另一种完全不同的东西？何塞背上生出一片冷汗。

一个个小圆重合在一起，变成了一个巨大的圆。

都市被完全吞没了。

就在此时，何塞突然感到有一种压倒性的存在迫近。

鲸鱼正在向何塞的高度下降。它的体长足有五千米。何塞感觉自己全身的力气都仿佛被抽走了一样。

鲸鱼的背部进入了何塞的视野。

何塞目瞪口呆。

鲸鱼的背上，有一座矿镇。

好几座挖开的山丘。无数个采掘的洞穴。运载矿石的矿车。铁路。建筑物的群落。住宅窗口里的灯光。

然后……

巨大的水池注视着何塞。

那不是水池。

是眼睛。

与人类的眼睛一模一样。

眼睑和睫毛。

湿润的眼珠。

突然，何塞眼中的画像中断了。

取而代之的是矿泉旅馆的阳台，还有凝视着何塞的少年朗高尼的脸。

"录像"结束了吗？

何塞望向朗高尼。他意外地发现，少年的脸色有些苍白。

"那是区界发生的事？"

少年微微张了张嘴，好像是点头的意思。

"那是什么？"

"是天使。"

朗高尼低声回答。也许是错觉，何塞觉得他的声音有些嘶哑。

在被无限延长的时间和被无限延长的空间中，无力的老人终于发出枯枝断裂一般的声音，笑了起来。他已经濒临发狂的边缘。

背后传来的声音越来越大，那是一种狼吞虎咽的声音。勒内浑身颤抖，怎么也回不了头，但他不用回头也知道正在发生什么：蜘蛛恢复了知觉，正在吃我的同伴。用不了多久，那种“饥饿”也要把我吞噬下去了吧。如果无法逃脱，那还不如快点把我吃掉算了，勒内一边笑一边想。

不可思议的是，勒内突然想起了茉莉·蒲兰顿的笑脸。那还是勒内犯了肩膀痛的毛病、没办法出去工作时的事。连续几个星期都是阴雨连绵，令人沉郁的日子里，勒内只有缩在家做帆船模型打发时间。那个孩子来拜访自己的时候，是凌晨三点。外面虽然还下着雨，但她一边说着“早安”一边推门进来时，却好像有一缕阳光照进了凌乱不堪的家里。她说了一声“瞧”，伸出舌头，勒内看到她舌尖上穿的舌钉，虽然也有点吃惊，但等事情结束之后，留下的只有快乐的回忆，而且没有丝毫的罪恶感——也许是这个区界的道德观使然吧……

不过，勒内的思绪很快又回到了蜘蛛的身上。

若是被“饥饿”吞噬的话，应该转瞬之间就会结束，但从刚才开始就一直听见背后有声音，蜘蛛到底在干什么？这么长的时间里，它们到底在做什么呢？

“在工作呀……”

勒内的身体顿时僵住。刚才听到了什么声音？工作？自己说过这个词吗？勒内笑不出来了。自己背后到底发生着什么事情，他无法想象。工作是什么？是谁在制造什么东西吗？刚才的声音到底是谁发出的？

勒内的眼睛死死盯着遥不可及的洗手间入口。他不敢看别的地方，但视野里还是出现了蜘蛛的腿，那是从他背后绕过来的。粗糙的腿上，黑黄相间的刚毛排成一圈圈的横纹。勒内动弹不得。蜘蛛腿的最前端好像铁锹一样，上面长着好几条细细的操作臂，其上还连着各种各样的附件。那些工具大概都是来自地狱的牙医才会用吧，勒内想。在这些操作臂当中，有一条的喷嘴处正在往外吐着蛛丝，绝缘的细丝。蛛丝裹住了勒内的全身，他胸口处的人格边界发生了动摇，表面变作半透明的状态，露出他还在微弱脉动的内部。是要被活体解剖了吗？勒内想。解剖就解剖吧，当了一千年造船匠，最后落得这样一个下场也是没办法的事。勒内听天由命了。

“你彻底想错了，”刚才的声音又出现了，“不是解剖。”

勒内的头上插进来许多金属探针和针管一样的东西。那个声音直接在他的头脑中响起：“……是工作，勒内大叔。这是暑假作业。”

声音笑了起来。构成勒内的程序开始解体。他左边的眼球如同被拧下的灯泡似的，啪地弹了出来，舌头则像弹簧一样伸缩不定。那副样子太怪异了。

勒内终于想起来了。

这个声音，这个在背后发笑的声音，不正是裁缝菲利克斯的吗？

掌管矿泉旅馆厨房的约耳，把用惯了的平底锅放在火上，烧到快要冒出烟的时候，再把油倒进去。约耳不用牛油，只用带有香草和大蒜香味的植物油是他的特色。

料理桌上放着涂有珐琅的搪瓷盆，里面放着一块用葡萄酒腌制过的肉，旁边还有蔬菜。肉块很大。约耳用不锈钢夹子夹起肉块，擦去上面的葡萄酒，肉的表面显出光滑的充实感。做成烤肉一定会很好吃吧，约耳想，用它来招待大家，让玄关的各位吃点热腾腾的烤肉。

约耳在这个区界还承担着另一项职责，即维护与烹饪和饮料有关的完备数据库。

实际上，在夏之区界，不管是谁，只要想下厨，不论自己是否意识到，必然都要访问约耳的烹饪数据库：所有的AI没有必要都具备烹饪知识。这样的设计是合理的，因为系统资源本来就有限，排除了琐碎的知识会令AI的行为轻捷化。当然，不论是谁，没人能像约耳那样擅长烹饪，最高的烹饪技术只有约耳才可以使用。

夹子夹起来的大块鲜肉，被放进平底锅里。

植物油伴着剧烈的声音炸裂开来，细小的油粒噼里啪啦地溅到约耳的胳膊上，给他带来阵阵针刺般的疼痛。那种感觉是如此鲜明，不禁让约耳生出些许讶异。也许第一个注意到感官变化的正是约耳吧。作为厨师，具备这种敏锐的感觉本来也是理所当然。不过，此时他当然还不可能意识到感觉变化的原因所在。

还要再煎一会儿，约耳看着肉想。等平底锅的高温给肉的表面烙上清晰的炙烤痕迹后，他要把肉翻一面。肉的表面泛起一层油脂。呵呵，看起来很美味。油脂和鲜血的味道……对于食用的一方来说，这是让其切实感到生之快乐的香气；但对于肉来说，这却是死亡的气息。不知为何，约耳想到了这个平时根本不会去想的问题。我此刻正在做的，是将肉片上仅存的一点点生机彻底消除，是把死亡切开分给大家。

肉块的一面煎得差不多了。约耳一边哼着歌，一边将平底锅里的肉翻了一面。

翻上来的那一面上，是烤得焦黑的菲利克斯的脸。

那张脸上到处都是炙痕。栩栩如生的脸，正在窥视约耳。

烤肉中的脸笑了。

“你好，约耳。”

约耳完全没有应对此种状况的能力，厨师现在唯一能做的只有侧头瞪着平底锅。

菲利克斯一边笑，一边继续说：“真是很热啊。太热了。我都要热死了。”

嵌在料理桌下面的烤箱的门从内侧打开，里面爬出一只和人的手掌相同大小、形状也差不多的蜘蛛。它开始往约耳的背上爬。

“约耳，厨师的工作，大体就是扼杀活物的生命，再加上各种装饰。”

蜘蛛抓住约耳的后脑。约耳感到脑后生出一股强力，使劲往前推着自己。平底锅近在咫尺。

“这次该轮到你了。”

约耳已经无法继续思考了，但他还是能感觉自己的身体正在被翻转扭曲。

约耳的脸被压到平底锅上。在无限延伸的时间之中，在炸裂开的植物油之上，约耳的脸，一而再、再而三地被煎烤。难以置信的苦痛持续着。紧紧按着那张脸的，是约耳——也就是他自己——的手臂，手臂连接着的是他自己的身体，而脖子上却是烤得恰到好处的菲利克斯的脸，脸上还冒着热气。约耳发现，不知什么时候，自己的脸和感觉都被投射在平底锅里的肉上了。他意识到自己被封禁在大块的肉里了。

菲利克斯陶醉于笼罩着整个厨房的烤肉香气之中，将约耳被打断的哼唱继续下去。时间绰绰有余。

“这个有点奇怪呀。”茱莉干脆地说。

“……不赶快处理的话，不晓得会变成什么样。”

三姐妹以一种很悲伤的神色窥视茱莉的脸，茱莉目不转睛地直盯着伊芙，或者该说是乜着眼看。伊芙低垂着头，可能是在故意回避茱莉的眼光吧。

女人们从“水晶吊灯”里浮上来，回到博彩房的大桌旁。

“现在是垂头丧气的时候吗？”

三姐妹咬住嘴唇。为什么刚才没有注意到？为什么在网络被蛀到如此破烂不堪之前没有注意到？此前三姐妹一直都没有从“水晶吊灯”里出来过，一直在底层维护着整个网络的运作。她们控制官能之炉的输入与输出，稳定整个网络，随时检查是否发生了断线或者视体破损等情况。伊芙和茱莉在特定的点上聚焦感官，进行极其细微的干涉，三姐妹则是将全身的感官铺开在整个网络上。同时，因为三个人具有完全相同的感官，所以也同时进行着相互确认。她们本应该更早发现虫蛀现象。

“必须告诉朱尔。”茱莉说。

伊芙抬起头。

最初注意到的是卢娜。她轻轻“啊”了一声，用手捂住了嘴。

“怎么了？”道娜随着卢娜的视线望向伊芙的眼睛，随即也“啊”了一声。

伊芙的右眼，栗色的美丽瞳孔的正中心，生出了一只小小的瞳孔。

玄关的男人们在前庭外的森林里分散追击残存的蜘蛛。

帕斯卡双手握着“白银之猫”的短剑往前走，腰间的皮带上还插着好几把短剑。帕斯卡已经干掉四只蜘蛛了，他发誓不把蜘蛛赶尽杀绝定不罢休，一定要给母亲报仇雪恨。

“你的心情，我知道的。”

突然，帕斯卡发现自己正和裁缝菲利克斯肩并肩走在一起。直到刚才为止，身边还没有一个人影，而且完全没有感觉到这家伙的出现，不知道什么时候他就突然和自己并排走在一起了，但帕斯卡对此不怎么介意，这既是因为他的心思都在蜘蛛身上，也是因为菲利克斯的声音可以毫无抵抗地钻进他的心里。虽说帕斯卡本来很讨厌菲利克斯，这家伙总是喜欢说些自私自利的话，而且声音又是那么尖厉。

菲利克斯从围裙口袋里拿出一把剪刀，剪刀有着精心打磨的优美长刃。菲利克斯端详着这把剪刀，一边继续往下说："帕斯卡呀，谁都知道，你有多孝顺你母亲。"

是啊，帕斯卡想。可真正理解我和我母亲的人，一个也没有。帕斯卡痛苦地想。忽然间他又想，或许和菲利克斯说说看也不错吧。有些东西在心中埋藏得太久，已经变成一种苦楚了。

森林里的香气很浓，这些香气仿佛是笼罩在周围的黑暗发出的。帕斯卡深深吸了一口黑暗的香气。他感到自己的精神正在慢慢萎靡，奇怪，这是为什么？自己对蜘蛛的憎恨刚才还在不断高涨，此刻势头却已经变了。

帕斯卡突然停住脚步。当然，自己周围一个人也没有。自从踏进森林以来，他一直都是单独行动的。

帕斯卡看了看自己的手。手里握着一把剪刀，剪刀上有着狭长而优美的刀刃。

帕斯卡侧头望着剪刀。为什么这里会有剪刀？刀刃上映出自己的脸。

"原来如此。"

帕斯卡低低叹息了一声。为什么这里会有剪刀，这不是不言自明吗？随后，他开始用这把剪刀剪开自己的胸腔。

旅馆前庭里，三十多个男人正在品尝热咖啡，巴斯坦和道尼先生也在这里。

乌云遮月，周围一下子暗了下来。

巴斯坦在想，不管怎样，先把今夜熬过去，然后再想明天如何挣扎求生。今天夜里若是能守住矿泉旅馆的话，这里就能成为我们的根据地，明天就可以尝试别的手段，就可以运用夏之区界残留的所有材料，进入游击战阶段。到了那时，对蜘蛛的战争将变为一场长期的消耗战。而在今夜，首先是想尽办法活下去。

不过，有些人在森林里走得太深入了。他们被一时的胜利冲昏了头脑，一直都没有回来，哪怕自己事先就强调过千万不能过于深入。皮耶罗、帕斯卡……差不多有十个人吧。过于深入就会变成单独行动，就有可能被蜘蛛各个击破，这样攻守之势就要逆转了。自己这边要打的必须是游击战，必须将蜘蛛引诱到这里来，此刻正是让大家休养生息的时候。对此心知肚明的巴斯坦，按捺不住内心的焦急，抱着胳膊，怒目凝视森林的入口。

忽然，巴斯坦想起了茱莉哭泣的容颜。那个一边哭鼻子、一边把“尾巴”递过来的少女啊。不管是如今已经不在了的妻子，还是孙女阿加莎，当然也包括自己，在这一千年间，受过她多少帮助啊。那个孩子还在博彩房里努力吧。

巴斯坦背后，玄关的门开了。女佣斯特拉推着一辆小车，送来了新的咖啡和杯子。

“副镇长先生，给你倒点热的吧。大家都喝了，你也喝点吧。”

“还有几个家伙没回来，我再等一会儿。”

“马上就回来了吧。”

“但愿……”

乌云散去，前庭亮了起来。

斯特拉“啊”地叫了起来。

在森林的黑暗中，男人们一个接一个地出现在明亮的前庭里。帕斯卡也在其中。

“哎呀呀，都回来了。”巴斯坦不禁喜笑颜开。

“太好了，”斯特拉嫣然一笑，“马上就可以吃上烤肉了。”

“天使……那是什么？”

对于何塞的问题，朗高尼只是耸了耸肩。

“是什么呢……我也想知道这个问题的答案。”朗高尼说。

他不像是想岔开话题的样子。朗高尼回答的语气正在变得越来越随便，是因为他的注意力转移到其他东西上去了吧。

“天使嘛……”少年继续道，“唔，是一种灾害。”

“灾害……那种冰冷的人偶，是灾害吗？”

“对，那种人偶，还有你看到的鲸鱼矿山也是。刚才你看到的那座都市，即使放在整个数值海岸当中，规模也算是很大的，你只要看看那些飞行物就知道了吧。那个区界被设定为拥有高新的科技，就像夏之区界的主题是‘在朴素的小镇度过夏日假期’一样，那个区界的主题是‘在技术发达的华丽都市体验一夜冒险’。实际上，我本希望你能好好看看地上的都市。那些设计都很有趣，绚丽多彩，滑稽可爱。从建筑物到小汽车，每一个设计都很精彩。很了不起啊，就连一个小小的胡椒盒都让你忍不住想要把它带回去。那个区界充满了惊人的设计美感。在那种飞行物的设计当中，你也应该感觉到这种大方稳重的美了吧？”

何塞被完全折服了。这个少年旅行过多少区界啊，他积累的经验都足够对各个区界加以比较和评判了。这个少年知晓许多关乎数值海岸本质的东西，而且正在为某种重要的事情行动。更重要的是，他还具有强大的力量。

对于自己心中涌现的感情，何塞吓了一跳——那是一种强烈的艳羡。

“我无法向你解释那座都市变成了什么样子。从某种意义上说，整个区界都变成了‘天使’。不过，这样说你还是无法理解吧。”

“所谓‘灾害’，到底是什么意思？”

“是指一种对于我们的区界和AI而言具有空前威胁的巨大变化，而且那种变化的本质我们完全无法控制，甚至就连‘灾害’自己也无法控制自己。在这种意义上，我们称它是‘灾害’，就像你们担心海上的狂风暴雨一样。有所不同的是，这种灾害不是数值海岸本来预先设定的东西。”

何塞沉默了一会儿。这家伙刚才的意思是：我们对“天使”

束手无策。这个少年确实已经开始严肃起来了。这小子和“天使”之间到底有什么样的关系呢?

“天使和你们是对立的吗?”

“……也许吧。”

“你们为了与天使对抗,要使用陷阱之网?”

“是……当然。”

何塞稍稍犹豫了一下,直截了当地问:“陷阱之网有什么可以对抗天使的力量?”

“你不是已经明白了吗?”朗高尼笑了,笑容里仿佛带着些许寂寞。

“视体?”

“……这么说也可以。”

“但那不是根本的力量?”

“……嗯,不是根本的力量。”

唔,何塞长叹了一口气。

“朗高尼。”何塞第一次喊出少年的名字,朗高尼的眉峰微微一挑,“我……和你……以前也见过吗?”

虽然何塞是在故弄玄虚,但少年的眼睛猛然睁开了。

“……时候差不多了,我们开始吧。”

没有用。何塞正想继续说些什么的时候——

朗高尼行动了。他压到何塞身上,双手撑住躺椅的扶手,俯视仰卧的何塞。在夜空的背景下,少年的身影犹如剪影一样,只有眼睛隐约可见。

“啊，鲸鱼的耳坠。”

“嗯？”何塞怔了一下。

耳坠的确不是一般的海鱼，而是鲸鱼。茱莉做的一组耳坠里面的两个，他和茱莉一人戴一只。就算拿在手上也很难看出是鲸鱼，因为做工并不精细，不过何塞喜欢的正是这一点。除了他和茱莉，没有任何人知道它是鲸鱼。

“嗯，何塞，”少年在挂着耳坠的耳边低语，“何塞·范·多梅尔。”

躺椅的靠背放下，伸展成睡床的形状。椅子支撑了两个人的体重，帆布弯曲起来。少年触到何塞的胸口，衬衫如枯叶一样脆裂。他的手指就这样触上何塞肋骨的缝隙。

“蓝色翅膀的蝴蝶……”少年的嘴唇没有离开何塞的耳朵，“邮票上的汽船图画……玻璃瓶的银色盖子……手帕上的刺绣——瑞士的民间手艺风格啊。”

指尖顺滑地插入何塞赤裸的胸膛。朗高尼的手指像是在搅弄柔软的泥巴一样。

“很厉害呀。何塞，你真是个奇妙、怪异的AI呀。”

“我……”何塞张不开口，全身僵硬。

连自己都无法触摸的领域里，少年深深地插入一只手臂。

然后是另一只。

就这样，就像此前一样，少年重叠在何塞身上。两个人的胸口毫无痛楚地融合在一起，变成了一个。既无快感，也无苦痛。既不昂扬，也不抑郁。变化平稳地推进，直到少年的身影消失，只留下在躺椅上无法动弹、沐浴着月光的何塞。终于，何塞的眼睛连那月亮都看不见了……

终于开始能看到别的东西了。

“何塞。”

“什么？”

“能看见吗？”

“……唔？”

“很快就可以看见了。感觉怎么样？”

“啊。”

何塞逐渐看见了旅馆中的各种影像。

他远远地感觉到茱莉的影子。刚想出声招呼，她却忽然不见了。是从“水晶吊灯”中浮上去了吗？

“知道自己在哪里吗？”

“啊。”何塞回答。

“这里，是在陷阱之网里。”

手の甲、三面鏡、髪のオブジェクト

7 手背、三面镜、头发对象

“这不是明摆着的吗，”茉莉说，“快停下。”

大桌子旁边，朱尔无言以对。

“到底怎么了？”

这么愚蠢的问题竟然是从自己口里问出来的。意识到这一点，朱尔闭上了嘴。

看不见的存在正在侵蚀网络。

“多娜她们也还没明白吧？”

明明刚才问过同样的问题，现在朱尔又问了一遍。他的大脑根本没在运转。

“完全没明白。到现在为止，她们连蛀孔的事都还没弄清楚呢。”

确实，现在还没办法直接观察蛀孔，只能从周围的条件推断有蛀孔产生。更何况，蛀孔里面究竟是什么情况，对网络又会产生什么影响，他们完全没有头绪。所以，茉莉的主张也不能说没有道理。谁都知道，如果继续运行网络，破绽就会越来越大，可是……

“那会不会正是蛀孔本来的目的呢，茱莉？”伊芙的脸直望着茱莉说道。

这和朱尔的想法一样，放弃网络就等于放弃抵抗。没有了陷阱之网，蛀孔里的人们就能逃到这里来吗？

伊芙侧着头，脸色非常难看。

“不舒服吗？”安娜问道。

“嗯，头和眼睛都很疼。还是第一次疼得这么厉害。不过没关系，反正现在也不是说这个的时候。”

大家对伊芙这样的回答有点吃惊。她一向都很低调，通常只会表露出一丁点儿自己的思想，这次她却明确告诉大家自己正在忍耐痛苦。

只有茱莉漠然以对：“你说这话的时候，大家都在消失啊。一点一点地就看不见了，就像被人拿橡皮擦慢慢擦掉了一样。”

“像何塞那样？”

“是啊。”

“是啊，是啊……你很担心何塞，非常非常担心，对吧？所以你想马上终止网络出去找他，对吧？我清楚得很。”伊芙也是冷冷的口气，“茱莉，你所说的东西我非常理解。因为……因为我也在担心……我丈夫……菲利克斯也正在消失。”

突然听到这话，所有人都愣住了。

没人注意过菲利克斯的动向。

“我一直都在担心，担心得不得了。当然了，你大概注意不到这么细枝末节的小事。”

桌边的气氛变得非常尴尬。茱莉禁不住觉得，好像是伊芙刻意制造了这种气氛一样。

伊芙感到，自己似乎翻过了一道山梁。

翻过山梁，接下来就是下山的坡道，再用不着气喘吁吁地往上爬，只管轻松顺畅地下山就行了。伊芙此刻就是这种感觉。

头和眼睛还是很疼。特别是右眼，有一种强烈的刺痛感，像是有一根锥子扎进去了一样，不过心情总算好了点。我需要网络，绝对不能让它终止。就算丢了丈夫，也必须继续守住网络……所以要摆出自我牺牲的姿态，而且，她对自己可以摆出这样的姿态隐隐感到自得。

“大家应该是……怎么说呢，并不太喜欢菲利克斯吧？不过不管怎么说，我一直在抽空找他，趁着陷阱之网运行空闲的时候。”

自己竟然可以把谎话说得如此流畅自然，伊芙心中既有些惊讶，又为自己的口才暗自欣喜。她当然根本没有找过菲利克斯，而且可以说根本就没想过要找他。就像马路上肇事逃逸的罪犯一样，伊芙的心里捏着一把汗，表面上却装成一无所知的样子。

“我丈夫也好，何塞他们也好，是因为陷阱之网的存在才消失的吗？我看不是。真正的原因是蜘蛛进入了这家旅馆，对他们做了什么事。网络仅仅是没有感应到罢了。反过来说，就算我们主动收回了网络和视体，就能找出那些消失的人了吗？不能吧。网络可能是有点问题，可是终止了网络，我们就能活下去吗？”

伊芙的头和眼睛已经痛得难以忍受了，仿佛不断重复的信号一般，剧痛朝伊芙一波波袭来。

“好吧，既然这样，那我什么都不说了。”茱莉倏地站了起来。

“大小姐，你要撒手不管了吗？”老朱尔第一次开口了。

“是的。”

“少了你，网络不就不能运行了吗？”

“那我可不知道。”

茱莉就像啪地甩掉肩膀上的披肩似的，抛弃了此前一直努力运作的陷阱之网。她看起来既不是怄气，也不是耍脾气，脸上也看不出半点愧疚的样子。

“哎呀……那好吧。”老朱尔眯起眼睛。

“真不负责任啊。”伊芙指责道。

“伊芙，”茱莉耸了耸肩，“你的心情我也理解。对你来说，只有陷阱之网这个容身之地。可是，真要这样的话，你就应该照直说。就算房子都快烧光了，你只要还能继续织你的蕾丝就足够了。”

就算听到这话，伊芙也没有任何想法。她的头和眼睛一直在痛，而且自己也想尽早回到视体里。是的，那里才是我该去的地方。而且说实话，就算没有茱莉，自己也总有办法运行网络。因此，她这样回答茱莉：“你真像一只不安稳的小猫。”

“在这儿坐得再久也还是什么都找不到。”

“那么，各位小姐，请问你们究竟准备怎么办？”老朱尔笑容可掬地问道。

“嗯，该怎么办呢……”卢娜用一种从容不迫的语气说。

就在这时，正面玄关处传来一声巨大的声响。不是爆炸声，好像是巴斯坦他们那组又发生了什么事。

“我觉得还不能说网络没有用处了，”多娜赞同伊芙的意见，“还是留在这里比较好吧。”

“很抱歉，各位阿姨。”茱莉说。

“这样，我来换茱莉，各位觉得如何？”老朱尔彬彬有礼地问。

“那可太欢迎了。”安娜说，好像很开心。

“不管怎么说，我好歹还算懂一点操纵视体的方法。”

“啊，是吗？”

“嗯，一直看到大家努力奋斗，做得非常出色，我就没好意思作声。不过要是现在人手不足的话，我也想尽力帮忙。各位，可以吗？”老朱尔对茱莉使了个眼色。

“啊，这太好了。”

“那就我来了。”

“谢谢，我欠你一个人情。”

“是吗，那你可别忘了。”老朱尔微微一笑。

“不会忘的，忘了也会想起来。”茱莉也回以一个微笑，只说了这么一句，随即迅速转身，连衣裙的裙摆犹如晾晒在微风中的衣物一样轻盈飘逸，“朱尔，跟我来！”

“啊……”

“啊什么啊，你不去的话，一切都是白费啊。”

“啊？为什么……”

“别那么多废话，”她抓起朱尔的手腕，“‘尾巴’在你那儿吧？”

“啊？嗯。”

“走吧！”茱莉拽住朱尔的手跑了出去，朱尔被半拖半拽着跟在后面。

“好好干，朱尔！”老朱尔向出了博彩房大门的两人挥挥手。

“对了，”安娜问道，“你的名字真是叫朱尔？”

“你觉得呢？”

“啊，我也不知道呀。”安娜扑哧一笑，“你还真有趣。”

老朱尔转向伊芙：“好了，茱莉已经走了。头还疼吗？”

“嗯。”伊芙连说这一句话都很辛苦。

老朱尔直视着伊芙的眼睛，仔细观察它。

伊芙美丽的栗色眼眸上长出了一对小小的漆黑瞳孔，像是被针尖刺出来的一样。

茱莉拉着朱尔的手跑出博彩房的那一幕，何塞看在眼里。

刚才伊芙一直觉得很屈辱，她感到所有的东西都被茱莉糟蹋了，连自己都被她当个傻子一样耍着玩。现在终于不用再跟她废话，心情倒也没有那么糟糕了。这样也好，那样也罢，都不过是些小事罢了。

在椅子上茫然若失地坐了一会儿，伊芙重新望向“水晶吊灯”。“水晶吊灯”依然玲珑无瑕，完全看不出在它内部蔓延的腐蚀。我要回去的那座房子，真是快要烧光了吗？

够了。

忍着剧痛，伊芙这样想。

我没有义务承担所有的责任。我只要一如既往地尽我所能，直到陷阱之网破绽百出乃至完全崩溃为止。就让我装成什么都不知道，什么都没有发生，尽我最大的努力干下去吧。

伊芙潜进网络。没必要再看三姐妹和老朱尔的脸色行事了，只要我也能像视体那样装出一副完美无缺的表象就行。随她们蔑视去吧，没什么大不了的——包括我这肥得不像样的身子，还有我那已经消失了的丈夫菲利克斯。

伊芙进入网络，在原先的位置降落，然后立刻做了一个深呼吸。到了这里，我的眼睛就能看见了。这一点会让我产生一种纯粹的喜悦，有一种全能感。只要在这里，不管什么我都能做到。在这里，我便是王。

伊芙睁开眼睛。

有人。

有某个人在看我。

伊芙抬头望向头顶的方向。

头顶上，距离伊芙很远的地方，有一张大得出奇的人脸，正在俯视伊芙。

那人脸龇着一口黄牙在笑。

“菲利克斯……”

看到丈夫那张巨大的脸，伊芙终于明白过来。这是施加在她身上的束缚着她的符咒。那张脸才是真正的主宰，而她自己，不过是个滑稽的小丑。

栗色虹膜中的小小瞳孔，如同电子表里的石英一般，开始振荡起剧痛。

之前不久的时候。

前庭的森林里出现了十多个男人的身影，他们回到了正门玄关灯光所及的范围内。

“哎呀，大伙儿都没事吧？”巴斯坦不禁喜笑颜开。

“太好了，”斯特拉莞尔一笑，“马上就能吃上烤肉了。”

“烤肉？”

“是啊，约耳正在给我们做呢。”

“是吗，真期待啊。”

巴斯坦猛然转身，手中“白银之猫”的剑锋直指斯特拉的面门。斯特拉那长着可爱圆鼻和厚实嘴唇的脸上没有半点惊慌的样子。

“怎么了？”斯特拉问。

“这里是玄关房檐之外，而你的活动范围本应该是在旅馆内部。白细胞岂能在身体外面发挥作用？至少朱尔没有那么设计过。烤肉确实好吃，但是你送上来的，我可消受不起。”

巴斯坦伸手将短剑直刺进去，锋利的刃口轻松刺穿了斯特拉的头颅。刃口处渗出来自“糨糊”的一堆黏糊糊的东西，这些东西顺着斯特拉雪白的脖子流过隆起的胸口、滑腻的腹部，最后滴滴答答地落在草地上，散发出一股清香，好像夏天茂盛的青草被踩踏后的气味。

聚集在玄关的男人们都站了起来。

“大家注意，”巴斯坦说，“斯特拉已经被占领了。有人侵入了陷阱之网。千万小心！”

斯特拉体内流出来的黏糊糊的东西沿着剑刃流向巴斯坦的手边，巴斯坦立刻抽开了手。短剑被斯特拉吞进体内，不过加载在剑上的“雪景”立即启动，产生的冷气冻住了斯特拉。“火之师”的热量也随之爆发出来，将斯特拉彻底消灭。短剑掉在地上，但巴斯坦没有去捡。

“网络好像还在发挥作用，不过已经不能全指望它了。”

巴斯坦下达了指示。陷阱之网被彻底攻陷的可能性虽然很低，但不是完全没有可能，他早有这个心理准备。所有人的脖子上都挂着一块护身符形状的视体，为了防止遭受污染而与陷阱之网断开了连接。这可以说是他们最后的武器。

“看起来，我们也许吃不上烤肉了。”

巴斯坦转回身子。

男人们都回来了。

他们的身体奇妙地相互缠在一起，形成了一个群，不过除此之外，看起来都很正常，没有什么特别奇怪的地方。

帕斯卡嘻嘻一笑，举起一只手。

那只手已经变成了一把剪刀。

巴斯坦认得那把剪刀，那是菲利克斯的剪刀。

虽然不知道到底发生了什么，但巴斯坦意识到此刻正处于无比危险的境地，而这时道尼已经喊了起来：“散开！”

从森林里出来的男人们全都倒了下去。

他们并非一个一个倒下去，而是十多个人一齐倒下去。他们在地上滚了一圈，形成一个规模巨大的球体。

道尼不敢相信自己的眼睛，他连摸自己的头都忘了。

五个男人的身体复杂地纠缠成一个球体，像干草堆似的。球体滚进在前庭休息的那些男人当中。

惨叫声四起。开照相馆的安里，刚刚还在跟道尼说笑，转眼就被卷进人体球消失了。他像是被相互缠绕的手脚吸了进去，球体内部的无数只手好像都拿着剪刀、钢针，一齐肢解了安里。旁边的几个人也被吸了进去，变成了人体球的一部分。

球体咕噜咕噜地向巴斯坦滚来。巴斯坦闪身躲开的同时，也在最近的距离上仔细观察了一下这个球体。

男人们都被连成了一体，四肢都被割了下来，身体也被开膛破肚，整个球体就是打乱了人体之后随机的重组。是用了菲利克斯的剪刀、针线和蛛丝吧。嘴巴都用粗线缝上，让他们说不了话，眼皮也都缝在一起。也有人的嘴巴大张着，舌头被拽出来缝在下颚上。这些人都还活着，却比死还要凄惨痛苦。什么也说不了，什么都看不见，只有被拖曳着缠成一团。自己的身体就是自己的刑场。

同时，巴斯坦还听到了奇怪的声音：几十根骨头断裂的声音，还有含糊不清的痛苦呻吟。活人的身体不可能承受得了这么重的球体。球体每滚一圈，AI们的身体就会被剧烈的痛苦折磨一次，被那种高等级的、无比鲜明的痛苦……

在这时候，巴斯坦却在脑中搜索某种形状。

这个单是一望就足以让人头晕目眩的人体旋涡，似乎和记忆中的某种东西相似，极为相似的另一个东西……

一只手从身后抓住了巴斯坦的衣领。

巴斯坦被举到半空。人体球抓住了他。巴斯坦仰面向天，天空尽在眼中，身下是众人赤裸的身体，那些身体向周围退开，让出一个开口，将巴斯坦吸向里面。四面八方都是男人们的手，这些手撕开巴斯坦的人格边界，把网线一样的蜘蛛丝强行插进去。

剧痛如烟花一般绽裂，粉碎了巴斯坦的思维。

只要被球体吸入，所有人的痛苦便沿着接口与蛛丝汇入，融合成一个整体。巴斯坦被那痛苦的脉动吞没，与之合为一体。人体球是个完美的痛苦旋涡。这里的痛苦如此强烈，完全容不下自由的思考。男人们唯一能做的只有与这种无底的痛苦一同思考。

然后，在痛苦的最深处，还激昂着一种冲动。

把那些还没有共享这种痛苦的人抓进来，让他们来分担大家的痛苦。

仿佛是口渴时想喝水的冲动。

然而，抓进人来的结果只会是增加痛苦，就好像荒岛上的落难者忍受不了干渴去喝海水一样。

巴斯坦的手脚也在四处乱抓，期望能抓到剩下的男人。他抓到了道尼的肩膀，把他拽进了球体。前所未有的、整个世上纯度最高的痛苦集合体，犹如一个滚动的雪球一般，将男人们一个个抓进自己的内部，直到最后重重撞上旅馆的大门。

巨大的冲击令整个旅馆都摇晃起来，无数的骨骼纷纷断裂，男人们无声地惨叫着。

惨绝人寰……何塞悔恨交加，他痛恨自己无法出手相助。自己只能袖手旁观吗……

三姐妹忍不住闭上眼睛。

惨绝人寰。

完全无法将感觉聚焦到这个球体上。那样做的话，整个陷阱之网都会被痛苦污染吧。不过，与其说是担心陷阱之网，倒不如说是因为恐惧和厌恶早已让她们无法继续了。

我们已经不行了。

惨败。

身边坐着老朱尔，他温和地向三姐妹说了些什么。三姐妹体会到一种熟悉的温暖，就好像是被人搂住了肩膀一样。那种“感觉”，仿佛老朱尔是她们儿时的熟识。

最先意识到的是安娜。她惊讶得连恐惧都忘了，直直地看着眼前这个自称朱尔的男人。

“朱尔……先生？你，莫非……？”

那话像是传染一样，让多娜和卢娜也睁开了眼。

老朱尔挤了挤他仅剩的一只眼睛。

“诸位终于发现了呀。”

“可是，为什么？”

“嗯，很难理解吧。不过，已经没什么好害怕的了。就要结束了。”

三姐妹看向旅馆正面的玄关。

人体球撞上旅馆的大门，发出数千块骨头碎裂的声音，然后不可思议地瘪了下去，变成了扁平状。

“那个球体是从一个网络无法看到的封闭区域过来的，而且不单是这个球体，网络上还被弄出了很多同样看不见的封闭场，也就是你们说的‘蛀孔’。那些蛀孔现在已经开始开裂了，比蜘蛛更凶恶的东西跑了出来。”

人体球一边进一步变形，一边爬上旅馆的墙壁。把它称为“叶脉状的手”也不为过。数百根手指合成一只具有很多分支的手掌，攀附在旅馆的外墙上，一边往下掉落指甲和碎皮，一边变成肉色（各种肤色拼凑在一起）的爬山虎覆盖旅馆。手背上镶嵌着那些眼睛和嘴巴都被缝合起来的男人的脸。

“朱尔利用你们检测蛛丝是否有缺陷，你们不会介意吧？”

“没有啊。”

三个人当中的一个回答道。是谁回答的并不重要。从本质上说，她们本来就拥有等质的灵魂——本我核。

三姐妹一家在区界承担的职责是修复AI本我核的缺陷。她们掌握的芳香疗法本来就被赋予了这样的功能。

母亲和弟弟是实现功能不可或缺的部分，但他们现在已经不在了，所以发挥不了本来的功能，不过核心部分仍旧原封不动地保留在三姐妹的体内。利用这种功能去检测蛛丝的安全性，正是朱尔绝妙的主意。三个人就像治疗AI之魂的时候一样，手牵着手，仔细探查作为样品的蛛丝，检查其中是否含有对陷阱之网有害的因素。等质的三姐妹从三个方向检查，最后相互印证各自的结果。

“我要说的是，试验本身没有问题。少年朱尔的系统被毁并不是蛛丝的责任，而是因为朱尔对蜘蛛背后那个人的力量估计错误，没想到那家伙能够直接干预区界的编辑和实时处理的结果。唔，不过话说回来，要是事先就知道的话，谁还会去费那个力气建什么陷阱之网啊，不管搞什么都不可能是那家伙的对手嘛。不说这个了，我们还是赶紧把玄关附近的部分从网络上切下去比较好吧？”老朱尔提醒道。

那只覆盖在旅馆墙壁表面的叶脉手掌，正在不断生长出细长的枝丫扩展出去。手指构成的枝条上，到处都是男人的眼球，一个个还在滴溜溜地转动，也不知它们怎么能在缝合的眼睑下转动。

“你们是不是觉得这玩意儿跟什么东西有些像？”老朱尔苦

着脸说，“那是模仿了陷阱之网的东西。赶紧吧，切断网络终端。要是被那些玩意儿占领了终端，就会有无法形容的痛苦蜂拥过来，到那时候就真完了。不管怎么说，我们还得再争取一点时间才行。”

“为什么？”

“有三个原因。首先是伊芙，要去救她，不能放着她不管。”

“这倒也是。”

不知谁应了一句，从网络上切下了旅馆外墙上的爬山虎。迄今为止官能炉中一直都能看见的东西骤然间全部消失。虽然那是最想监视的地方，但也终于看不见了。

“唉……”多娜叹了口气，“要是有‘流玻璃’就好了，或许还能有些办法。”

“现在说这些也没什么用啊。”

“那么，朱尔先生？”安娜故意强调了一下老人的名字，语气中带有讽刺，“其他的理由呢？”

“这边更要紧，”老朱尔用拇指指指楼上，“为了朱尔和茱莉，这家旅馆还得再撑一会儿。”

“嗯，那么……还有一个是？”

“唔……”老朱尔扫视了一圈官能炉的内部，“还有一个理由是，咱们来耍耍那些家伙。”

跑在前面的茱莉，一头长发随风飘舞。朱尔看得出了神，被脚下的绒毯绊了一跤。客房楼层的走廊上，绒毯如波浪一般翻滚不定。“尾巴”从朱尔手中掉了出来，沿着倾斜的走廊往后滚去。

“哇。”

“你发什么呆！”捡起“尾巴”，茱莉厉声说道。

灰泥开裂的声音和门板断裂的声音都从后方渐渐朝他们逼近。朱尔爬起来往后看，两边都是客房的门，发出声音的地方关着灯，看不见那边的情况。走廊、墙壁和天花板都倾斜得厉害。旅馆正在继续受到破坏。

一阵剧烈的摇晃袭来，走廊再次如波浪般翻腾。声音正从走廊深处一点点接近，天花板上的灯光随之一盏盏熄灭。那东西一边破坏走廊一边逼近，走廊倾斜得越来越厉害。

“走吧。”

茱莉把“尾巴”递给朱尔。

“喂，为什么非要让我拿着‘尾巴’？”

“用脑子想想啊，你不是天才吗？”

“就算我拿着宝贝也不会用啊。”

“不是说了让你用脑子想吗？”

“你拿着它会有问题吗？”

朱尔沿着倾斜的走廊追在茱莉后面，跑得上气不接下气。

“继续。”

“啊，我明白了。你受陷阱之网的影响太深了。”

“说对了。”

“你会污染到‘尾巴’。”

“嗯，所以一直让你拿着。快点，要追上来了。”

前方两扇客房的门冷不防弹到走廊上，木片刺中了茱莉。

啊不，没有刺到。木片的势头慢了下来，掉在走廊上。好像是“尾巴”在茱莉周围张开了某种场。

那东西不知道什么时候绕到前面去了。

本该是客房大门的地方打开了一个巨大的洞口，一只蜘蛛和AI的混合体怪异地扭着身体出现在里面。无数条有着黑黄相间花纹的腿钉在走廊上，就像牢房的铁栅栏一样挡在两个人的面前。

混合体全身都是灰泥粉末。它并没有穿过走道，而是直接穿墙从客房绕到了前面。

“我早就说了，何塞不可能在这么高的楼层上。”虽然相同的牢骚发过很多次，但朱尔还是又嘟哝了一遍。

“喂，你就不能放过我吗？”茱莉没理会朱尔的牢骚，对着混合体头顶的造船匠勒内说道。蜘蛛的头上本来长的全是眼睛，这时候已经长出了许多乱七八糟的脸，其中一张就是勒内的。勒内没有回答茱莉的话，也看不出他是否还留有自己的意识。

“哎呀，没用啊，”茱莉很失望，“勒内爷爷已经不记得我了吗？”她哭了起来，“气死人了，浑蛋。真的想不起来了吗，为什么啊？”

茱莉的耳朵上，鱼形耳坠低低下垂。朱尔知道，这对耳坠，茱莉和何塞各自戴着一只。

茱莉用拳头使劲揉了揉眼睛，彻底擦去眼泪的痕迹。

“我一定给你报仇。”

蜘蛛的头好像战车的炮台一样转动起来，吱吱声好像是在对焦。

攻击开始了。

覆满头部的短小刚毛裂开，露出里面的嘴唇。

那是一张女性的嘴唇，红艳光润，唇间可以看见整齐排列着一颗颗皓齿。那双红唇极富魅力，但有近两米的长度。是蜘蛛从哪个AI身上抢来的零件吗……不，不对。朱尔和茱莉几乎同时明白过来——那是“妖姬”的唇。

红唇慢慢收缩，最后变成吹生日蜡烛的形状。

突然间，一团火焰包住了两个人，那是“火之师”的烈焰。

“尾巴”立刻卷起一阵风，扭转了火焰的方向，火焰没能触到朱尔他们，但已经将走廊烧毁了大半。

红唇嫣然一笑，唇齿间隐约可以看见舌尖，那景象仿佛带有十足的淫靡之气。

红唇再次收缩。

这一次是“雪景”吹起的狂风。即使有“尾巴”的庇护，依然能感到逼人的寒气，连睫毛都发出战栗声。

红唇又笑了。混合体这是在示威：你们陷阱之网的功能，你们视体的功能，都已经落在我们手里了。

“那接下来是什么，是要扔短剑了吗？”茱莉揶揄般对蜘蛛说。

“多谢帮忙。”朱尔也说。他手中的“尾巴”射出一道热光，在两人周围的地板上描出一个圆。火与冰的攻势虽然被止住，但圈外的地板已经一片狼藉。沿着圆圈的边界，“尾巴”将刚才一闪而过的热光再次放了出来。

“好了。”

“再见。”

两个人向前后夹击的蜘蛛挥手道别，不知哪里响起一阵失望的笑声。他们脚下的圆形地板整个脱落，载着上面的朱尔和茱莉向楼下坠去。

……跑出博彩房的两个人，手牵手爬上楼梯跑向二楼的两个人，被混合体追上又在千钧一发之际逃脱的两个人……有一双眼睛自始至终都在追踪着两个人的行迹，那是何塞的眼睛。

挖穿了走廊往下坠落的这两个人，到底是要去哪里呢？应该是要找我吧。可是不管你们去到哪里，都逃不出朗高尼的监视啊。何塞陷入了一种绝望的倦怠之中。他很想对茱莉说：够了，别再找了，你们一直都在朗高尼的手心里，他现在只是在和你们玩猫捉老鼠的游戏，你们唯一的选择只有被他折磨致死，仅此而已，我再也不想看到这种事了。

何塞清楚地知道自己身上存在一个少年朗高尼，他紧贴着自己，却又让自己完全感觉不到他的气息。我的思想，我的感情，都被这小子看得一清二楚。

怎么才能抢先你一步？何塞非常想让朗高尼束手无策。

耳边传来隐约的笑声。

没用的，何塞。你的“声音”再怎么响，也不会让我感觉刺耳。是啊，我是很想要那两个人。不用担心，那两个孩子肯定能如愿地找到你，何塞。我甚至可以给他们竖一块指示牌，标上所有的关键位置。

很开心的笑声。

就在此时——

朱尔和茱莉突然从何塞的视野中消失了。

刹那间，何塞完全控制住自己的感情，侧耳聆听身后少年的动静。朗高尼果然也在观察何塞的反应。何塞明白了，朗高尼也看不见那两个孩子了。

究竟发生了什么？

何塞大脑一片空白，眼前浮现出一脸坏笑的茱莉的模样。

伊芙忍受着剧烈的疼痛，徘徊在陷阱之网里。

不，她是在四处逃窜。

自己已经跳跃多少次了？

为了逃脱菲利克斯那张俯视下来的脸，伊芙在网络里拼命转移位置。她重复着胡乱的跳跃、上浮、下潜，往返于网络的所有层面，唯恐有人追踪自己的行迹。

但是，无论逃到哪里，都摆脱不了菲利克斯。

伊芙逃进一间收容了一对母子的房间。母亲与伊芙的目光刚一相遇，母亲的脸便慢慢变成了菲利克斯的模样，脸上依然带着他惯有的冷笑。怀中的婴孩一脸疑惑地抬头看着母亲相貌的改变，就在这时，母亲开始啃食儿子的头。伊芙立刻明白，眼前还是原来那个母亲，菲利克斯的容貌之下，依然保存着这个AI。菲利克斯的脸仍然在冷笑，口边满是鲜血，但面具下母亲的泪水却挡不住地从那双眼睛中流了出来。

伊芙连滚带爬地逃出了那个房间。

不知自己身在何处。此时此刻，伊芙甚至无法判断自己到底是在网络之中，还是在网络之外。

我曾经见死不救。

我眼睁睁地看着那个人，看着菲利克斯送命。那个人消失的时候，我还隐隐有一种轻松感。想到从此以后就可以把全部精神集中在网络上，我就禁不住窃喜。

此时此刻，伊芙怎么也无法直面丈夫那张亡灵般四处显现的面孔。一看到就移开视线，移开后却又再次看到他的脸，又只有再次移开。如此循环，无休无止，逃亡也持续不停。自己的一对眼球痛彻心扉，如熊熊燃烧的木炭般火热。

好痛。

这眼睛。

谁来救救我。

帮我减轻点痛苦。

何塞情绪低落地看着这一切。

那么聪明的伊芙怎会看不透这点伎俩？

菲利克斯栖居在伊芙的眼中。伊芙看不见自己的脸，所以她永远也无法意识到那个被伪装为瞳孔的朗高尼的破坏装置就在自己的眼睛里。那个破坏装置中含有融合了菲利克斯形象的朗高尼的子系统，并通过伊芙的目光散布到网络各处。

并不是菲利克斯出现在伊芙看到的某处，而是以伊芙的所见为途径，菲利克斯——即朗高尼——去感染那里。伊芙越是想方设法地逃跑，越是跳向意料不到的地方，就越是能帮助菲利克斯侵入这个网络的每一个角落。

就像一点一点扩散出去的癌细胞一样，在陷阱之网的各个部位，菲利克斯不断启动朗高尼的代理装置，使“蛀孔”成长起来，随后又突破蛀孔显现出来。

从很久以前开始，种子就已经播撒下来。一遍又一遍。

或许应该说，从一开始，陷阱之网就等于一个自杀装置。

三姐妹换了一种行动方式，她们分头在网络中搜索，互相之间保持联络。

为了找到伊芙。

三姐妹主动将人格边界的阈值降低到几近危险的程度，这是为了提升陷阱之网与自身的相互渗透。若是换作普通AI，也许就会引发自我崩溃。她们将身体感觉渗入陷阱之网的每一处，试图确定伊芙的位置，保证她的安全。

伊芙是当前最危险的存在，必须尽快找到她。就算不得不延迟对朱尔和茱莉的支援，也要尽一切力量优先捉她回来，切断她与网络的连接。

陷阱之网现在正处于令人无从着手的骚乱状态。

敌人已经夺走了“妖姬”和斯特拉的形象，以这些形象为伪装的破坏者正在四处蔓延。从海上阳台开始，很多地方都被复制出了分支。许多记录上都能找到少年和牛仔的形象，他们都叫自己朗高尼。恐怕就是他们统率着蜘蛛。从记录上看，他们具有系统管理者级别的超强能力。

此刻伊芙正在盲目逃窜，一路散播着菲利克斯的形象。三姐妹努力追踪她的动态，但伊芙忽而跳跃，忽而躲藏，很难把握她的踪迹。伊芙的行为之诡异让人觉得她几近疯狂，这让三姐妹的追踪陷入僵局，所以她们不得不分头行动。

最小的妹妹卢娜沿着伊芙的踪迹一路追来，在大厅实体化。为了提高灵敏度，她依旧将人格边界维持在先前的低阈值上。卢娜从一面大镜子里看到自己隐约的轮廓，不禁觉得那真像是个幽灵。

通向大餐厅的走廊上整齐地排列着许多镶有相框的照片。

卢娜看到了手拿网球拍、身穿白衣裙的自己，不禁有点害羞。

她将目光移向脚下，立刻发现绒毯的花纹正在显出菲利克斯脸部的模式，并且愈发清晰。看来他们对这里的入侵目前还处于初始阶段。

卢娜叹了一口气，感到有些厌烦。她定了定神，调用网络的力量修复花纹，用历史记录中保存的图案复写上去。伊芙是刚刚才离开这里的吗？要是早点追过来就好了。

来到克莱蒙家族的照片前，卢娜和大部分AI一样都感到一种庄严的氛围。

那种感觉就好像是在瞻仰自己祖母的遗照。夏之区界的女人（男人也同样）在心底的某处，永远留有克莱蒙家族的位置。克莱蒙家骄傲的女人们常常使人感到她们的目光中含有某种教诲和鼓励，令人觉得自己的存在是有意义并且合情合理的。

忽然，卢娜的视线停在莱吉娜·克莱蒙领口的胸针上，上面那颗浮雕宝石的图案看着很眼生，像是被谁偷偷换掉了。

又是菲利克斯？

不对，不是他，但确实是个男人……会是谁呢？

二姐多娜沿着伊芙的踪迹一路追来，在大厅实体化。她从一面大镜子里看到自己隐约的轮廓，不禁觉得那真像是个幽灵。

大厅里很冷清，一个人也没有。

通向大餐厅的走廊上整齐地排列着许多镶有相框的照片。

照片中自己穿的白裙子好像是太短了。

来到克莱蒙家族的照片前，多娜和大部分AI一样都感到一种庄严的氛围。

忽然，多娜的视线停在莱吉娜·克莱蒙领口的胸针上，上面那颗浮雕宝石的图案看着很眼生，像是被谁偷偷换掉了。

……会是谁呢？

大姐安娜将脸凑近相框中的照片，把眼镜移到脑门上，仔细观察。这宝石上雕刻的侧脸究竟是谁的？

何塞想大声警告她们：那是分支，和海上阳台一样。这里准备了三个大厅，以伊芙的行迹为诱饵，将三姐妹分别诱到这里。你们会被收拾掉的，就像我一样。陷阱之网就要彻底落入朗高尼手中了。

安娜小声嘀咕着："这颗宝石上到底是谁？"

"是我，婆婆。"照片中传来烟卷的气息。脸带青色胡茬儿的牛仔饶有意味地笑着，站起身来，"怎么样，你看，像吧？"

安娜端详着这个男人——朗高尼——转过来的侧脸，摇了摇头。

"不像，一点都不像。"

出乎意料的回答使朗高尼一时语塞："呃……"

"而且也别叫我婆婆。"

"……原来如此。那能麻烦你再看一眼吗？那张侧脸，你看，果然还是我吧，安娜小姐？"

"哎呀，我是多娜哟。"

"啊……"

"你是谁？"

"唔……"牛仔脸上的笑容消失了。什么地方出错了？和我预想的不一样啊，这不是我的安排。

“你凭什么肯定我就是安娜？你确信自己真的把安娜引到这条分支上来了？”

男人生出了一丝惊慌。不对，确实应该是把安娜引到这里来了，操作没有错误。她说她是多娜，那是在故弄玄虚。

“听着，朗高尼。”三姐妹之一对牛仔说。

为什么她会知道我的名字？“危险！”直觉对牛仔大吼一声。

其他两个分支也在执行同一个脚本吗？另外的两个我也在进行同样的对话吗？

“你知道一个名叫‘三面镜’的视体吗？”

她摊开手掌，手心里有一块视体。

“呃……”

“‘三姐妹’指的是谁？你真以为我们是姐妹三个？”

“唔……”

“你以为，所谓三个人，真是确实存在的AI吗？”

“啊……”

“你，真的确信自己已经成功将主进程引出分支了吗？”

她将视体举到眼睛的高度。朗高尼看到自己身边还站着两个自己的幻影。这是——三面镜的效果？

那两个幻影都是自己的模样，其中一个手叉在腰上，另一个手托着下巴。他们向朗高尼转过身，饶有兴味地欣赏朗高尼的狼狈相。

朗高尼将左手手指变作长刀，看上去就像剪刀。他将刀向眼前的老太婆猛刺过去，尝试直接攻击。

刹那间，男人意识到自己犯了一个致命的错误。被扫描了，他感觉到。有人探进了自己的内部。这个女人该不是探索AI内部的专家吧？人格边界的防卫会因为攻击行为产生瞬间的松懈，这一刻自己最为脆弱。他感觉对方就在这一瞬扫描了自己。

刚刚刺中目标的刹那，牛仔逆转刀刃，一刀割开了自己的咽喉。深蓝色的鲜血四散飞溅。全靠毁灭了这个分支，朗高尼才得以逃离此地。

三个走廊合而为一。

分支合并了。

“信口开河也要有个限度吧。”

多娜耸了耸肩。三面镜，这是块很普通的视体，随处可见……唯一的作用只有建立AI的镜像，让镜像做些不同的动作。真的只能这样。

“我倒觉得这一招挺有用的。”

“因为是朱尔先生教我们这么做的呀。”

三个人交换了各自扫描的结果，将朗高尼掌握的伊芙所在位置复原为三维信息。三个人随即向那个位置转移过去。

克莱蒙家的妇人们，即使在自己的后辈离开后，依旧挺胸留存在照片之中。

伊芙已经不再剧烈喘息了。她只剩下最后一丝微弱的气息，就连这气息也眼看着衰弱下去了。

三姐妹围在她的周围。

来到这里的时候，伊芙已经是这个状态了。

仰面倒在地上，一动不动。曾经充满她身体的丰富官能，此刻也消失了。

但伊芙的思想和情感还没有死亡。

那些思想和情感溢出来，就连三姐妹都能感知。

突然伊芙睁开双眼，直视天空。她的瞳孔一片漆黑，眼球已被噬尽，就好像眼睑下埋入了两颗黑色的珠子一样。纤细的丝线在眼球中生根发芽，很多很多。一般而言，寄生虫总会逃离宿主的尸体，但这些轻飘飘的丝线却好像对伊芙还存有十足的留恋似的，在她雪白的肌肤、硕大的乳房、深深的肚脐、奇小的耳朵、肥胖的四肢上，分叉的黑丝钻出无数小孔伸了进去。

“这是……”多娜说到一半，安娜接了话头，“菲利克斯的头发吧？”

颜色虽然不一样，质感却很像是玉米须。

伊芙躺的地方，是矿泉旅馆的裁缝室。裁缝室在洗衣店的一个角落里，客人的衣服和鞋子坏了都会送来这里修补。菲利克斯和伊芙便是在这里工作、相识的。

伊芙的思绪泄露出来。

……原谅我吧。

纠缠不清的、丈夫的思念。

很烦人，很讨厌。

虽然知道很对不起菲利克斯，虽然知道都是自己的错，可是事到如今，一切已成定局。从菲利克斯把视体递给我的那天起，一切都变了。对于给了我“虚拟之眼”的视体，我有着强烈的感激，那种感觉几乎和恋爱一样。菲利克斯总是用一贯的语气责备我：“你想和视体过日子啊？”是的，我就是这么想的。说到底，这一千零五十年里，我本来就是生活在自己的感觉里。只有我自己的感觉，才是我“生命”的伴侣。给我弥补了生命中唯一缺憾的，正是视体啊。从视体这个窗口望出去的风景，远比其他所有官能的集合还要广阔得多。

那一天，我透过自己第一次获得的视觉去看丈夫，却终于发现自己对他没有任何感情，这一点几乎连我自己都很吃惊。

不单单是爱情，就连厌恶都没有。

我终于明白了。迄今为止我始终生活在仅有自己的世界里，从今往后也该是如此吧。我不可能去过另一种生活。所谓丈夫，仅仅是我感觉的附属品而已。在那一瞬间，我明白了这一切。对我来说，丈夫不过是对感觉进行自我检测的工具。这种冷血的想法，这种不管怎么解释都无法自圆其说的想法，正来自我心底深处。我对自己感到恐惧，禁不住倒吸了一口冷气。菲利克斯听见了我的吸气声吧。菲利克斯误解了吧。那个人是由强加掩饰的自卑感和虚张声势的优越感构成的，在那落差之中保持一种纯粹的温柔，脆弱的温柔，所以我很清楚他听到我吸气的声音之后产生了怎样的误解。但那误解不也是很好的吗？那误解会在我与他之间建起一道不可逾越的屏障吧。这正是我想要的，来自丈夫的嫌弃会让我更加自由。丈夫不过是一面模糊的镜子，是我用以明确把握自身感官轮廓的镜子。那面镜子里从前反映的都是快感，今后只要都换成嫌弃就行了。至于官能的愉悦，视体可以给我。

我浸淫在视体中。

不再找借口。认罪也无妨。我不会反驳丈夫的指责，只因在他眼中，我曾经优美而宽容。

但到了此刻，该是结局了。

从与视体相遇的那天开始，便在不断积累那些孽债，现在到了该清算的时候了。

一直被我当成镜子的那个人，他的嫌恶之情此刻正随着丝线这样的实体，想要侵入我的领域。这个我早已不抱任何感情、不再觉得与我存有任何关系的男人，此刻正将他的迷恋与憎恶完完全全地化作这令人生厌的丝线，想要彻底俘获我内部的脏器和例程[①]。

为了从此不再分离。

为何菲利克斯的“悔恨”会变成这发丝一般的形状呢？我不明白。大概是蜘蛛背后的人捣的鬼吧。那家伙肢解了菲利克斯之后，将他黏着的气质[②]转成了这到处粘附的丝线。到底是因为他真的还对我怀有眷恋，还是仅仅因为有人利用了某种残留下来的类似的东西呢？我不知道。

---

① 执行特定且有限任务的程序指令。

② 即黏液质。根据古希腊著名医生希波克拉底提出的体液说，人的气质可以分成四种典型的类型：多血质、胆汁质、抑郁质、黏液质。黏液质的人安静内向，沉默寡言，情绪不易外露。

他一点一点侵入我的内部，想要将之完全独占。他应该是想要独占我的感觉——我的感觉正是我的一切、我的至宝——恣意妄为吧。他在我内部驰骋肆虐，以暴力的狂风扫荡我的感觉，想让我彻底屈服。或者，他也许是想要盗取我的感觉，品尝我培养至今的那些感官的愉悦。或许，菲利克斯正是为此才出卖了他的灵魂。

我为了确定自己的存在而利用至今的这个人，正在一点点将我抹杀。

…………

三姐妹转过脸去。伊芙思绪的大部分都外泄了，旁人可以轻易接收到，这也许是因为丝线的侵犯吧。伊芙封锁在内心的那些想法，化作污水一点点渗漏出来，在脚下蔓延开去。

菲利克斯的黑发蠕动在雪白美味的肉体上，尽情满足自己的欲望。

——多娜想到了大把头发混入菜肴的样子。那些头发搅和在炖烂了的肉糜和菜丝中，纠缠交结，勾勒出复杂的涡纹，紧紧缠住舌头、牙齿，乃至整个口腔。同样的事情，此刻正发生在伊芙的内部。

——安娜想，伊芙正在被消化。她已经无法再靠自己的意识动弹了，但体表还在毫不间断地起伏着。那是因为她的皮肤之下已经融解成黏糊糊一片了吧。紧接着，伊芙的躯体开始变形，就好像承受不住头发的张力一样。她的四肢被拉到一起，后背严重弯曲。伊芙正在变成一个球。

——卢娜不知为何想到了眼球。蜷成球体的女性身躯上布满了汗水，显得十分光润。黑色的丝网就好像眼球上的血管一样，只是这颗眼球似乎已经再没有去看任何东西的意图。那是一只凝望自身内部的眼球，卢娜想。菲利克斯的身上固然还有许多不那么惹人厌的品质，头发对象却只从那里抽选出黑色的执着心，那应该只是为了扎根于伊芙的内部吧。而伊芙所关心的，永远只有如何钻研、锤炼、丰富自己的感觉。

“可以了吧。”不知是谁说了一句。菲利克斯正全身心地扑在最后的饵食上，看来他已经不太可能再去感染别的地方了。可以说，正是伊芙最终牺牲了自己，才控制住了感染的传播。

“我们走吧。”

“是啊，还有事情要做。”

三姐妹离开了这里，下一站是“水晶吊灯”，老朱尔还等在那里。

然后，何塞也说了一声再见。

腐朽的气息包围着两个人。

一片漆黑。

朱尔只能听到身边茱莉一再压低的呼吸声。不，那并非声音，而是一种感觉，是一种空气一点点移动、贮存、释放的交替反复的感觉。

（走了？）

忍不住了，忍不住了，忍不住了……这个念头在脑海里翻来覆去，朱尔终于忍不住开口了。那是比窃窃私语更轻微的声音，只有嘴唇的翕动。

（可能吧。）

茱莉同样低声回答。黑暗中，只有嘴唇的翕动。即使如此，意思却可以传达。

两个人动了动身子。

他们先是落到旅馆二楼，随后横向闯进了最近的一间客房。“尾巴”的场展成一个球，形成了一件隐身衣。

（我们这是在哪儿？）

（唔，好像是个很大的房间。）

朱尔在黑暗中展开自己的感觉。

当然，这并不是说他在四处张望，而是将可以作为自身感觉基准的东西向外发射出去，然后通过它的反射来把握空间，就像蝙蝠的声呐一样……这并不是朱尔的能力，他是在使用“尾巴”的力量，相当于鸣沙的“声音”那种感觉。刚才仅仅通过嘴唇的翕动便可传达思想，也是用了同样的方法。

房间很大，比旅馆最大的客房还要大很多，里面还有很多生活用品。透过官能的声呐，朱尔获得的不仅有它们的大小、外形和位置，就连材质和颜色等属性也能分辨。

暖炉、沙发、餐桌、陈列橱、挂在墙上的画作、铺在地板上的绒毯，还有各处的台灯和烛台。每一件都是上等品，只是年代久远。

这里不是客房。看房间的构造，似乎介于大厅和接待室之间。好像不是一般意义上的那种“住人的房间”。

（啊，原来如此。）

两人同时明白过来。这里是一个纪念馆，重现了克莱蒙家的某个房间。克莱蒙家是这个小镇的名门，也是矿泉旅馆的创业者，现在（也就是说，在夏之区界开业的时间点上）已经不存在了。

两个人从大沙发底下爬出来，那沙发大得足以容纳两个成人并排随意躺卧。朱尔和茱莉肩并肩坐在上面，把“尾巴”放在膝盖上，观察它的内部。

微弱的光线中，“尾巴”呈现出幻象般的美丽，既没有发光的绒毛，也没有显出平日的乳白色。此刻的“尾巴”就像一个精致的、用琉璃和树脂制成的细胞模型，透明的卵形中漂浮着更为透明的内核及其他一些微小的部件，内核上覆盖着一层极为复杂的网眼花纹。

似曾相识的花纹。

陷阱之网被原封不动地保存在这个视体当中。

那是茱莉的小把戏。

就在为陷阱之网首次点火，也就是伊芙启动蕾丝程序之后，茱莉紧接着就拿“尾巴”碰触“水晶吊灯”，让它原封不动地下载了网络的构造。当然，单靠一个“尾巴”不可能装下那个庞大的陷阱之网，但它的骨架都被保存了下来，也具有陷阱之网简易版的功能。在网络本身已经千疮百孔的现在，朱尔的设计精髓便只存在于此了。

两个人用它做过导航定位，因为网络当中本来就保存着旅馆的结构。

（找得到吗？）

（谁知道呢。）

他们试着用扩散出去的微弱的官能声呐呼喊。

两个人仍在试图找寻何塞。他们屏息凝神地等待着反射回来的结果。

黑暗之中，朱尔忽然闪过一个念头：要是这种状态能一直持续下去就好了。就在这漆黑的二人世界中，想着同样一件事情，一直坐下去，直到永远。

没有任何回音。

两人默默无语，将微弱的声呐无数次重复发射，仿佛是向月夜的池塘投下石子，一颗接一颗。朱尔想。

没有任何回音。

两人紧贴在一起，观察着“尾巴”。朱尔被扩展开来的感觉可以充分感受茱莉那富于弹性且质感十足的身体曲线。在鸣沙之滨的身体结合，仿佛已经是许多年前的遥远往事了。

接吻时温暖而湿润的感触。

忽然，那感触重现，如此生动，如此清晰。

朱尔忍不住触了触自己的唇。

然后，那种感觉再次向朱尔袭来。

不仅是唇的感觉，更是一种贯穿整个身体的、如同热风般的感觉，仿佛身体沸腾煮开了一般。甜的、咸的，伴随着战栗……似乎接下来还会发生某种事情。

心脏怦怦乱跳。

朱尔抬起眼睛。

茱莉也在注视着朱尔。

两人都意识到了。

此时此刻，他们共有着接吻的感觉。

但那不是两人记忆中的吻。

不是自己的吻。

也不是未来的预感。

那是遥远的过去，有人在这里所做的亲吻。

（有人？）

（嗯。）

这个房间里有人在。

曾经有人在这里放出的官能，依然在这个房间里燃烧着，散发出浓郁的檀香气息。两个人似乎不小心触碰到了它。

那个不知来自何人的官能被朱尔载入后，他的身体开始发热。脸旁就是茱莉的脸，她也烫得如火烧一样。

回过神来的时候，朱尔的唇已经用力压在茱莉的唇上了。

茱莉的舌尖，舌钉的触感。

不对。

不对。

不仅如此。

还有另一个女人

正在和我接吻……

彩云流转。

遮蔽明月。

黑暗愈发深邃，化作黑色的帷幕，笼罩了两人。

年代記、水硝子、くさび石

8 大事记、水玻璃、拱心石

矿泉旅馆拥有一百七十年的历史，是地方上首屈一指的休闲旅馆。

从它开业之时往前追溯五十年，这里还只是个安静的渔村。那时这里曾来过一位地质学者。和当时很多地质学者一样，他家境富裕，地质勘探是他的业余爱好。由于这位二十四岁的地质学者在城里上大学时健康受损，再加上本人有点神经衰弱，于是前往疗养地休养。正是在这次旅行中，他来到了这座小镇。在马车上眺望车窗外的土地，看到这片背山临海的景致，学者的脑中浮现出一个想法。他突然有了精神，停下马车，让同行的朋友和佣人到附近去打听。听了他们的报告后，学者这样说："这里肯定有温泉。我们就在这儿住些日子吧，好好调查一下。"

当地能让这一行人借宿的人家只有一个，即拥有当地大半山林的大财主克莱蒙。在这时，作为矿泉旅馆创业者之一的托利努·克莱蒙还未出生，他的祖父当家，当时只有三十五六岁。他接待了地质学家一行。地质学家具有都市气息的优雅、颓废和美貌，深深吸引了克莱蒙夫妇；而克莱蒙健壮的身体和犀利的目光，还有他夫人过人的机智和动听的声音，也打开了地质学家紧闭的心扉，于是很快他们之间便建立了深厚的友谊。在这里住了两个星期之后，地质学家就指挥克莱蒙夫妇雇佣的劳工在当时被称作东海湾的地方挖掘出了矿泉。同行的医生兼化学家证实了那是既适合饮用也适合沐浴的最佳矿泉，他的结论也拉开了当晚庆功宴的帷幕。也就是在那晚的深夜，克莱蒙的妻子和地质学家背着熟睡的克莱蒙，激情四溢地交媾。

随后地质学家再次踏上旅程，他去过疗养地之后又回到这里，在这块土地上为自己的家族建造了别墅，将矿泉收为己有。就在别墅竣工当日，更显妖娆的克莱蒙夫人莱吉娜怀抱着一个襁褓中的婴儿前来，将这个罪孽之子的名字告诉了地质学家。那孩子娜迪娅便是后来的创业者托利努的母亲。克莱蒙夫人，哦不，应该说是遗孀，用比罪孽之夜更显妩媚的双眸望着地质学家，说道："他死了，是事故，猎枪走火，在他自己的房间里。"

…………

是有这么个传说，何塞想。

那是跨越三代、历经百年的漫长历史剧，那是一段一直延续到矿泉旅馆开业那天的一波三折的传奇，那是一本面向大众的低俗小说。

那是被悄悄埋入夏之区界的故事群。

若是厌倦了区界的休憩，便可以依照预设的故事去搜索这部历史剧，播放、欣赏自己喜欢的那部分。当然，这并非区界的主要内容。它是一个小小的余兴节目，总是静静守候在巨大的主题包的角落里，唯有注意到了的人才能享受。它只有文本数据和褪成了怀旧色调的深棕粒子构成的粗糙画面。如此看来，这个内嵌的故事实在只能算是个草草编就的玩意儿。

“你怎么看，何塞？”

一个声音从距离头顶很高的地方传来。何塞一下子回过神来。

这个声音从刚才开始一直在对我说话，它在讲述这个矿泉旅馆起源的故事。

随后何塞开始确认自己的状态。

什么都看不见。

看来好像是离开了陷阱之网……那种感觉就像有谁强行把我扔在坚硬的石床上了一样。不对，不是水平横躺，而是脑袋稍稍上抬，像是躺在放下靠背的躺椅上似的。

这里好像已经不是那个海上阳台了。

少年朗高尼到哪里去了？

不对，他哪儿也没去。他还在这里，还在我的里面吧。虽然此刻听不到他的声音，却能感觉到那家伙的存在。

“矿泉旅馆是象征这个夏之区界的建筑，关于它的故事中竟然包含这么血腥的起源，还有如此强烈的官能信息，难道你不觉得这隐含着某种意义吗？”

周围暗得什么都看不见，只有这声音，能听见的只有这声音。枫树糖浆、鞣皮手套、胡桃木桌、琥珀松脂……这声音让人联想到这些东西的华丽光泽。男人的声音低沉，却闪耀着琥珀一般的光辉。究竟是谁的声音？

“你怎么认为？这个故事没能引起你内心深处的共鸣吗？克莱蒙家的年代纪是用格调高雅的文体写成的，不过从根本上来说，还是迎合了访客一些偏执的嗜好……就像这个区界一样。”

何塞尝试嗅出冰冷空气中的味道。有水，距离自己很近的地方有水。不对，好像我的双脚就浸在水里。比井水温暖，比体温稍凉一些，就像晒在阳光下的水的温度。浪花拍岸的感触。何塞试图将自己散乱的感觉拾回来。是的，自己摆的是什么姿势，周围是什么温度，耳朵里的声音是谁的，这些都还没能分辨出来。一般情况下，总是首先有了视觉获得的位置感觉，然后再分配其他感觉信息的吧。就算一脚踩进水里，也要亲眼所见之后才能相信。只有眼睛看到了脚和水，才能完全体会那种水拍打脚的感觉。

何塞慢慢伸出手，用手掌去舀那大约是水的地方，随后将手举到嘴边。他尝到了淡淡的海水咸味和丰富的矿物味道，还有隐约的碳酸刺激。这是矿泉。矿泉旅馆的泉源就在旅馆地下，何塞小时候偷偷溜进去过，那是个石制的地下室，天花板高得出奇，汩汩的水声在半圆形屋顶的石室里回荡，震得人耳朵发麻。这时，何塞忽然意识到，自己现在听到的就是那个石室中的水声。

“别慌，是我正在控制你的感觉。小朗高尼现在正在你的身体里工作呢。”

上面传来的声音并不响亮，却在周围的水声中清晰可闻。

因为沉重的疲劳感，何塞无法再保持自身的敏锐感觉。他好不容易聚集的感觉就像从手里泼了出去一样，涣散开来。

在一片漆黑的视野中，那极高的地方突然亮起了一个淡淡的光点。

那仿佛是别处区界下起的雪，其中一片雪花不知为何飘到了这里。那光点如雪花般轻飘飘地下落。

对于已然习惯了黑暗的何塞来说，这个光点虽然微弱，在他眼中却十分明亮。光点隐约照亮了石室的内部，半圆形的屋顶仍是何塞记忆中的样子。随着光点的移动，石室的下半部分也慢慢明亮起来，石室的内壁竖着好几个模仿古罗马石像的雕塑。

光点一直落到何塞的眼前。他伸出手指，让它停在指尖。那是一枚珍珠色的很小很小的薄片，很薄，很轻。

何塞以为它是温暖的，结果什么也没感觉到。

他还以为它会脉动，但还是猜错了。这片薄薄的切片发着荧光，既像矿物，又像珍珠。

“这是天使？”何塞一边说，一边试着让光照在自己的身体上，他发现自己是全裸的。

何塞的胸口，浮现出少年的脸。

是朗高尼的容貌。

那张脸的质感完全与何塞一致。自己胸前的凸起看起来就像是少年的尸体面模[①]。

即使拿那块光片靠近眼睑，少年也毫无反应。他始终闭着眼睛。然而，少年的鼻息很规律，又不像是睡熟的样子。

“是……”

何塞呆了一下，才明白这是对自己问题的回答。自己的思维速度果然降到最低了吗，何塞想。

这是天使啊……

“不必害怕。那块光片已经无效了。”

“无效？”

“嗯，就像灭活的病原体一样，这是交战的时候从天使本体上剥离下来的。很小，但是非常珍贵。”

“拿这东西干什么？”

“请放到那张脸上。”

何塞皱起眉头：“什么？”

何塞眼看着自己的手指动了起来。

小朗高尼的嘴唇不知什么时候微微张开，露出洁白的牙齿。何塞的手指温柔地插入少年的唇间，那嘴唇就如婴儿的一般毫无防备。口腔内侧黏膜的温暖，还有那如同被吸吮一样的触感，使得何塞产生了一种类似给小动物喂食的快感，以及对少年的喜爱。

少年仍然睡着，只有舌头在动。他舔走了天使片，随即又闭上嘴唇。石室再一次陷入彻底的黑暗，光片完全被何塞的身

① 人死后根据其面部制成的模型。

体吸收……

“克莱蒙家的年代纪是解读夏之区界的关键。跨越三代的宏大故事就像一条宽广的大河，它所流经的每一处地方，都卷起了无数大小各异、与主线无甚关联的旋涡。这种永远讲不完的故事，正是区界最大的魅力所在。

“在这里，不妨就给你讲一个小故事吧，那是关于某个贫穷农家的故事。

“一个农夫娶了年轻的妻子。妻子在婚后展现出惊人的刺绣才能，村里没人能比得上她，镇上的姑娘也都望尘莫及。她能一个接一个地绣出无比美丽的图案，那些图案你只要看上一眼，这辈子都忘不了。只要埋头在刺绣里，家里乱糟糟的房间也好，外头闹哄哄的鸡群也好，全都可以抛到脑后。她总是专注于刺绣，仿佛固定绣布的木框就是整个世界一样。她连给孩子喂奶的时间都舍不得，更不用说田里的耕作。发展到后来，甚至连躺在床上的时候都会背对着丈夫动针刺绣。刺绣的时候，农妇年轻的双颊总会带着光辉，她常常对丈夫说：‘这样子就能给你买新衣服了呀。’然而农夫心里很清楚，对妻子而言，只有她手中的绣布才是真实的世界，两人共同建立的这个小家只不过是那个世界的幻影罢了。后来，某一天早晨，农夫开始动手在鸡舍旁打造一个小笼子，他要用这个笼子困住妻子，夺走她的针线。这个男人疯了，但是妻子丝毫没有察觉。她的眼中只有木框里的世界，对外面敲榔头的声音充耳不闻。一间小小的房子，房子里的妻子，房子外的丈夫，各自沉湎于各自所做的事情……

“就是这样的故事。”

何塞沉默无语。他不明白那个声音究竟想要说什么。

“一切都是这样的，何塞。

“你能在克莱蒙家的年代纪中找到夏之区界所有人物的原型，当然也包括所有人物关系的原型。恐怕区界的设计者最早写成的首先就是克莱蒙家的故事吧。在那之后，再将这个宏大的年代纪，即排列于时间线上的故事群，扩展到空间中，即夏日小镇上来。这一千年来，也许你们会觉得其中的每一天都过得很真实，但事实上你们只不过是在重复着很久很久以前的故事……那些发生于遥远的时代，你们曾祖的曾祖经历过的古老的故事。一遍又一遍。

“话说回来，你觉得刚才那个故事接下去会如何？

“男人捉住妻子，抢走一切刺绣的工具，把她关进了笼子。那笼子非常小，成年人在其中必须蜷着身体，既不能站，也不能躺，而且塞进人之后，整个笼子就会吱嘎作响，像是要把人挤出去似的。就是这么小的一个笼子……”

何塞忽然觉得自己将要想起什么。

那是一些很久以前就该忘记了的事情。然而，从记忆中浮现出来的并非那些事本身，只有洒下的阳光、树梢的风声，甚至是比这些琐碎的细节更为边缘的部分。

但是没有眷恋。

只有恐惧。

自己似乎曾在某个时刻下定了决心，绝不再回想那些事情，那些从未再现过的记忆。恐惧得想要呕吐。

那东西，正在我的内部搅动……

“年代纪中写到……年轻的农妇只穿着一件睡衣就被塞进了笼子，玫瑰色的脸颊一夜之间化成死灰，憔悴不堪，麦浪般的秀发成了一堆枯萎的杂草。

“丈夫一天只给她送一碗燕麦粥，时不时还会拿一根棍子戳几下妻子，那是做笼子剩下的木头，木头的顶端钉了很多钉子。即使村民纷纷指责丈夫，他依然狡辩说是自己的妻子着了魔，唯有如此才能驱走魔鬼，把村民的指责一个个顶了回去。

“妻子整天睡在自己的大小便里，身上的睡衣日渐腐烂，人也跟着日渐疯傻。她既不抵抗，也不吵闹，就这么脏兮兮地蜷缩着，渐渐习惯了这个笼子。她习惯了笼子的狭小，习惯了笼子的气味，习惯了笼子的吱吱呀呀，也习惯了囚禁在笼子里的扭曲姿势。

“妻子整天穿着那件腐烂了的睡衣，身子弯曲得好似龙虾。她在笼子里像虫子一样蠕动。

“渐渐地，丈夫发现了一件奇怪的事：妻子的牙齿正在消失。关进笼子三个月后，妻子的嘴里先是上下门牙消失了，然后犬齿和臼齿也不见了。丈夫怎么想也想不出原因。

“然后，他又发现了一个更大的变化。

“他注意到妻子的乳房发生了变化，这让他意识到，妻子怀孕了。

“丈夫大发雷霆。这绝不可能是自己的孩子。他质问妻子，妻子立刻笑了起来，报出了男人的名字。那男人是个疯癫的乞丐，每天靠着众人的施舍勉强度日。‘他就是从栅栏缝里钻进来的。他为我钻进来了哦。比你好多了，好太多了。’妻子张着没有牙齿的嘴大笑。

“丈夫要把妻子拽出来。

“笼子上的锁，经过风吹雨打，早已经锈得不成样子。丈夫当初刻意做了一个坚固的牢笼。

“‘可以找村民来帮忙啊。’妻子冷笑着说，‘我帮你把孩子的父亲叫来。’丈夫抬起头，看到妻子的那张脸，全身都僵住了。妻子的脸上洋溢着幸福的光芒，带着和她刺绣时一模一样的笑容。他正是为了夺走那种笑容才把她关进这笼子的，可是现在，她笑得更欢愉、更张扬、更肆无忌惮了。

“丈夫的心中卷起了暴风。

“他飞奔到柴房，拿来了柴刀和斧头，把胳膊舞得像风车一样，砸烂笼子，然后对着妻子的肚子——也就是那个‘罪孽之子’——一刀砍下去。四溅的鲜血模糊了他的视线，隔着鲜血，他看见自己的妻子对他咧嘴一笑，然后断了气。

“妻子大张着的嘴里，没有牙齿的牙床上长着一些白色的小颗粒。

“丈夫凑上去细看。

“那都是些磨秃了的牙齿。

“光秃秃的牙齿，像是在什么东西上用力摩擦了很久似的，然后又被塞回原来的牙床。

“丈夫慢慢地，一点一点地转过头，望向笼子的内侧。粗大坚固的笼栅上，密密麻麻地雕刻着许多细微的花纹。那都是刺绣的图案。妻子拔掉了自己的牙齿，拿它们做工具，把图案雕刻在笼子上。磨秃了的、没办法再用的牙齿，她又把它们塞回自己的嘴里，瞒过丈夫的眼睛。妻子的嘴里，已经没剩下几颗牙齿了。笼子上那些细致美丽的图纹，让丈夫生出一种奇异的压迫感，迫使他几乎无法呼吸，就好像误入了异教徒的圣殿一般。他的皮肤上泛起一层鸡皮疙瘩，仿佛恶心的小虫爬满了全身。

“接着，丈夫又发现了一件事。笼子剩余的一半栅栏上面什么都没刻。

“是她的牙齿不够了吗？

“为什么妻子要特意让自己怀孕呢……这个疑问浮现在丈夫的脑海里，刹那间，一切都关联在一起。

“倏地，农夫的大脑仿佛因为恐惧而缩成了一团。

“农夫无法再想下去。后来，当人们发现他的时候，他只是把妻子抱在胸前，呆呆地看着天空，不管怎么喊他都没有任何反应，也没有任何动作。就算在他眼前拍手，他的眼睛也不会眨动一下。他就这样抱着妻子的尸体精神恍惚地坐着，几天之后便死了。临死之前，他那双直愣愣瞪着的眼睛早已干涸。

“农夫对妻子意图的猜想是否正确，这一点不得而知，但他的那个念头化作了一个坚不可摧的笼牢，禁锢了他的大脑。

这次轮到他自己被关入笼中了。就这样，年代纪结束了这个故事。”

何塞知道自己的额头已经渗出了冷汗，刚才模糊不清的恐惧越发接近了。

“小朗高尼那边就快好了吧？反正也不急。何塞，听我说。我试着‘吃’了你们的一个人，他名叫皮耶罗。唔，真的是吃掉了，就像我说的那样，把他生吞活剥、一点不留地吃掉了，从他的人格边界中获取了大量通过一般手段无法获得的信息。血液、肌肉、骨骼、内脏。我细细品尝了很久，终于，我可以完全理解被赋予在皮耶罗性格中、遮蔽在阴霾下的每一个角落里的事物。

“我真切地感觉到，即使放在整个数值海岸当中，夏之区界的角色性格也依然鲜明。说实话，那是一种很讨厌的味道。

“皮耶罗的肉里有股臭味。

“和克莱蒙的年代纪具有同样的臭味。读年代纪的时候经常会有呛住鼻子的感觉，会让人觉得故事中惹人生厌的气息沾染到了自己身上，就好像抽烟的时候烟味沾到头发或者手指上一样。

“每一页的字里行间，分明都刻着血淋淋的虐待和监禁。

“那个印记也刻在了你们身上。你们夏之区界的每一个人，都是按照年代纪的模具做出来的人偶。

“夏之区界处在低科技时代，也就是电力仅限于照明、动力、电话等领域的时代。对于这一时代的人性和工艺的追求与向往，以及意欲蹂躏此种纯真的嗜虐心，这两者的对抗与调和构成了夏之区界最引人入胜的要素。对于这种趣味而言，你们这样的人物设定无疑是最合适不过的。访客会怀着某种难以言喻的兴奋感纷至沓来——比如说，可以任意蹂躏一座陌生的村庄，而且不用承担任何罪责……”

何塞在想别的事。

刚才的故事。这家伙想要暗示什么？

牢笼。

牢笼带来的痛苦。

……果然如此吗？

他们的目的，难道是要用AI、视体和蛛丝，编织出一个纯粹的痛苦集结体？

“……在这里迎接访客的，是你们这些明知会被虐待却还热情相待、明明心怀恐惧却又强颜欢笑的AI。在访客的眼中，分明看见你们对访客的恐惧和依赖，那些恐惧和依赖，清晰得就像是刻印在你们的额头上一样。这是一幅多么惬意的景象——夏之区界，风景优雅、充满纯洁之美的牢笼，你们都是被囚禁其中的人。

“访客坐在与空白角色对应的椅子上，扮演家庭的一员。他们享受妻子端出的咖啡的香味，抚摸插在蓝色玻璃瓶中惹人怜爱的野花，体验排列整齐的木质书籍带来的感动，然后，悠然地凌辱在身旁微笑着待命的‘自己的儿子’。

“那个儿子接受了那一切。那种态度……与其说是唯唯诺诺，不如说是习以为常，就像习惯了每天的呼吸一样。与痛苦为伴，以牢笼为居，将这些凌辱当作心灵的食粮而生活……究竟是什么东西决定了这种性格？”

何塞听到远处有声音传来。

那是玻璃碎裂的哐当声，还有石壁倒塌的声音。

何塞想再仔细听听那些声响。朱尔和茱莉现在怎么样了？可是突然之间，除了男人的声音，何塞什么都听不见了。被切断了。何塞再一次意识到，自己这具身体没有半点自由。

“无聊了吗？再忍耐一下吧，何塞。你必须帮我仔细判断一下，小朗高尼到底在你的内部做了什么事情。”

地下室中再一次亮起微弱的光点。

那光点和刚才的天使碎片类似，不过又有些许差别。数个光点飘浮在半空，犹如萤火虫一样。

若是熟悉区界开发的人看到这幕场景，立刻就会知道那是一种特殊的编辑工具，用以方便在黑暗中进行操作。那东西一般被叫作“手边灯”。

手边灯在墙上排成了一列，轻柔地抚过那些古罗马风格的石像，随后停在其中一尊石像的肩上。

那尊石像迈出了步子。

石像走着走着，身体渐渐生出了肉体的质感，表情里也注入了神采，终于化成一个身高三米的巨人——大朗高尼。

石质的大堂中央是一个大大的矿泉水池，大朗高尼踩着浪花从水池里走过，在横躺于对面池边的何塞身旁站住。几盏手边灯飞离了他的肩膀，落在何塞的胸口和小腹上。

“真美啊，何塞，你真美！”大朗高尼赞叹般地说道。在如此近的距离听到这声音，何塞感到其中含有令人恍惚的光泽和质量。这是一具强壮的身体发出的声音，仿佛伸手就能摸到似的。那声音浸透听者，令其沉醉。“现在，小朗高尼正在你的内部探索，他在探索那些连你自己都无法触及的各种记忆与内在伤痛组成的复合体。我则在这里观察所有的一切。那是堪与伊芙的蕾丝媲美的、思维与情感的网纹结构，纤细、微妙、美丽。你的内部就像陷阱之网一样浩大而又精致。你内部的网络上点缀着无数宝石，那是你自己早已遗忘的回忆。有些已然石化，有些则化成珍珠，美丽而残忍地点缀在你的内部。小朗高尼此刻所做的，就是要使你将它们回想起来。”

何塞战栗不已。他很清楚，在自己的内部，有着无数不为自己所知的回忆，他无法想象自己该如何面对那些回忆。

强烈的排斥感让何塞忍不住呕吐起来。

大朗高尼将高达三米的身躯弯下去，温柔地舔去何塞嘴巴周围的呕吐物。他那直径足有十厘米的眼睛深深望进何塞眼里。

“比所有人都坚韧、比所有人都英俊、比所有人都聪明的何塞啊，茱莉爱你，安努把自己的队伍交给你全权管理，从老人到小孩全都崇拜你……你在这个夏之区界的职责，究竟是什么呢？”

大朗高尼轻轻地吻上何塞。巨大的嘴唇、牙齿、舌头及滚烫的身体压倒了何塞。何塞仿佛觉得自己被一头雄狮亲吻了。

他感到自己维持尊严的堡垒正在坍塌，眼泪情不自禁地流了出来。

“哎呀，”饶有兴味地看着何塞抽泣的样子，巨人说，“还早着呢，何塞。你看，看这儿。”

大朗高尼指向埋在何塞胸口的那个小朗高尼的面具。

“这张脸，你不记得了？”

何塞勉强收敛了心神，去看少年的脸。那张脸的容貌正在微妙地变化着……我记得这张脸……何塞凝视着这张脸，终于明白了。

那张脸，正是自己孩提时代的脸。

另一个朗高尼，即伪装成西班牙牛仔的那个朗高尼，一边抽着香烟，一边穿着闪闪发亮的鞋踏入了海上阳台。鞋跟在高级地板上踩出咯噔咯噔的声响，男人们顺着声音抬起头，一脸惊讶地看着朗高尼：一个奇装异服的陌生男人，挑了这样的时间和地点来到这里。他们夹杂着戒备和恐惧的眼神着实令朗高尼心情愉快。

“哟，各位先生，”朗高尼抬了抬满是青色胡茬儿的下巴，笑道，“我帮你们做个了结来了。”

突然，一个坐着的魁梧女人站了起来。也许是因为她身上那些富于力量和弹性的肌肉，这个女人站起来的动作和空气一样轻盈。阳台上男人们的情绪都盘旋在这个女人的周围。她是这里的依靠。

“你是安努？”朗高尼问。

“嗯，”安努用小手指挠了挠耳朵，“你是？”

“我是朗高尼，蜘蛛们的老大。”

阳台上顿时嘈杂起来。贝尼耶和渔夫们围住朗高尼，眼中都带着杀气。这群人真像愚忠的狗，那我就喂点美味的骨头给你们吧，朗高尼想。

“玄关已经被我解决了，接下来轮到你们了。”

恐惧、愤怒，然后——依旧是恐惧。阳台上充满了强烈的感情，和海风一样令人愉悦。只有安努保持平静。

“凭你？”安努耸耸肩，咧嘴一笑。

“想试试看吗？”牛仔卷起衬衫袖子。

在朗高尼看来，这只是个余兴插曲。他能直接干预区界的结构生成，几乎是等同于神的存在。

“来吧。”安努垂下手臂，站立不动。

朗高尼一拳打在比自己还高的安努的面颊上。

安努的脸偏到一边，但朗高尼猜测，这个女人恐怕根本没受什么伤。果然，安努的头立刻转了回来。

“没什么用啊。”

接下去一拳打在胸腹。这次朗高尼的感觉更加明确。受到强韧的腹肌阻挡，他完全无法击中要害。原来如此，赤手空拳打死蜘蛛的就是这个女人啊，朗高尼越来越觉得有趣了。

“好了，这次轮到我了。”安努的大拳头卷起呼啸的风砸在朗高尼的颧骨上，力量大得足以令大脑一片混沌。朗高尼随着那股巨力猛烈摇晃起来。虽然可以将那股冲击力全部反弹回去，但他没那么做。他想好好品尝一下这个区界中肉体所承受的痛苦。这女人确实很有趣。

“手下留情了？”朗高尼吐出掉落的门牙，问道。

“没有。怎么会？”安努又咧嘴一笑，往边上踏出一步。两人就像拳击运动员一样，在赛场上转起了圈。朗高尼很有兴致地想，安努肯定知道单靠拳头不可能放倒自己，她在考虑什么招数呢？还有，自己要怎么才能收拾掉这个海上阳台呢？

“喂，朗高尼。”安努的瞳孔忽然收缩起来，像准星一般，露出了异样的残忍。

“嗯？”

“带走何塞的，是你？”安努的笑容消失了。一股冰冷的杀气镇住了朗高尼。

“是另外一个我。”

“能还给我吗？他是我朋友。”

“对不起，不行。”

突然，安努伸手压住朗高尼的肩膀。一百多公斤的硕大身体像炮弹一样沉重。朗高尼踉跄了一下，挣脱开来。

“呀，动作真快。”

“哈哈，你还真是个优雅的男人，是我喜欢的类型。”

“是吗？不过，我还要考虑一下。我想知道，你这样的美人怎么到现在还没嫁出去。”

安努的眉头微微一皱。

“像你这么喜欢孩子的人为什么不结婚呢？为什么不生上一堆孩子呢？”

安努无言地踏步。她稍稍弓了弓背。

“我说，安努·卡什迈尔，你是那么迷恋何塞啊……虽然身子很强壮，内心还是渴望有人怜爱吧。你为什么不明说呢？直接对他说，你想和他结婚啊。”

“够了！”贝尼耶用嘶哑的声音大吼。

“小子，你再敢多废话一句……”安努低吼道。

“说了又如何……”

又一次出手。这一回安努使出的力气远比前次更大。朗高尼的身体被按得沉了下去，失去了重心，再经安努一腿横扫，他感觉自己被扫得腾空而起，然后，再也没有落下。

守在阳台上的渔夫撒开渔网捉住了朗高尼。那渔网是用蛛丝编织成的，上面镶嵌了无数视体的小颗粒。类似的视体像彩灯一样点缀着海上阳台。

朗高尼被吊在阳台中央，就像掉进陷阱的猴子。

“渔夫最拿手的就是缝缝补补。做彩灯的时候多出来一些视体和丝线，就拿这些东西编成了渔网。”

朗高尼感到了强烈的负压，仿佛身体正被撕裂、要被无数视体吸进去似的。朗高尼第一次感觉到前所未有的危机和恐惧。

“这张渔网会把你撕成碎片。快把何塞还给我们！”

朗高尼的高档衬衫和牛仔裤破了，就像穿了几十年一样。他的皮肤也开始剥离、掉落，犹如蜡烛上吧嗒吧嗒地滴落的烛泪。这张渔网似乎能够粉碎它捉到的猎物。

“我要是消失了，何塞可就回不来了。”

安努笑了：“嘿，你好像没搞清楚状况吧，现在是我们在威胁你啊，可别搞错了。”

“妈的！”牛仔第一次表露出恶劣的态度，他好像不打算再保持好整以暇的姿态了，“喂，放我出去！”

朗高尼伸手扯开渔网，可是撕开的口子立刻恢复了原样，而且抓在网上的手指甲也跟着脱落了；满头的黑发掉得所剩无几，露出下面光秃秃的脑袋。脸上痒得无法忍受，朗高尼伸手去挠，结果整个鼻子都掉了下来，手指也像蜡笔一样折断了。无法呼吸了。朗高尼奄奄一息。

“我再说一次，马上把何塞还给我们！”

安努说完，眨了一下眼睛。什么地方有点奇怪。

第二次眨眼的时候，安努终于发现到底是什么地方奇怪了。不知道什么时候，自己进到网里来了。

“‘把何塞还给我们！’挺有气势的嘛。”

牛仔的声音从渔网外面传进来。

安努终于意识到发生了什么。牛仔在渔网外面，而自己却被困在网里，像只掉进了陷阱的猴子。同伴都无法动弹。

“来，告诉大家，你为什么总带着这玩意儿？”

朗高尼把安努一直挂在腰间的长刀举到眼前，手指滑过刀刃。他将刀插进渔网，割开安努胸口的T恤，坚挺壮硕的古铜色乳房露了出来。渔网的切口恢复了原样，那是安努设置的陷阱。

刀尖一路划过，切口的复原也紧随其后，仿佛是刀尖在引导切口复原似的。安努及膝的中裤被一路划开，岩石一般的小腹上，肚脐像用凿子一击凿开似的，肚脐下面是那深色的密林。

“什么都没有……是吧，安努·卡什迈尔？”朗高尼嘲讽地笑道，“你没有性器。”

安努的表情丝毫不变。

“这里，”朗高尼把手伸进去，拨弄了一下，“什么都没有。”

“畜生！”贝尼耶在他背后挥起铁杆，上面缠绕着丝线和视体灯饰。朗高尼回头瞪了一眼，贝尼耶便僵住了，手中的铁杆掉在地上，随即自己也一屁股摔倒。

朗高尼丢给贝尼耶一个凄怆的笑容，伸手将刀深深地刺进了安努体内。

安努的身体猛然翻腾了一下，像是困在网中的鲨鱼。

“好了，快说吧。”朗高尼说，“告诉大家，这样子很舒服。”

朗高尼拔出刀。没有血。伤口已经愈合。朗高尼再次刺入同一个地方，然后又是一次。每刺一下，安努都会痛得翻腾起来，但始终没有发出半点声音。

“说吧，这就是释放你感觉的钥匙。说吧，这不受你的意志控制，是强制你不得不接受的感觉——全是访客的变态口味所致。”

朗高尼将手中的长刀深深刺入安努体内，又拔出了安努腰间的另一把刀。安努的全身开始发烫，浑身渗出散发着香味的汗水。

“难怪你整天都要挂着它啊。肯定访客都在偷偷笑你吧，擦肩而过的访客，都在戳着你的背影偷笑……看啊，竟然还真有傻子把自己的感觉映射在那把刀里，不会是真的吧？”

安努终于转开了自己的脸。

“‘我喜欢何塞’——这话你一次都没说过吧？那你赶紧趁这个机会坦白了吧。因为，这已经是……最后的机会了。”他的手指对准了她，“你，就要死了。”

安努的胸口掉出一本诗集，那书已经被汗水泡胀了。她不可能将它放回何塞的书架了。

“你是多余的，你是我实施计划的障碍，和朱尔一样。快给我消失吧，这样的话就没人会来烦我了。你那些当宝贝一样收了一千年的思念也会全部消失。好吧，临死前就说一句吧。”

安努依旧扭着脸摇了摇头，拒绝了朗高尼的建议。她的喉咙里发出细微的声音，像是克制不住的呜咽。她的眼睛像覆盖了一层水膜，模糊不清。

“这样子舒服吗？还是很难受？”

第二把刀并排插了进去。随着一声野兽般的咆哮，安努在渔网里发狂了。爆发的感觉蹂躏着她。

朗高尼的目光深处，罕见地流露出了某种感情。

“永别了，安努，可爱的赫拉克勒斯[1]。”

渔网的机能再次启动。安努的叫声刹那间变得嘶哑，肺部和声带如同破旧的绘图纸一样脆弱，因承受不了发声的负荷而

① 希腊和罗马传说中最著名的英雄，以力大无穷著称。

破碎。上下颌的韧带就像旧橡皮筋一样，拉长之后再也无法复原。安努的全身呈现出变质般的灰白色，突出的乳房和粗糙的肩膀像干涸了的黏土一样崩碎。她四处乱挥的手臂触到渔网，随即便从手腕的前端开始迅速剥落化成粉末。

安努的挣扎渐渐缓和，不久后，便只剩下微弱的颤动。

区界中最为强韧和美丽的肉体，已然变得像一根破旧的拖把一样难看。

站起身，回过头，在这短短的动作之间，朗高尼便将海上阳台破坏殆尽。

他令捕捉了安努的那张网巧妙变容，转瞬之间，阳台便化作了与玄关相同的状态。

随后，痛苦注入其中。

朱尔正被狂暴的情绪所驱使。

被这个房间熏染的情绪。

激烈的、疯狂的欲望，强到几乎要摧毁茱莉的程度。啊不，也许应该说，这本身就是想要摧毁对方的欲望。

就连“尾巴”从膝头滚落，两个人都一无所知。

朱尔双手捧住茱莉的脸，心头涌起一阵冲动，想要像老虎钳一样掐住茱莉。他为了驱散这股冲动，向茱莉狠狠吻下去。

茱莉的口中，除了思念之外，满是与朱尔相同的欲望，唾液和舌头都兴奋地沸腾着。朱尔的舌头舔过茱莉口中的每一个角落，牙齿撞在一起，嘴唇咬在一处。捧着脸颊的手触到了鱼形耳坠，朱尔抓住它往下扯，茱莉的手也伸过来一起扯。一种共谋的兴奋油然而生。

轻轻丁零一声，那个金属小东西滚到了地板上。

两个人倒在沙发上，就像是渔网捕到的两条小鱼一样，欢腾跳跃，互相纠缠。

他们在放纵的动作中欢愉欣喜，就像是在激烈的舞曲中狂舞。逃跑，引诱，追逐，捕捉。

朱尔咬住茱莉的耳朵。拽下耳环的动作让茱莉的耳垂上溢出鲜血的气味，朱尔将那味道一点点地抹上茱莉的脖子、胸口，还有小腹。但是，他怎么也无法进入茱莉体内：人格边界紧闭着。朱尔还是第一次在人格边界未曾开启的情况下爱抚茱莉。那真是……那真是一种让人无比急切和焦躁的感觉。

想要突破。

想要结合。

想要恣意享受每一点官能。

但偏偏打不开人格边界。

这样一种急不可耐的情绪，更让狰狞、洪水决堤般的欲望加倍猛烈。

那就只能盲目进行了。互相碰撞、互相吮吸、互相咬啮彼此的身体，让对方听自己那压抑到极点的叫喊。不要优雅、不要从容，什么都不需要，需要的只有这生硬、鄙陋、凶暴的行径。

茱莉在哭泣。朱尔不知道自己是否也在哭泣。

为什么要哭泣？

不知道。

但他分明感到，在那明知不可能完全融合的急切之中，仿佛可以触摸到一种生的甜美。

……莫非这不是AI的交合？

……莫非这是人类的交合？

疑问浮浮沉沉，若隐若现。

……与我交合的，真的是茱莉吗？

……在这里做着这些的，真的是我吗？

……某个别处的情景，某个别刻的时间，某个别人的感情，重叠在此时此地。

朱尔闯进了一股沸腾般的火热之中。

茱莉紧紧抱住朱尔的脖子，迎接那股火热。

……在这里，在这个克莱蒙的房间里，存在着感情与行为的强大磁场。有一种很久很久以前的、不知是谁的感情，被印刻在这里。

就像磁石的力量吸引着飞散的铁砂排出美丽的图案一样，我们也被那个感情的磁场支配着……

我们在追随着当时的感情和行为……

朱尔清晰地意识到这一点，但并没有不快。

扎根于这房间中的感情，深邃、火热、苦涩、寂寞。毫无疑问，那是真实的感情。

仿佛密林深处的湖面那一泓静谧的深邃与寂寞。

仿佛紧紧咬住终于等来的治病草药时那一腔浓郁的苦涩。

仿佛野兽捕到猎物、撕开内脏、鲜血灌满嘴中的那一口火热。

也许再也见不到这个女人了。

真若如此，我宁愿杀了她。我要好好疼爱她，疼爱得将她摧残净尽，一丝不留。

若是真有足可以改变人生的瞬间，那朱尔此刻所感觉到的，必然就是在那一瞬间产生的、无可取代的感情了。

矿泉旅馆迎来了它最后的痛苦。

在玄关生成的叶脉之手，不断吸收陷阱之网和AI，完全包围了矿泉旅馆。随后，它开始向内部侵入。

那是整个世界上绝无仅有的一个完美的痛苦集合体。

它吸收着所能吸收的所有痛苦，同时还在持续扩张。它永无止境地改变着自身的形状，同时慢慢地将旅馆缢死。被它柔和但毫不留情的植物性力量包围的矿泉旅馆，很快就发出了悲鸣。窗户、排风口、下水道，它肉体的指尖能从任何地方潜入、扩展、蔓延。无论是旅馆内还是旅馆外，肉质的叶片无比茂盛。手掌或耳廓形状的叶子，到处结出了果实，有的像晒干了的阴囊，有的像是脚踝骨的形状，有的则同沉重丰满的乳房一模一样。

从厨房通风口钻进来的藤蔓尖端，蠕动在点着火的煤气灶上，像是在摸索什么似的。蓝色的火焰炙烤着藤蔓尖端上道尼的眼睛和帕斯卡左手的大拇指，发出嘶嘶声，不过他们好像没有半点介意。火焰的刺激也是一种美味的痛苦。平底锅中约耳的脸也被集合体吸收了进去。

钻进图书馆的藤蔓，前面生着大嘴，把在图书馆里避难的母亲和孩子们吃了个精光。那一对彼此贪婪咬啮的母子，也同他们的痛苦和叹息一起，被嚼碎吞咽下去。安努的孩子们和奥黛特都淹没在痛苦的海洋之中。

痛苦、痛苦、痛苦。

网络在寻觅痛苦。

那些起初想要减轻痛苦的人，现在却变得都在以增加痛苦的总量为目的了。

陷阱之网已经被放弃了。从“水晶吊灯”切割出去的、丧失了功能的蛛丝和视体都被弃之不顾，一点点变得冰冷。痛苦之网则兴高采烈地前来收集，它把丝线搓成藤蔓，把视体小心翼翼地运到自己的内部，让它们开始发挥新的功能。

“真正的工作终于就要开始了。”

在痛苦之网中吹过这样一阵声音，仿佛是瘟疫的预言一般。

剥掉矿泉旅馆的皮，让楼梯下的、绒毯下的、镜子后的所有被隐藏、被遮蔽的一切都显现出来吧。

本该被道尼从账本上消除的东西，本该从矿泉旅馆里抹去的亡灵，全都重新出现了。

矿泉旅馆的每一个角落，都埋有作为矿泉旅馆安防系统一环的微型传感器。蔓藤的顶端及蔓藤顶端所吸收的视体，纷纷触上了这些微型传感器，一层层激活它们，唤醒储存在它们内部的“旅馆的记忆”。那种效果就好像轻风拂过麦浪，一层层舒展开去，矿泉旅馆也随之摇曳起舞。

从客房的家具、墙纸、吊灯、门把上，从盥洗室的洗脸台、黄铜水龙头、浴缸的支脚下，从大厅里座钟上拧发条的小孔里，从餐厅里酒器和餐具的光泽上，从开瓶器的螺旋处，从锅炉房小桌抽屉里的成人杂志照片中，从挂在走廊一角的油画上的鸟的眼眸深处，所有“旅馆的记忆”都被转成清晰的图像，重新播放出来。

矿泉旅馆突然挤满了无数过去曾在这里住宿的旅客。

无数个曾在夏之区界度过残忍假日的客人，伴随着那些接待他们的AI，重新化作或清晰或模糊的图像出现了。

就像盛装聚集在鬼屋里参加大型舞会的死人一样。

或许应该说，这正是矿泉旅馆告别晚会的开始吧。

不知哪里奏起了音乐。那音乐音域不宽，却有着丰富的音色。华尔兹、爵士乐、乡村音乐，像是由无数首曲子交织在一起似的。旅馆的音乐的记忆一齐苏醒了，不论哪种风格，不论哪首乐曲，全都沾染着同样的陈腐与做作的感伤。

气味也在各处复苏。

餐厅里烧烤和酱汁的香气，吸烟室里精选的雪茄、蒸馏酒及沙发上皮革的香气，化妆室里脂粉、香水和女人身体的气味……这些都是旅馆气味的记忆。

亡灵拨开因声音和气味而变得朦胧的空气，昂首阔步。

阔步走在痛苦与快乐浑然一体的旅馆中。

在那之中，那些本已被蜘蛛吞噬或是被痛苦之网吸收的AI，又重新以自己原先的样子混迹在亡灵的欢宴里。

在众人的围观中，皮耶罗被那个扮作他“妹妹”的矮小老人恣意蹂躏，不停惨叫。

巴斯坦的孙女阿加莎，和其他的女学生一起，在访客扮演的“教师”的指挥下，站在舞厅的台上合唱，每个人的嘴里都被塞进了卷成一团的铁蒺藜。光头短颈的猥琐教师，一边欣赏少女们雪白领口上的点滴鲜血，一边精悍地挥舞着指挥棒。

朱尔的一个同班同学被拉去给一群年轻女性的晚宴陪酒。他在酒桌上被强行灌进了大量葡萄酒，年轻女性们一脸兴奋地看着少年呕吐的模样，又命令侍应生把少年吐出来的东西盛到小碗里，拿给他当作调味汁。

所有这一切，全都是在矿泉旅馆中真实发生过的事情。

矿泉旅馆紧闭的大门背后，究竟有哪些事情被容许发生，又有哪些事情能令访客欢声雷动，所有的一切，都在此刻完美地重现出来。

所有的一切，都被痛苦之网吸收、获取。

那并非分解与消化，而是将一切都原封不动地吸收进去。雪茄和污物散发着气味，音乐和惨叫不曾停息，一幅巨型的、以无数活人为颜料的画作就这样旋转着、折叠着，被收容到痛苦之网里。

如同树根在肥沃的土地中伸展一般，蔓藤和视体捕捉到充斥在旅馆里的各种形态的痛苦与欢乐，以及盘踞在它们最深处的精神的黑暗。痛苦之网，将这一切的一切，都作为养分贮藏起来。

再多一些。

再多一些。

就像感染了黑水热一样，那股疟疾般痛苦的脉动，一次又一次地震颤着痛苦之网。

矿泉旅馆里蓄积的凄惨景况几乎可以说取之不竭，但就连这样也依然无法满足痛苦之网那深不见底的食欲。啊不，准确地说，痛苦之网此刻早已饱和，然而那种饥饿感却没有丝毫减轻，还想再多吃一些，再多一些。

充盈的痛苦超出了阈值，终于开始改变矿泉旅馆内部空间的性质。

空气的黏度越来越大，渐渐变得好像水玻璃一样。AI就像困在树脂里的小虫，在痛苦中沉溺、挣扎。支撑起旅馆结构的墙壁和柱子也渐渐同化，变成玻璃般的质感，模糊了彼此的界限。视体也开始缓缓融化，浸透在那透明的黏性物中。

三姐妹疲惫不堪、面红耳赤，以一种怪异的表情看着老朱尔。

看到朱尔和茱莉两人行为的，只有这四个人。啊，不对，应该说，正是这四个人让他们俩产生了那样的行为。

“我说，这么做有什么意义吗？”卢娜问。

“有必要让朱尔和茱莉那么做吗？”

“当然有。”老朱尔说，但没有进一步解释。

“我一点都想不通。在这种时候让两个人变得毫无防备，真是让人难以置信。”

“不是毫无防备。我们四个人不是费了很大的劲去保护他们吗？”

这话倒也是事实。在两个人行动的过程中，这四位用尽了一切手段，不断干扰周围的信息，不让任何人察觉他俩的所在。这种干扰就算在他们对话的时候依然在继续。朱尔和茱莉两个人此刻正横躺在长沙发上一动不动，处境极其危险。

“可是——”卢娜想继续追问。

“我知道你想不通。茱莉的恋人是何塞，你不理解为什么我要无视这一点对吧？朱尔和茱莉再怎么干柴烈火也绝对不可能结合，这是默认的规则对吧？”老朱尔说。

卢娜默默点头。

“朱尔和茱莉之间存在着绝对不可逾越的界线，这是这个区界中最大的禁忌。是这样吧？”

三姐妹默默点头。

“茱莉认为自己喜欢何塞……但她同时也在无可救药地迷恋朱尔，这也是事实。她对这样的自己感到迷惑和恐惧。至于朱尔，他当然是非常喜欢茱莉的，但何塞成了羁绊。何塞爱着茱莉，同时也钦佩着朱尔，但他对两人之间心灵上的悸动一无所知。

“夏之区界设计的便是这样的僵局。

“这三个人，是整个夏之区界最为重要的人物。正是他们三人身处僵局之中的设计，才能保证夏之区界平稳地度过每一天——就像一个悠长的午睡一般。

“……是这样的吧？”

这次谁也没有点头，因为这是如此明显的事实。

“但现在已经无所谓了，需要守护的安稳日子已经不存在了。不过话虽这么说，自暴自弃总是不行的。如果他们之间的关系一直被视作禁忌的话，那就意味着总会有打破禁忌的一天。现在才去打破，差不多已经很晚了。”

“可是……”安娜缓缓开口说道，“朗高尼也知道这一点吧？”

“你是说那个僵局？他当然知道，所以他才捉走了何塞。”

“那个……”卢娜有些等不及地问，“为什么？为什么要使用克莱蒙和地质学者的感情？”

“克莱蒙的故事，是整个夏之区界这幅恢宏画作的底稿。画油画的时候，首先要用淡色颜料构图，在那之上再用色彩与线条一层层往上覆盖，但不管覆盖多少层，总是底稿在支配着所有的一切。克莱蒙家的庞大故事，沉潜在夏之区界的一切场所，从最深邃处规定着我们的感情和行为。然而这一点是如此隐秘，就连朱尔和茱莉那样的特殊AI也不明白。

“而且，这份底稿，是比三人之间的僵局与禁忌更为深层的存在。

“要让他们打破如此重大的禁忌，最好的方法就是使用克莱蒙家的故事。不然的话，那两个人的精神恐怕都会被破坏吧。”

“让他们打破禁忌……”多娜说，“会有什么东西发生变化？”

“不可能马上知道的，不会立刻产生效果。效果要在非常久远的以后才会显现。啊不……”他露出了仿佛有些怪异的微笑，“非常……嗯……也许是在非常不同的方向。”这个自称老朱尔的人中止了长长的阐述，“……哎呀，他们好像终于醒过来了。”

四人通过“水晶吊灯”，向长沙发看过去。

朱尔和茱莉像是苏醒过来似的，睁开了眼睛。

“这里也待不下去了吧。”

四人放眼望向博彩房。

已经没有其他人了。

肉色蔓藤从墙壁和天花板的接合处，以及绒毯的网眼中探出来，窥探着这边的情况。墙壁上挂着威严的肖像画，然而四个人发现画中人物的脸上已然换成了“妖姬”的嘴唇。嘴唇里两排细刺般的牙齿，仿佛忍受不了饥肠辘辘的感觉而在咔咔作响。在彩绘玻璃门的另一边，那些想要进屋的亡灵既兴奋又焦急，隔着大门也能听到越来越响的嘈杂声。虽然此刻陷阱之网残存的所有力量都用来守护这间博彩房了，但外面的亡灵没有半点畏惧那份力量的模样，反而显得无比从容与自信。

“看不到他们最后的结果实在很遗憾，不过再想待在这里也不可能了，那些家伙很快就要找到地下室了。”

“毁掉吧？”卢娜说，她指的是“水晶吊灯”，意思是想在交出视体之前把它们毁掉。

老朱尔耸耸肩。

“这些玩意儿就算拿大锤子砸也砸不坏，你手上什么都没有，怎么毁掉它们？”

“那就把这些视体白白交出去？！”

“谁想要就拿去呗。反正矿泉旅馆也毁了，AI也没了，要这些视体也没用了。”

“可是……接下去怎么办？”

三姐妹忽然发现，老朱尔似乎已经对这个拼死守护至今的矿泉旅馆再没有半点兴趣了，她们都有些不知所措。啊不，难道说，这个老人从一开始就没打算保护旅馆吗？

“唔，接下去啊……逃吧。”老朱尔悠然一笑，回答说。

三姐妹面面相觑。

“逃也不是不好……可是怎么逃啊？”

按眼前的情况，别说逃，就是想往博彩房外面跨一步也不可能。

三姐妹绞尽脑汁寻找方法，试图做出最后的抵抗，而老朱尔却是一副悠闲自得的模样，那语气仿佛是退休的公务员在讨论今天该去哪里散步似的。

“鸣沙之滨怎么样？我先过去了。”老朱尔说，“别担心，你们的事情总会有办法的。”

老人的脸上浮现出和蔼可亲的微笑。右眼那个似乎是很久以前被剜去眼珠而留下的旧伤口，也和完好的左眼一样流露出同样的笑意。

博彩房的大门连同门上的铰链一起飞了出去，好像本来支撑大门的力量突然消失了似的。

亡灵们拥进博彩房，彩绘玻璃被踩得碎了一地。痛苦和疯狂依然在增加。它们贪婪地吮吸着区界的基层——克莱蒙家的年代纪——在获得这些养分之后更显肥大。亡灵们聚集在大桌子四周，为自己找到了“火之师”“雪景”“水晶吊灯”这些最有价值的视体而欢声一片。其中有几个人捧起了“水晶吊灯”，像是列队举行加冕典礼似的缓步离去。

老朱尔已经不见踪影。

“你若是回答不了的话，那就让我来告诉你吧，何塞。”

那个琥珀色的声音在地下室的穹隆顶下回响。深褐、杉绿、金黄、棕红……无数色彩卷出绚丽的涡纹，直抵中心的黑暗。那黑暗的正中，映照着何塞的脸。

“你是夏之区界的政治中心。”

手边灯的灯光像催眠师手中悬在线上的银币，在眼前忽隐忽现。

“夏之区界的AI分为两种类型。特殊的AI都具有某种使命，区界就是利用特殊AI的机能来运营的。何塞，也许你自己并没有意识到，夏之区界的政治功能便设置在你这个人物身上。”

胸中有什么东西在怦怦跳动。是脸庞，是我还只有十岁的时候长的那张脸，是从未在这个区界出现过的那张脸。我忘了，我早就忘了，然而这张脸却还记得某些东西，它有自己的记忆。

“何塞，政治是什么？那是一种围绕着集团秩序的建立和解体，对他人或者与他人施展力量的活动。权力、政策、支配、自治，这些就是你在安努的团队中所施展的力量。你能轻而易举地成为领导，但是你没那么做。你利用安努的意志，利用她手下的精兵强将，与此同时，你又通过安努同区界的所有阶层都保持密切的联系。你大概很讨厌被人看作能干的领导者吧，但那是不争的事实。一切对AI集团的支配、统管和组织化的功能，都设置在你这里。把这个区界当成一群家畜来统治的无意识装置，不是旁人，正是你，何塞。”

朗高尼浑身散发着王者的气息，整个地下室俨然是一座王宫的谒见室。

“何塞，你现在有点轻微的恍惚吧。

“在你胸口绽放的那张脸，是自你内心深处生长出来的。我的可爱子集正将根系扩展到你的全身，汲取你被封存的记忆，让它们绽放成美丽的花朵。何塞，在你内心，有很多这样的记忆。好吧，你也侧耳聆听吧，那朵花正在讲述你的记忆。”

我……

在我胸口的中心，我的脸开始张嘴说话。

我在花中沉睡着。

自己尚且天真烂漫的脸，以清澈而稚气的声音，仿佛吟诗般将记忆纺织成了语言。

花儿满满地开了一地，我在它们的香气中睡午觉，半梦半醒。好像……对了，好像就跟现在这样差不多。我的身体靠在墓碑上。这里是墓地。

是的。我的后背感觉着阳光下墓碑暖暖的温度。轻风摇曳着花朵，在空气里拍打出透明的浪花。

夏天强烈的阳光穿过头顶上伸出的枝丫，像子弹一样挥洒下来。

想起来了。是的。一闪一闪落下的阳光仿佛具有重量似的，让我觉得有些疼痛，那时候的我确实感觉它们“像子弹一样”。

香气让我困倦。我躺在那里，香气像天空落下的花瓣一样积在我的身上，压得我动弹不得。

香气是药。

我的手里攥着好几颗紫罗兰花瓣装饰的小巧克力，那是一个大人给我的。巧克力里面加入了催我入眠的药。

旁边的墓碑上，弟弟也跟我一样地睡着。

弟弟？弟弟……是的，是，我还有个弟弟。

马丁。这个名字，偶尔我会想起。

大人给我的巧克力，我分给了还很年幼的弟弟。

弟弟，被活活分尸了……

那幕场景，从记忆之渊中浮现出来。

我看见了横躺在墓碑上的弟弟的样子。

弟弟的人格边界正被操纵。

弟弟的衣服和皮肤上覆盖着和瓷砖一模一样的分割线。弟弟的体表经过了处理，形成了类似于瓷砖的纹理。然后，那些“瓷砖”从原来的位置上稍稍浮起，于是，“瓷砖”之间便生出了间隙，弟弟的“内部”从那里显露出来。

这是一幅超现实的场景。

弟弟人格边界之下的脂肪和肌肉暴露在外面，好像人体标本一样，血淋淋地发着光。

在这种状态下，AI程序的结构应该看得更清楚——发光的格子，逻辑树的结构。

即使是此种状态下的弟弟，依然有人想用更多其他的方法肢解他。

就是那个女人。

弟弟跟前站着一个女人，身穿白色大衣，黑头发，个子极高。

啊，我记得的。她的头发紧紧扎在一起，没有梳进去的头发仿佛是透明的一样，在白皙的耳边落下柔和的影子。长长的睫毛。微笑的悲伤眼眸。红艳的唇。幻影般的长长大衣。下面露出黑色的靴子。坚硬的鞋跟。

长长的眉毛，大大的嘴巴，知性与温柔的容颜。

牙齿闪烁着明亮的光。银色牙齿中透露出凶残之色，像是别的照片拼贴过来似的，破坏了整张面孔的和谐。

“你做了什么？”我问她，“你对我弟弟做了什么？和你对我做的不一样？”

最初，我是一个人去见这个女人的。

我一个人悄悄溜进墓地的时候，这个女人喊住了我。她给了我巧克力。“这块糖里有毒药，不过很好吃，不知道你有没有勇气吃下去呢？”那个女人这样说。那时候的我虽然年纪还小，但也明白那是带有性意味的挑逗。我提心吊胆地吃下了巧克力。那块巧克力装饰着浸有香料的紫罗兰花瓣。药物让我的身体彻底松软下来，但也变得极其敏感。女人将毫无抵抗的我揽入她敞开的大衣里，她赤裸的身体比大衣还要洁白。

我在那件大衣里面被女人玩弄了足有一个小时。

牛奶色的黑暗异常温暖，散发着膏香。

女人安静地笑了，红艳的嘴以各种形状笑着。

女人卸下了知性的面具，露出下面令人无法正视的东西。

残虐的寂寞。

温婉的嗜虐心。

伪装为知性的愚钝。

银色的牙齿。

我……被那精密的疯狂魅惑了。

“下次带你的同伴一起来……”分别的时候，女人这么说。

我把弟弟带过去了。

沉默寡言、老实巴交、温顺孤单的弟弟。

“会发生和刚才不一样的事情？”

“是啊，你也知道的吧……”女人这么回答，“只不过那时候你没变成这样是吧……”她微微一笑说，“好了，你也看看吧。”

女人脸上正常的面具早已卸下。

弟弟还不怎么明白自己身上究竟发生了什么事。他看看我的脸，又看看那个女人的脸。他脸上的血色渐渐褪去，只有眼睛睁得滚圆。他脸上显露出的害怕和不安，让我不忍直视。啊不，不对，我想继续看下去。也许应该说，我所期望的正是要让这个和自己长得很像的弟弟当作自己的替身，让他在那里代我接受她所施展的力量吧。

女人咧开大嘴笑着。优美的指尖上，有着蓝色的指甲。食指的长甲将弟弟身上的“瓷砖”一块一块剥落。那声音像是剥下指甲盖一样，弟弟大声哭喊着。我一动不动地注视着。

女人一块接着一块地剥下“瓷砖”，乐在其中。弟弟的体表被剥得七零八落，鲜血淋漓的伤口暴露在空气和日光中。

将近一半的“瓷砖”都被剥落以后，女人终于停住了手。

然后解开大衣的前襟。

……从我的位置看不见大衣里面，但弟弟好像能看见。弟弟的眼睛睁得大大的。我不知道他看见了什么。然后，那个女人……

女人开始把弟弟“吸”进去。

一开始能看见的是红色的细线，摇曳在女人和弟弟之间。然后是蓝色的，接着是绿色。丝线越来越多，就像是把客船拴在码头上的绳索。无数色彩各异的丝线像是具有生命一样扭动着，跳跃着。我目不转睛地看着。线是从哪里出来的呢？是从弟弟的身体里。剥开的“瓷砖”的间隙中，探出了那些彩色的线，软软地伸向女人。那些线正被吸进敞开的大衣里，吸进我的视线被挡住的地方。

然后，我立刻明白自己看错了。

丝线是从女人的身体里出来的。

空心的透明丝线从女人的身体伸出来，插进了弟弟的身体。那些丝线多半是女人剥“瓷砖”的时候一点点插进去的。

女人用那些丝线从弟弟的身体里吸取着什么。透明的输液管。弟弟的血肉被绞碎之后，又被吸了进去。

不一会儿的工夫，她“吸”完了弟弟。

只剩下“瓷砖”。

“瓷砖”下面什么也没有。

只有一个人形的空洞。

女人用鞋跟啪嚓一声踩碎了那张脸，声音像旧纸片一样脆。

我什么也做不了。从树叶间隙照进来的阳光如同子弹般射在我身上。除了流下冰冷的眼泪，我什么也做不了。

女人再一次敞开她的大衣，包裹住了我。花儿的香味。

“赞美我吧。”女人说。

我翻腾着。

因那女人给我的快感。

还有罪恶感。

“好美啊。”

朗高尼庄严的声音充满了地下室。

诉说完那些被封存的记忆，少年的脸……我那张稚嫩的脸，又静静地闭上了双眼。

“多么美丽而丑陋的画面啊……何塞，这就是栖居在你身上的病灶。这份未能经受诱惑而导致弟弟死亡的罪恶感，就像诅咒一样束缚着你，规定着你的一切行为。

“从那时起，你便再也无法拒绝别人的痛苦，因为你要求自己今后一定要成为一个合格的庇护者。何塞，你绝对不可能从这份负罪感中逃脱出去。

“正因为如此，我才选择了你。”

我胸口那张脸上，闭合的眼睑之下，溢出了眼泪。

“好了，何塞，还有很多很多的记忆，你必须为我回忆起来。要想实现你的功能，唔……一定还有无数类似的虚假记忆埋藏在你心里。让我来帮你把它们全部回想起来吧，一个都不遗漏。”

朗高尼又让我的周围陷入了一片黑暗，一片毫无感觉的黑暗。什么也看不见，什么也听不见。

我闭上了眼睛。

已经，将要无法承受了吧。

再回忆下去，我就要无法承受了。

我感觉到，胸口上少年的眼睛再一次睁开。

如同黑暗中绽放的花朵。

“……我想问你一个问题。”

“什么？”

“你的名字。”

“嗯？茉莉这个名字是妈妈给我起的，我很喜欢啊。”

“不是，我说的是蒲兰顿这个姓。”

“那不是姓啊。名字本来就是由两个单词构成的，为什么非要认为其中一个是姓呢？”

“自己随便起的吧……是你自己起的吧？”

“是啊。”

“为什么……要自己起一个呢？”

“是啊……为什么呢？好像忘记了。”

“不喜欢原来的名字？”

“不是，没那回事。”

“什么时候起的呢……”

茱莉·蒲兰顿慢悠悠地从沙发上下来了。

月光从窗口照了进来。

充盈整个房间的浓稠氛围渐渐淡去，就像潮水退去一般。

“月亮真美。朱尔，你知道吗？那个月亮是个AI哦。”

“啊？”

茱莉扑哧笑了出来。

“……就知道逗我。”

朱尔放松身体，仰面躺在沙发上。

“我的名字是妈妈起的。是啊……但那不是真的。只是被设置成那样而已……我喜欢自己的妈妈，我也喜欢朱尔。可是，我不知道那些感情是不是真的。到底是谁在控制我的感情呢？”

“别打岔，我在问你的名字是怎么回事。”

“春天[1]。我想看一眼春天。春天是什么样子呢？这里只有夏天。”

“你根本没听我在说什么啊。”朱尔也轻轻地笑了出来，“你很喜欢吗，蒲兰顿这名字？”

“嗯，很喜欢。我喜欢没见过的东西。你知道吗？春天不会太热，淡淡的绿，细细的雨。春天和夏天不一样。怎么样？你怎么觉得呢？”

茱莉望向窗外，抚摸自己的头发。脖子上短短的发丝像草地般窸窣作响。朱尔觉得，春天细柔的雨丝也许会发出这样的声音吧，只是从这里看不见茱莉脸上是什么表情。

朱尔闭上眼睛，在脑海中想象春天的雨声。

矿泉旅馆和它的院子沐浴在春天午后的细雨中，淅淅沥沥的雨声不久便成了均匀的背景声，让人沉入梦乡。春天的午睡。催促成长的睡眠。为未来储备精力的睡眠。透明的水滴凝结在树叶和花瓣的边缘。石阶被淋得暖暖的。午后的旅馆，一片恬静。

朱尔在想象春天的矿泉旅馆。

喜欢没见过的东西……

“大家都怎么样了呢？”朱尔问。

没有任何声音。

矿泉旅馆非常安静，静得几乎能听见月光洒下的声音。

没有任何生命的气息。

---

① 蒲兰顿（Printemps）在法语中是春天的意思。

“也许，已经……”茱莉说。

也许……已经没有人还活着了。

茱莉转向朱尔。

她背对着窗户。朱尔看不见她的脸。

只能看见茱莉的眼睛里有什么东西闪烁着光芒。

朱尔犹豫了片刻，终于开口说道：“喂，茱莉。”这是他直到现在都没说出口的话，“我，喜欢……”

可是茱莉将手指竖在朱尔的唇前，不让他说完最后一个字。朱尔闭上了嘴。

茱莉向洒满月光的地板弯下身去。

然后，她拾起鲸鱼耳饰，戴在耳朵上。

始终如一的思念，如同黑暗中绽放的花朵。

这是何塞最后的思绪。

已经不能以一个AI的方式正常运行了。

大朗高尼从他那巨人的高度俯视着横躺在脚下的何塞。

何塞从刚才开始就一直躺在这里，那副模样仿佛是刚从十字架上搬下来的年轻的预言者。

黑而长的头发。经过海风吹拂的鼻梁和尖尖的下巴。狼一般的嘴角，长长的手臂和腿。

全都消失了。

男人的身体开始了超自然的变容，就像刚刚他所想起的、他弟弟最后的姿态一样。

变容成能与拱心石相适应的姿态，正如大朗高尼追求的那样。

真的像极了黑暗中绽放的花朵。

何塞的身体被分成一块块微小的“瓷砖”，彻底扩展开来。

弟弟只是体表被分成了“瓷砖”，而何塞却连身体内部的每一个角落都被慢慢分解成了玩具零件般的小单元。为了打捞埋在何塞内心深处的记忆，朗高尼在他的内部进行了彻底的剖析和探索，包括那些连他自己都早已忘记了的记忆。而眼前的这派惨状，便是剖析与探索之后遗留下的残骸。那些小单元被分解得几近一个像素大小，早已分辨不出何塞的面孔。就连四肢也只能隐约分辨，而且都已化作了近似花瓣的样子。整体看来，何塞的身子就如一朵花儿一般。

埋在何塞体内的无数段记忆，无论哪一段，都让他难以面对。

虽说这些都是被封印的记忆，但在如此巨大的精神创伤之下，何塞是否还能发挥应有的功能，甚至连大朗高尼都产生了怀疑。遭受如此强烈的精神打击，横卧在这里的何塞，一步步走向崩溃……自始至终直视自己内部的黑暗，即便是AI，也是做不到的。

但也正因为如此，这才能变成一个圈套。

夜风的清香吹拂在地下室里。

朗高尼感到无比满足。

四周的石壁无声地崩塌。他注视着那个高密度的透明黏性物，注视着它慢慢涌入这里。

集聚的痛苦。

终于到达这里了……朗高尼长出了一口气。

但这只不过是一团还没有系统化的等质体。

要将它……

朗高尼看着这团黏性物混入这个房间的泉水里，随即开始慢慢变容。

他看着地下室作为他所设想的那个结构体的枢纽开始重构。

一夜攻防终于开始迈向结束了。

但还需要一个要素。

朗高尼焦急等待着应该很快就要抵达这里的她，如同等待情书一般。

ふたりのお墓について

9 关于两个人的墓

横贯头顶的白色石质圆弧。

脚下沙沙作响的鸣沙。

朱尔·塔皮走在这块原是矿泉旅馆走廊的地方。

茱莉紧随其后，"尾巴"握在手中。

玻璃化的巨大枝丫高高耸立，堆砌出立体的迷宫，又好像是用数千头大象的骨骼排列出来的一个笼子。大片倾斜的腰椎骨构成了地板，象牙在头顶描绘出巨大的弧线，支撑整体的柱子是坚固的象腿。

那些全都是玻璃质的。光滑，坚硬，冰冷。

隔着枝丫的间隙，可以看到一片漆黑的夜空，小小的星星闪着锐利的光芒。冬天的云已经无迹可寻，脚下伸展的也是类似玻璃的结构。黑暗中延伸着白色的阶梯，朱尔他们走在上面，显得只有豆粒一般大小。

"天还没有亮啊……"

朱尔·塔皮一边走一边自语着。脚下的沙石瑟瑟作响，那是玻璃的微粒子。

头顶上圆弧的一角还保持着它融化时软绵绵垂落的样子，变成一根乳白色的细细棱柱；正在倒进咖啡的奶油也停在半空，变成了石头的样子，玻璃化的石头表面上映照出自己的面容。

是在某个时刻，有什么超强的高温洗劫了这里吗？

玻璃的骨骼承受不住高温而融化，冷却后平滑地连结在一起。

“这就是我的计划……最后的下场吗？”

朱尔依然是在自言自语，语调平缓。

手中的“尾巴”充当着灯笼，照向远处时是一道细长明亮的光芒，照在脚下时则变得更加宽阔黯淡。“尾巴”发出的光线自由变化着，为朱尔他们引路。那光线似乎也随着朱尔的呼吸而喘息。已经彻底变容的旅馆在他们的步调中不断显现、消逝。

融化并封存在玻璃质中的AI的容貌一一浮现，随即又向着后方消失。

这便是陷阱之网与矿泉旅馆的结局。

附着在矿泉旅馆上的陷阱之网——痛苦之网——吞噬了旅馆和所有的AI，融化、沸腾。

然后，冷却、收缩。

最终的成果，便是这座玻璃森林。

出了克莱蒙家的纪念室，森林便近在眼前。

茱莉一戴好耳饰，便向着朱尔说：“我要去找何塞了。”

茱莉还是会去找他呀，哪怕她自己也不认为能找到他。

“我也去吧。”朱尔说。

茱莉点了点头。但是，打开纪念室的门之后，两人怔了好一会儿。

他们没想到旅馆会变容到这般程度。眼前的景象告诉他们，这已经不是矿泉旅馆了。没有地板，没有墙壁，只有参差交错的枝丫般的玻璃结构体。在结构体的另一边，是凌乱镶嵌着星星的暗空。

两人情不自禁地回头去看。

纪念室依然保存着古典风格的家具装饰，就像什么也没发生似的。两个人并不知道那是因为三姐妹和老朱尔的庇护，当旅馆在变容的激荡中飘摇颤抖的时候——哪怕是在最剧烈的时候，老朱尔他们设下的掩护程序依然守护着朱尔两人。可是一旦打开门，程序的效力就不复存在了。顷刻之间，克莱蒙家古典风格的家具、装饰连同其中的记忆一起液化、沸腾，又在瞬间冷却，只留下一片萎缩了的玻璃质残骸，同纠缠在周围的玻璃骨头没有半点分别。

两个人前后左右看了一圈，也不知道该往哪个方向前进。

上？下？朱尔和茱莉相视苦笑。

“我们还都活着吧？”茱莉说。

“肯定活……唔……活着的吧。不管这个了，咱们该往哪里走呢？”

“往下，约好了的。”

“约好了的？”

“嗯，是约会，和何塞。”

“约会？”

“嗯。我们约好了的，象棋大赛结束以后，就到地下室见面。”

“地下室？”

朱尔禁不住诅咒起跟木偶娃娃一样只会鹦鹉学舌的自己。

“……是吗，地下室啊……不知道现在还在不在了……”

“不知道，总之过去看看吧，去了才能知道。”

“去得了吗？”

茱莉没有回答。

……是啊，肯定去得了。朱尔在心里默默接上了回答。只要是我和茱莉，哪儿都能去。但这层意思可能并没有传达给茱莉。朱尔从口袋中拿出“尾巴”，领头走了出去。

此刻，两人正走在视体化的隧道中。墙壁和地板都变成了网状，就好像正在穿过一个中空的巨大羊肚菌。鸡蛋一般大小的“尾巴”，在朱尔的手中脉动着。有时候“尾巴”里的光会忽然增强，光芒中的无数光箭相互激荡，彼此抵消，只剩下最后一道引导两人往前。

“这里应该是原来的四楼。”

朱尔看着“尾巴”上显示的文字，向茱莉解释。

奇怪……克莱蒙家的纪念室本该是在三楼。从纪念室出来，他们一直在往下走，可这里却是四楼。走到这里的路上，楼层发生了各种变化。矿泉旅馆变容到这种地步，一定是整体都被扭曲了。记忆与现状完全无法对应，反而成了障碍。此刻被他们踩在脚下的地板，之前也许是旅馆墙壁，也许是海上阳台。每一步都会踏上一个不同的地点，两个人对此都习以为常了。

可是，怎样才能找到何塞？

陷阱之网启动时的旅馆构造，完好无缺地保存在“尾巴”当中。记起这一点的是朱尔。“尾巴”并不是从外层读取旅馆的构造，而是深入到更内部的层面获取更核心的信息。将那份记忆同当前的场景相对照，“尾巴”就能预测出变容可能带来的相位变化，并以箭头和楼层数来表示。只有通过这种方法，两个人才得以寻找地下室的位置。

“这么一直走就行了？”茱莉问。

“啊，谁晓得……也许吧。”

“是吗……”

茱莉连玩笑都不开了，有时向上看看，有时向下看看，仅此而已。

此刻，两个人眼前的柱子上缠着许多AI的躯体，像溺在树胶中的小飞虫。

每个AI都有一半躯体埋在柱子里，探出来的部分也都同化成了玻璃质。

朱尔试着用手指碰了碰其中一个AI的脸。冰冷、光滑、坚硬。

不单单是柱子，地板、墙壁下还埋着许多视体化的AI。

许多熟知的面孔都变成了透明的矿物，浮在表面。

……不，应该说，是为了连接这些视体化的AI，才有了这个结构体吧。

所有的表面都很光滑，有的泛出云母的质感，有的像是粉色的钻石，有的散发着珍珠的光泽。既有完全同化为视体质感的AI，也有还保留着些许原本质感的AI。

但不管哪张脸上，都有一个共同点，那就是苦闷的表情。

有的人睁着眼睛，有的人眼皮缝在一起，有的人被肢解得七零八落，也有的人四肢完好齐全。

但不管是谁，他们所共同经历的，都是那难以想象的痛苦。

朱尔他们无法触摸那种痛苦。所有的一切都被覆盖矿物表层的光滑玻璃质封在了下面。那材质应该是视体，却无法同周围进行官能的交流。

两人都被这毁灭性的场景惊呆了。

最初意识到的时候，两人曾经试图施救，不管是谁，姑且救了再说。

可是，即使依靠茱莉的交感能力，也得不到任何反馈。

朱尔冒着被污染的危险尝试用“尾巴”进行沟通，一样没有结果。

于是朱尔和茱莉都明白了。

在自己的眼前，视体化的AI们，现在依然在经历实时的痛苦。

但两个人无计可施。

“为什么打不破！”

无能为力的感觉让茱莉大叫起来，拳头在玻璃表面敲得咚咚直响。她的存在意义便是与其他AI共同承担他们的痛苦，给予他们治疗的契机。如此眼看痛苦却束手无策，对她来说，恰恰正是最大的痛苦。

朱尔不知道该说些什么才好。他在试着沟通的时候，已经猜到了之所以“打不破”的原因。

如果隔着使用了十几年的旧玻璃窗看风景，会发现对面的景象有一种微妙的波动。那不仅仅是因为玻璃的制作工艺不好。所谓玻璃，其实是一种流动的物质。在高温下融解的东西，冷却之后仅仅凝固成网眼状，并没有产生出坚固的结晶构造。以跨越漫长时间的眼睛去看，玻璃其实是液体。被做成薄板状的玻璃窗缓慢地流淌下来，正是这变形使风景产生了波动。

这样想的时候，朱尔明白了。视体化的矿泉旅馆中，正缓慢流淌着冷却了的时间。

矿泉旅馆的AI们，正是被囚禁在那样的时间之中。他们与外界的联系被完全切断了，再没有哪种断绝比这更彻底了。

玻璃内外分属于两个不同的世界，没有任何事物能穿透二者之间的屏障。

绝对没有……

这个道理能和茱莉解释明白吧。但就算她明白了，只怕她也依然想要寻找方法越过这层障碍。不论对面有着怎样的痛苦，茱莉都会毫不犹豫地投身进去，要靠强力将她拉离这堵悲哀之墙，谁都做不到。

“现在不行，茱莉。”朱尔选择了轻声低语，“不是约好了吗？

我们去地下室吧，和何塞一起把大家救出来。”

于是，两人终于重新迈开脚步。

手中的“尾巴”闪烁着，显示出下一个箭头。

箭头的色彩不停变换，令人眼花缭乱，两侧显示着许多密密麻麻的小字，而且还在飞速地滚动。

“尾巴”好像在努力向朱尔传达某些信息，但是太快了，反而没办法让人看清其中的内容。

朱尔抬起眼睛，后面的茱莉好像也很紧张。

越过视体化的时间枝丫，有一种与朱尔他们属于同一时间的东西，正在慢慢显现出来。

如妖精一样细长轻盈的女性躯体。

光线化作数层有着精细网纹的布料，覆盖着那具躯体。

蕾丝。那种蕾丝……朱尔确信，自己曾经见过。身后的茱莉也肯定知道吧。

纤细的肢体犹如丈许高的水草般微微摇曳，躯干轮廓像幽灵一样忽隐忽现。

肢体的模样已经完全改变了，但是，那失明的眼睛和温柔的微笑是不可能认错的。

“小心，危险！”

茱莉的声音中带有朱尔从未听过的苍白。

脸上的微笑轻柔展开，口中的牙齿显露出来。为何茱莉如此惧怕那排整齐的皓齿……

微笑的人，伊薇特·卡罗尔，仿佛是在等候两个人。

好冷……

寒冷让伊芙睁开了眼睛，而那寒冷其实是一种寂寞。

为什么这么冷？为什么我会如此寂寞？

伊芙的记忆就像煮过头的燕麦粥似的，一片混浊。区界里发生了什么，自己又做了什么，所有这些她都分不清了。而且，也都无所谓了。

她知道自己身边的一切都具有视体的性质，但就算伸手触摸也没有任何反应。对伊芙来说，这种情况还是第一次。她感到急切、焦躁，以及前所未有的寒冷和寂寞。这里什么都没有，围在我身边的都是些冰冷的石头。

我想待在一个温暖的地方，由理解自己的东西所包围。

要是再不离开的话……伊芙这么想着，站了起来。

站起来的已经不是伊芙曾经的形态了。苍白细长的身影忽隐忽现，极不稳定。本体核中是她秘不示人的自我意象。在遭受菲利克斯的破坏之后，勉强只剩下这些内容还在活动。AI原本具有的丰富模块已经荡然无存，只残留下自我的意象。从这一点说，此刻的伊芙等同于一个AI的幽灵。

幽灵摇摇晃晃地迈出了步子。那步态与其说蹒跚，不如说是在飘浮。

幽灵向着她隐约感觉到的方向走去。那里有温暖的气息、活动的生命。

明亮的……

朱尔手举着“尾巴”，它的光芒照进了伊芙的眼睛。

真耀眼！

伊芙生出一股感动。这是多么漂亮的视体啊……

因为那明亮的光芒，伊芙终于看到了周围的场景，看到了那对完全陌生的少年与少女的身影。

我和他们做好朋友吧，然后请求他们把视体送给我。他们肯定会给我的。啊不，无论如何，我一定要得到它。

希望油然而生，仿佛冻僵的身体终于开始了血液循环一样。有什么东西开始从伊芙的内部伸展出来。它化作伊芙钟爱的蕾丝花纹，随风摇曳。

朱尔两人凝视着自伊芙的四周伸展开来的网纹，那好像一朵具有情色意味的花，譬如兰花展开的花瓣。

发光的丝线与黑色的丝线相互交错，编织出的花纹美得令人神往。丝线覆盖在伊芙梦幻般的裸体上，仿佛是在随风摇曳。

伊芙没有眼球的眼睛望向两个人。

“我想求你们一件事……那块视体，真是可爱呀。”伊芙露出了笑容，消瘦的脸上显出整齐的牙齿。

“能把那个视体送给我吗？”

不知什么时候，伊芙站到了两个人面前。她的个子高得惊人，眼睛在两米以上的高处，没有眼球的双眼俯视着朱尔他们俩。网眼的花纹不知何时变成了好几根长长的缎带，轻盈地飘在三个人的周身，将他们包裹在内。一层又一层的缎带给朱尔和茱莉带来一种闭塞的感觉。

“要是没有视体的话，我就看不见任何东西了。很不方便，真的很不方便。”

幽灵一边微笑，一边哭泣，眼泪沾湿了她的睫毛。

“你们能给我光明吗？”

我曾见过这个空间的景象，朱尔想。封闭的空间。刻在内侧的密密麻麻的图案。啊……是克莱蒙年代纪中的故事吧。难怪自己会对那排牙齿如此恐惧……

那个时候，农夫的妻子之所以要怀孕，有她自己明确的目的。为什么？因为她想在笼子里刻上图案。但是自己的牙齿很快就要用完了，所以，为了获得新的工具，她怀孕了。她是想用婴儿的骨头雕刻图案……农夫意识到了这点，整个大脑都被恐惧感占据，发疯而死。

“你们想要什么谢礼都可以。”幽灵说。

什么谢礼呢……朱尔寻思着。

伊芙细长的身体骨瘦如柴。在她内里深处，可能正在进行着精神上的绝食。

“不行。”茱莉断然拒绝。

听到这个回答，幽灵显出复杂的表情，似乎既有些不知所措，又好像是预想之中。

“还是不能理解我啊……”

伊芙看起来非常寂寞。她未能进入这玻璃质之中，尽管她比任何人都更加热爱视体。在这个冰冷的地方，也许，从今往后她只能永远以这种幽灵的状态、什么都看不见的状态存在下去吧……可是为什么？朱尔的脑中萌生出这样的疑问，是谁让她变成了这样？

幽灵转向茱莉。

"啊……你也很寂寞啊。你比我寂寞多了。"

茱莉没有任何回应。

"你非常痛苦。你始终都是伴随着痛苦而生的，连你自己都不是很明白这一点。但正是那种痛苦才构造出了你的轮廓，所以，你……是的，你一直都是渴求着痛苦的……你和我很相似。"

茱莉没有任何回应。

"可是，你的那种痛苦，正在被利用——被某个人。和我一样。"

伊芙是被谁安排在这里的，朱尔只想到了一种可能性。

伊芙为什么会出现在这里，为什么会说出这样的话，朱尔只想到了一种解释。

"出来，卑鄙的家伙！"茱莉突然大声喝道，"别躲在那种地方！"

"哎呀。"从伊芙的胯间伸出菲利克斯上下颠倒的脑袋。那张既像狐狸又像黄鼠狼的脸，不知怎么让人生出一股莫名的怀念。

"被发现了啊。"

"你永远都是那么卑鄙，"茱莉叹了一口气，"你不是菲利克斯吧？”

“我是谁，对你有什么意义吗？”洪亮的声音与那张脸庞极不相称，“这和你没关系吧。”那个声音愉快地笑了，“这副样子你不喜欢吗？”

“我还真没见过这么低级趣味的邀请函。”茱莉说。

“邀请……”朱尔低低重复了一声。

“反应真快啊。那么你会来吧？”菲利克斯说。

“明知故问。我现在不正是要去那儿吗？”茱莉说。

“等一下！”朱尔一声惊呼，“茱莉，你知道自己在说什么吗？”

“茱莉在说什么，和你没关系吧。”

朱尔无视菲利克斯——不，朗高尼——的插话，喊道：“何塞落在他们的手里！难道你还要自投罗网？”

话音刚落，朱尔自己也明白了。

自从何塞在海上阳台被绑架后，茱莉就明白了一切。那些人不可能不去彻底利用何塞，这一点，茱莉比谁都更早意识到了吧。她正是知道了这一点，才会说出“去地下室”的话。

朱尔一直以为，两个人的行动是为了救出何塞，但茱莉并没有这样的打算。她只是想陪在何塞身边，哪怕会成为那些人的帮凶也在所不惜。

“对不起。”茱莉说。

朱尔犹豫着，然后说：“我也去。”

茱莉摇了摇头，这个动作让耳坠也摇摆起来。

“不行，你留下。”

“我去。”

“……不行。这……”茱莉吸了口气，接着说，“这不是该你出场的时候，表弟。”

“别抛下我……不要那样做。”

茱莉没有回答。

“差不多可以了吧。”悦耳的声音说。密密包裹着三人的丝带松开了一道缝隙。

“无关人士，你可以出去了吗？”

朱尔从缝隙间走到丝带外面。

丝带变成了一叶小舟，如同餐刀般轻盈美丽的小舟，船底稍稍没入下方的视体中。这艘能够在视体之林中潜航的小船，将会穿过这冻结的时间，驶向何塞的所在吧。

伊芙的影像正是为此而存在的。

换言之，伊芙的影像其实就是进入视体时间的I/O[①]。在彻底利用完她所具备的才能之后，她便只作为这庞大体系的一项附属功能残存。在视体时间的入口，如幽灵般一直站下去。直到永远，无处可去。

茱莉背对着朱尔，朱尔看不到她的脸。星光之下，茱莉白皙依旧。

然后，没有任何征兆地，小舟稳稳沉入了冻结着的坚硬视体之中。

---

① Input/Output（输入/输出）的缩写。

与此同时，伊芙的影像也消失了。可能是为了防止朱尔侵入吧。

通过透明的视体，可以看见载着茱莉的小舟潜得越来越深，行得越来越远。眼看着小舟渐渐远去，朱尔抑制着自己想要追出去的冲动。

怎么办？

怎么办？

此刻并不是束手无策。

相反，朱尔面临着选择。

有办法可以追上茱莉。

就在刚才，他已经偷出了必要的工具，就在他的脑子里。

用，还是不用？他有一种预感，若是继续向前，必然要付出巨大的代价。

追，还是不追？

背对着自己的茱莉。

想要再看看她的脸。想要抓住她的肩，让她转过身来。

可是，那将会给茱莉带来更深的伤害吧。

会让茱莉像那时一样，受到那般严重的伤害吧。

久远的……

“久远的回忆吗？”

有一个声音响起。

少年知道，那个裹着乌鸦般外衣的独眼老人，悄无声息地出现在了自己身后。

“你已经决定了吧……”

“老朱尔……”少年一声叹息，“那，我还是应该追过去啊！”

“是啊。要追到区界的尽头……会是一段漫长的旅程。”

“……别无选择，对吧？”

“别无选择？”老人笑了，声音干涩，似乎是因为发自心底的愉悦，“如果让数值海岸的一万亿AI听到你这句话，他们会用嫉妒之火烧死你的。”

“我曾经在想，你该不是我的父亲吧……不过你应该不是。我并不是忘记了你，而是从来没有认识过你。你不属于过去，而是属于未来吧？你是谁？”朱尔问。

“我是老朱尔啊。”

少年摇了摇头。

“你刚才也说了，我是属于未来的。那么我究竟是谁，这个问题不是很明白了吗？不去未来，你是找不到答案的。只要你还在这个夏天的循环里原地踏步，你就绝不可能得到你想要的答案。”

那道旧伤疤将老朱尔的脸分隔成两半。朱尔在想，究竟会是怎样猛烈的一击——过去的，或是未来的？——才会造成那样的伤痕。毫无头绪。

“所以，就算你亲眼看见了这个，也完全不知道它的意义吧？”

老朱尔将双手摊开，凑到朱尔眼前。

一片灼伤的痕迹。

“不知道。”

“是吗……”老人又用他干枯的声音笑了，“茱莉的肩膀就在那里，想要抓的话早就抓住了，但你就是没伸手。你比我还老。”

老人两手握成拳，缩进袖口。

“决定吧。根本没有什么‘别无选择’。选吧，选条路吧。每个人都是这样，没有例外。只能一个人自己做决定。哭着选一条路，哭着放弃其他所有的可能性。不管怎么痛苦，还是要做出选择。”

朱尔捂住了脸，他发现自己已经泪流满面。朱尔用手掌拭去泪水……少年看着自己的手心，惊讶得瞪大了双眼。他看见了。为什么以前自己从来没有注意到？他看见自己满手灼伤的痕迹。

那是被炖菜灼出的伤口。

然后，朱尔终于想起来了。

他，一直都在这里。

千年之前，他曾与茱莉共同承受这份灼伤，他曾伪装成茱莉的父亲侵入这个区界杀死金盏花。

他就是朱尔。

身边的老人已然无影无踪。

老朱尔就是朱尔自己。

朱尔明白这一点之后，老人便没有必要再现身外部了。

朱尔用带着灼伤的手抚摸自己的胸口，但那个老人并不存在于自己的身体之内。

朱尔将刚才默记下来的信息——即丝带变成小舟的程序——全部导入手边的"尾巴"里。

要记这些程序不费吹灰之力，它与蕾丝程序没有什么大的差别。

去追茱莉吧。

意念已决，不再动摇。

"尾巴"准确无误地编织着小船，就像茱莉在清晨的阳光中编织蜻蜓一样。

茱莉·蒲兰顿抱膝坐在那艘似乎由纸折叠而成的小舟上，凝视着自己的膝盖。

她已经不再去看自己的身后了。朱尔可能追过来了，也许已经追上了吧，但我绝不往后看……茱莉说给自己听。

"表弟，再见了。"

小舟行驶在充满高密度视体的空间和无限延伸的时间之中。

小舟静静地前进着，纺锤形的挡板包裹着小舟，纺锤尖端平稳地推开前方的空间和时间。

满满地挤在这玻璃质、这缓慢时间中的是……

痛苦。

为了计算这些痛苦，夏之区界消耗了它九成以上的计算能力，现在依然在以极高的清晰度不停进行着计算。

步步紧逼，传向茱莉。

在这放慢了的时间中，在这仿佛冻结为永恒的一瞬里，数以千计的AI，正感受着他们所能感受到的最大痛苦。

重现于矿泉旅馆中的过去的痛苦，就好像包裹了小虫的琥珀一样填充着间隙，满满地填塞在这座森林、这张痛苦之网里。

对于茱莉，尤其是对于茱莉，这是无法直面的一幕。

直到此时，她依然想要飞奔过去，扑进那满载的痛苦之中，但她很清楚这不可能，所以才怔怔地凝视自己的膝盖，一动不动。

我想快点见到何塞。

我已经猜到了那些家伙对何塞抱有怎样的企图。我也知道，他们为什么想把我和何塞组合在一起，他们想要达到什么目的。

茱莉摘下耳朵上那只鲸鱼耳坠，目不转睛地看着。

这是茱莉亲手做的。

是用渔坠做的。穿进耳朵的部分是何塞用钓钩做的。

鲸鱼有自己的名字。

那是藏在何塞心中的、极其重要的名字。他们做了两只鲸鱼耳坠，都叫这个名字，一人戴一只。那是茱莉和何塞之间的约定，没人知道约定的内容。大约每个人都会以为那是爱的誓言之类的东西吧，表弟若是那样理解也无所谓。

但那并不是什么爱的誓言。

那个名字叫马丁。那是何塞弟弟的名字，从未在这个区界存在过的、何塞的弟弟。

……第一次和何塞做爱，是在大断绝之后。

何塞给人的印象是一个坚忍不拔、反应敏捷、值得信赖的兄长，但我知道他的本质。因为他与我相似到了可悲的地步。

区界里有一些被选中的AI。

譬如我就有我的职责。我从来不能放松，放松会伤害到我，而且也没有人能让我放松。

何塞也是一样。

不管是谁，都会将一切告诉何塞。事无巨细，毫无隐瞒，详细描述他们是怎样遭受访客虐待的。

因为何塞就是为这个目的设计出来的AI。

相当于坐在忏悔室里倾听告解的角色。他需要绝对的孤独。

我希望自己能缓解何塞的痛苦，何塞也说他想疏导我的痛苦。

但当我们把手伸向对方之后，才发现这是多么困难的一件事，才明白各自承担的绝望有多大。

是的，就是在那之后，我们立下了约定。

做了这对鲸鱼耳坠。

“到了。”

冷酷的声音说，是那个伪装成菲利克斯的人的声音。

轻叩船舷的平静水声。

小舟抵达了某处水岸。

小船本应该行驶在玻璃质中，然而不知何时漂流到了这种地方。船下是水，上面是可以呼吸的空气。玻璃质退到了很远的地方，仿佛变成了墙壁，围出此处的空间。这里是在玻璃的内部，是一座中空的巨大厅堂吗？光线很微弱，茱莉所能看见的只有这些。

“下来吧，没关系。”

这声音是从哪里传来的？

茱莉跨过船舷，踩了下去。她感觉双脚浸在清凉新鲜的泉水中。茱莉还记得这水的气味，这里是旅馆的地下室，它还保持着原来的形态。空气中满是凉意，茱莉禁不住绷紧了身子。夏之区界里，只有天亮之前的一点时间才会有这么凉的温度。现在已经到那时间了吗？

茱莉往前走着。水中漾出一圈圈波纹。不知哪里亮起了几个微小的光点，照亮了水波荡开的方向。

水波在尽头直立起来，犹如墙壁一般。

水面慢慢变得越来越陡，终于与地面形成了直角。水也没有向下流淌。水波一路爬上那堵墙壁，速度逐渐减缓。在极高的地方，水波凝固起来。在那一带附近，水变成了时间，逐渐视体化，绘出一道平缓的圆弧，构成了地下室的墙壁。泉水与视体的界线已无法区分。

那几个微小的光点沿着墙壁上升，抬头看去，头顶上是一个视体的穹顶。

无数头颅朝向穹顶中心的AI被封闭在视体中，排列成同心圆的形状，犹如教堂的天井画一样。

光点在穹顶的中央会合，融为一体之后垂直降下。

光点在一人高的地方停下，分裂为数个光点，然后排列成一个水平的圆，静静地发着光。

简直就像一顶王冠……茱莉想。

戴着它的是……何塞。

大厅中央的水高高涌起，犹如王座一般，托起何塞的身体。

被分割成细小“瓷砖”的何塞。支离破碎的马赛克。

不管变成什么样子，茱莉依然可以一眼认出那就是何塞。

她奔向王座。

在通向王座的阶梯下站着一个少年。穿着蓝边白色风衣的少年点头示意，那是在说：上去吧。

虽然是水流做成的台阶，但脚踩上去也毫无异样。茱莉走过台阶，登上王座，便看见那些细小的“瓷砖”展开成一个五芒星的形状横亘在眼前。

“终于见到你了，何塞。”

鲸鱼耳坠一定就混在这里的某个地方，茱莉想。第一步要先把它找出来。

然后实现他们的约定。

控制区界的时间……

那是一种怎样的技术？朱尔寻思着。复制的小船一路前行，朱尔沉浸在自己的思绪中。

数值海岸的每个区界都有各自的时间，这些时间群由一个被称为时间管理者的系统管理。区界的时间不同于流淌在这个虚拟度假区之外的时间，它的设计思想是，即便在休闲地好好享受了三个星期，在现实中或许只过了半天而已。

夏之区界的千年，在现实世界里，那是经过了多少时间呢？

小船正在穿越冻结的时间，这个停滞在玻璃之中的时间的速度，也许正是现实时间的速度。

可以操控的时间。

也许可以倒转回去，或者让循环重新来过吧。

如果找到一种方法，可以如此操控这个区界的时间，并且能够自区界之外对其进行观察的话，就可以逆时间的流动而行，或者跳跃到未来了吧。

可是那个老朱尔，他究竟是时间的旅者，还是千年前的自己为了自我觉醒而设下的定时器呢？抑或别的什么？无论怎么思考，朱尔也得不出确定的结论。无论哪种可能性都是存在的吧……正如老朱尔所说，只要到达未来就会明白。或者也可以说，不到达未来，所有这些可能性就不会收敛。

在那之前，嗯——朱尔苦笑了一下——首先必须到达地下室。

仅仅仿造一条小船，并不意味着能找到何塞的所在。丝带花纹中并没有记载线路信息，从安全的角度考虑，这是理所当然的，所以只能参照“尾巴”的导航图，自己摸索航线。从“尾巴”中保存的矿泉旅馆的拓扑结构看，应该已经来到地下室附近了，但也未必真的就在附近。空间一定也变形了。

“那么还有胜算吗？你能夺回茱莉吗？你能让她回头吗？”他用老朱尔的声音追问自己，然后自问自答。

“是你教唆我追过来的，现在又不放心了？”

“你应该知道的吧，那孩子啊……她喜欢你。”

“是吗……也许是吧。可是，老朱尔，那才是诅咒吧？”

小船剧烈摇晃起来。

一个耀眼的空间在眼前展开。

小船冲入一个类似于宴会厅的地方，沿着一道直线横穿过去。天花板上的“水晶吊灯”散发着炫目的光芒。宴会厅里，数以百计的人们身着盛装，静止不动，仿佛是人体模型一样，飘浮在充满视体的空中。那幕场景，就好像豪华客轮连同整个晚会都沉没在水中一样。

披在AI身上的都是小颗的视体，它们与“水晶吊灯”放出相同的光。痛苦被设成同步状态，同质的痛苦被安排成可供上万人共享的形式。

……同质？

朱尔心中生出一丝疑惑。

……共享？

朱尔感觉到危险，放慢了小船的速度。

“喂喂，你在想什么？”他用老人的声音确认自己正要做的事。

“我不是马上就要穿过这个大厅了吗，在穿出去之前，有件事情必须做。”朱尔回答道。

与周围时间的差异正在变小，他正在靠近视体的时间。

朱尔举起“尾巴”，像用照相机一样“拍下了”身边那个身着奢华礼服的女性的容颜，然后立刻加速，逃离那里。小船穿过了宴会厅的墙壁。

“喂喂，太危险了吧。你干了什么？”朱尔用老朱尔的声音叫嚷着。也就是说，他自己也不清楚自己到底做了什么。

朱尔将捕捉到的那个女性的容颜上传到“尾巴”里，将她耳朵上戴的视体放大。直觉告诉他要这么做。

视体上载有光的颗粒。

进一步放大。

光的颗粒中似乎能看见什么——映照在其中的图像……不对，是隐藏在光里的图像。

再一次放大。

立像。倒立着，好像通过小孔成像得到的影像一样，闪烁着美丽的光芒。看起来像是人类，但不是很清楚。

再放大。然后，再一次放大。

“尾巴”有着令人惊异的图像解析能力。

有着长长裙裾的白色霓裳。

一只手伸向天空的姿势。

朱尔近乎固执地重复着放大的操作。能看到什么，他已经知道了，但那意味着什么，他还不明白。

如波浪般起伏的金色发丝。蓝色的眼睛。端庄的姿容。

背上伸展着美丽的、如同天鹅一般的巨型羽翼。

全身凝结着一层冰霜。

“原来如此。”朱尔用老朱尔的声音说，“那是天使。”

“天使？”

图像正停在天使的蓝色虹膜的特写上。瞳孔中的光之颗粒之中，有一个戴着视体的女性的倒影。

一阵眩晕向朱尔袭来。

然后，毫无预兆地，小船的船头突然冲上半空。

感觉像是被人举了起来。

落水。

竟然有水。

溅起无数的水花。

无数的水花拍打出无数的水声。

声音刚一平息，朱尔便知道自己已经来到了地下室。

朱尔理解了这个空间的构成。他的眼中捕捉到王座和正要屈身上前的茱莉的身影。

朱尔深吸一口气，顿了一下。

“茱莉！”

茱莉的后背微微一颤。

我的声音，还可以抵达那边的时间。

别害怕，说吧。

被封闭在克莱蒙家纪念室里的那个词。

挡在唇前的手指已经不在了。

抛开最后的犹豫，朱尔叫喊起来。

对着茱莉。

“喂，听我说。”

那是历时千年也无法言说的事。

“我一直都很喜欢……姐姐啊。”

…………

我，是的，只和何塞做过一次爱。

那是一场彼此之间只留下痛苦回忆的经历，但在那时，我也终于可以触摸到深埋在何塞体内的那些虚构故事中的一个。

他任由弟弟被杀的场景。伫立着的女人用五彩的丝线吃掉他弟弟的场景。

悲伤，美丽，凄惨。

我一说起那幕场景，何塞就变得像死人一样了无生气，只会点头。

过了许多天之后，我终于找到了自己该说的话。

“我们修座坟墓吧。”

何塞惊讶地看着我。

“修座坟墓吧，为你的弟弟……”

“……马丁。”

“……为马丁修座坟墓。”

“我第一次听说这个主意。”

“怎么样？”

“唔……”

“……怎么样？”

“……不错啊。修吧……他的坟墓。”

我们就这样做了一对耳坠，起了名字。

马丁。

没有铭刻在任何地方，更没有留下任何可供推测的线索，然而这确实是坟墓。

那个未曾出生的弟弟，在捏造的死亡中无奈地死去。我们为那个甚至从来未曾存在过的弟弟修坟。我们决定，将那坟墓贴身戴着，永不分离。

当我小心翼翼地敲打、拉伸渔坠的时候，何塞隔着肩膀看着我，用很随意的语气说：“那么，帮我做鲸鱼吧。”

“为什么是鲸鱼呢？”我这样问。

何塞回答道：“我没见过鲸鱼。”

只有这一句。只有和我在一起的时候，何塞才会变得沉默寡言。这让我很开心。

“何塞你自己明明也能做嘛……本来手艺就很好。”

“啊……”何塞一直看着我与渔坠恶战，弄得满手伤痕，好容易完成的鲸鱼勉强只能看出鱼的形状。何塞扑哧一笑，让我有点生气，还回了他一句：“你还好意思笑吗？！”

把一只耳坠戴上他耳朵的时候，我“唔”了一声，忽然间明白了所有他想要说的话。

“我没见过鲸鱼。”

那会是怎样的一种生物啊，他的心中一片喧嚣。

他在想象鲸鱼遨游的海洋。

每个人都一样。

夏之区界的AI，每一个都一样。

喜欢未曾见过的东西。

喜欢。

我舔去何塞耳垂上渗出的一滴血，然后，在他耳边小声说出我们的约定。

“什么时候我们一起死吧。”

“总有一天，可以一起死的时刻会到来的。到那时候，这个，也就是我们的坟墓了。”

那就是我们的约定。

总有一天……

可以死的时刻会到来。

微在汀線

10 渺茫的海岸线

以前——

很久很久以前，在茱莉·蒲兰顿的生日那天，曾有一位访客到来。

那是一位非正规的访客。

他敲响茱莉家——也就是朱尔·塔皮家大门的时候，已经只剩半条命了，似乎是在强行侵入夏之区界的时候受了伤。

记忆的损伤。

以及精神上的微小扭曲。

凑近了虽然看不出来，不过拉开一点距离就会发现整体似乎有点倾斜，仿佛有些不太稳定，就好像声音降低了半个声调一样。

他站在玄关前，显得手足无措，因为他不明白自己为什么会在这里。

不过，明晰的理智拯救了他。自己是一种怎样的身份，又该有怎样的举动，答案都是明显的——他是夏之区界的变态访客。

为什么要费尽千辛万苦找来这里，已经全然想不起了，但他知道自己不是正规的访客，而且有一种必须来到这里的强烈信念，这就够了。无论如何，首先需要存活下来。

在门打开之前，他又检查了一下自己的外表。从自己的打扮、身高，还有手上的皮肤皱褶中，他知道自己现在是个中年男性。

我伪装成茱莉的父亲……他想。然后他意识到，自己知道“茱莉”这个名字。

被领进屋内，逐一见过家庭成员之后，他断定，自己可以存活。

这本来就是理所当然的事。这一家就是为此目的而存在的，在这里可以轻松存活，就像一个带着信用卡漂流到度假岛屿的鲁滨孙·克鲁索一样。

在茶几旁坐下，他便开始观察分析室内的情况。

母亲非常依赖于父亲（也就是他自己），这种设计与其说是平淡无奇，不如说是故意保持单纯，其目的在于确保父亲的行动自由。男孩子的情况呢？这也很清楚——对姐姐有恋爱情结。巧妙诱导之后会是一个很有趣的故事，这也是可以让访客施展身手的设计。但是，男孩和姐姐之间似乎没有发生什么事，这又是为什么？难道说这个少年仅仅是个装饰？暂时无法得出结论，先放着吧。

接下来是少女。这又是一个多么出色的造型啊，承袭了古典的“冷美人”模式，不向访客献媚。但仅仅思考了数秒，他便看出金盏花就是破解的关键，随即就有些兴味索然了。

再把视线移回弟弟这边。

你究竟为了什么目的而存在，是为了凸显你那魅力十足的姐姐吗？不，不对……哈，有趣，他想。这倒是有点思考的价值。好吧，那在这儿住一个晚上倒也无妨。

于是他走进自己的房间，一边看书一边继续思考。茱莉之所以“冷淡”，是因为她被赋予了一个让其他AI放松的职责。

但是，那个少年呢？

为什么朱尔会被设定成爱慕自己的姐姐？这种设定的理由，他想不明白，因此产生了强烈的兴趣。更准确地说，推测理由过程本身固然有趣，但更有趣的在于为何他会想不明白，这要比理由本身复杂不止一个层次。其原因也许在于区界，也许在于他自身。难道说，正因为他是他，所以才无法解开这个谜题吗？

少女来到房间，简单的交谈之后，他给她画了素描。随着绘画的进展，他开始逐渐感受到茱莉的强烈魅力。他起初还不太明白这是为什么，但最终还是明白了。

那双橄榄般的眼睛里舞动着鲜活的好奇心，它们发现了自己的言行与外表并不协调，而且似乎觉得这很有趣。

这少女并非在观察访客的装扮，她透过他外在的身形和装束，看到了他的内部，也就是那个非法侵入的他的真身。

她从一开始就知道了吧？

很感兴趣……突然之间，他产生了一种无可遏制的冲动。

想要知道。

想要闯进去，一层层剥开，亲手抓住。刹那之间，一股冲动袭来，他几乎忍不住要站起身，一把抓住少女的肩膀。

他对自己的变化感到困惑，尽力按捺住这股冲动，转而以一副冷漠的表情重新翻开了书页。这个举动也会对茱莉产生影响吧，他如此期待。即使在茱莉的身影从房间里消失之后，他依然仿佛看到她的目光在纸页上熠熠生辉。好吧，以后再考虑弟弟的事情。他的思绪已经转移到了另一件事上：茱莉的生日，该送给她怎样的惊喜才好？

茱莉，还没有任何人了解你。我想看你内部的东西。要达到这个目的，不做一定的破坏是不行的。只有从那道缺口、那道裂缝之中，才能窥见某些东西，才能显现某些征兆。

那是茱莉你的灵魂。

他站起身，去找母亲问过金盏花的所在，提着它的脖子走进了厨房。就连母亲都慌张起来，但在那时候，金盏花的眉心已经被菜刀柄击得粉碎，已然奄奄一息。他的手一挥，锅里的水顿时沸腾起来。母亲这才意识到他并非一个寻常的访客，愈发恐惧，无法动弹。他的意志依然失调，感觉依然扭曲，就那样将那只雄兔放入沸水里，把切好的调味料大把大把地扔进去。

同一时刻，茱莉正在楼上自己的房间里决定，要把自己打扮得漂漂亮亮。

夏日的傍晚即将降临，这是个美丽的时刻。

终于，晚餐一切就绪。茱莉以一种与其年龄相称的打扮出现在餐厅里。他感觉到内心的悸动。茱莉也凝视着他的眼睛。两人的视线再没有分开。

当他揭开锅盖，以一种近乎炫目的昂扬，用长柄汤勺舀起金盏花的头拿给她看的时候，他终于确定了。

自己的判断是正确的。存在于她内核中的东西，就连AI的设计者都不得而知的、一直孕育在她内核中的东西，在一瞬间闪现。

一个小小的、纤弱的、如同幼兔般的少女。

少女在强烈地渴望着。

快，谁来杀了我吧……

少女的手将金盏花的头抱在胸前，动作无比自然。

在那时候，他正确地记起了自己，记起了自己在侵入父亲的角色时所忘却的一切。

他记起了自己是谁。

我并非来自区界之外，我一直都是这个家庭的一员。

于是，“弟弟”的谜题也迎刃而解。

他分担了她的痛苦。这一锅滚烫的、黏糊糊的炖汤，灼烧着他的掌心。

总有一天……他，朱尔·塔皮，凝视着金盏花空洞的眼眶，在心中喃喃细语，暗暗发誓。

那不是约定。

而是誓言。

是的，就将这烫伤留作誓言的印记吧。

总有一天……

总有一天，将你……

总有一天……

是的，那之后，我许下了什么誓言？

听着地下室的水声，朱尔在努力回忆。自己的碎片一直散落在自己的内部，直到此时才开始彼此相识，相互沟通。

朱尔。

老朱尔。

那一天杀了金盏花的“他”。

他们都是自己，只不过每个自己的记忆和信息并未共享。

而在此刻，所有这些终于将要重叠在一起了。然而，还不充分。

朱尔的小腿浸在清凉的水中。他看着自己的姐姐茱莉正屈身俯向宝座。

“姐姐！总算追上你了！”朱尔再次大声喊道，“我们回去吧！”

正要将身体俯向何塞的茱莉半途停了下来，朱尔的声音传到了她那里。

“我们回去吧。该放弃了，你救不了何塞，绝对救不了。”

茱莉站起来，然后转过了头。

“朱尔，你来了啊。”

滚烫的东西堵住了朱尔的喉间。那是多么寂寞的笑容啊。

“……喂，求求你，让我就这样待在这里吧。刚刚我正对着何塞祈祷呢。”

“祈祷？”

“因为何塞的身体实在是太冷了，太可怜了。我试着吻过他，多多少少感觉到一些，所以我很清楚他们在逼何塞做什么——拱心石啊，你知道吗？”

“啊……”

用砖石建造拱门的时候，会在最后把一块石头楔入顶点，用以固定其他石头。何塞就是这座伽蓝[1]至关重要的一块石头，他支撑着整个建筑、承受着整个建筑的所有重量啊。

“那……”朱尔强迫自己继续往下说，“你又打算坚持到什么时候？”

“坚持到何塞能稍微睡得轻松点儿为止吧……”

茱莉的语气仿佛是在照顾生了病的恋人。

实际也是如此吧。虽然被分割到如此细微的地步，何塞依然活着，他正在活生生地经历着比其他任何AI都要可怕的痛苦。

朱尔用膝盖划开水面，慢慢地、艰难地往前行进。

“回去吧，一起回去。”

“回去？去哪里？”

“我这里。”

① 梵语“僧伽蓝摩”的略称，意为众园或僧院，即僧众居住的庭园。后称佛寺为伽蓝。

“啊……是啊，”茱莉笑中带泪，“表弟。”

朱尔摇头拒绝了茱莉的称呼。

“不对，我不是。”

大断绝之后，离家出走的茱莉把自己叫作蒲兰顿。从那时候开始，她便那样称呼起朱尔，像是揶揄，又像是在控诉什么……我，朱尔想，每逢她这么喊我的时候，我只能一边苦笑，一边说些“不要啊”“别这样”“真过分”之类的话应付，可是这样真的好吗？

“姐姐……”

“别过来，我要留在这里。朱尔，我没事的。”

朱尔依然向前。膝盖推起的波浪往前传播，越往前速度越慢，但依旧保持着波浪的形状。波浪的尽头，时间变化了。茱莉静止了。

朱尔的眼前出现了一道时间的屏风。

前往茱莉那边的通路被挡住了。少年停住了脚步。

“早上好，我叫朗高尼，是这些小家伙的指挥者。”

水里出现了大大小小的蜘蛛。它们扩散开来将朱尔团团围住，护卫着朗高尼。水面有五六只，水下还有更多。

“再往前走就不好办了。那边的状态还不稳定，你会扰乱那个状态。”

朱尔看了一眼茱莉的位置，那边已经完全没在视体之中了吧。这个少年说了，“状态还不稳定”。对了，朗高尼既然还挡在这里，无疑就意味着还有希望。

朗高尼没有说话。

“状态……”朱尔小心斟酌着措辞，“稳定了的话，会怎么样？”

“完成。这个程序会最终完成。”

视体的森林，痛苦的宝座，完成它最后一个步骤的，便是茱莉。

“茱莉和何塞，那是一对啊。两个人发挥同一个作用，这不是说他们各自发挥着同样的作用，而是说赋予他们的功能被拆成了两半，由他们俩共同承担。朱尔·塔皮，你认为，这两个人功能的本质是什么？”

“缓解区界里AI的痛苦，使他们的感情得以稳定。”

“那是功效，我问的是本质……喂，朱尔，这两个人是只对痛苦起到了缓和的作用，对吧。不是解毒，只是退烧，治标不治本。他们功能的本质是延长悲剧。真是个残酷的设定。最能与区界的痛苦产生共鸣的两个人，在最底层支撑着那些悲惨……对了，还有你也是。”

朱尔点点头。茱莉和何塞，是承担了同一个功能的两个个体。正因为两个人处在两个极端，才能使AI的感情在总体上保持稳定。何塞代表着劳动和友谊，而茱莉执行着性爱和慰抚。这两个人在本质上是相互吸引的，但又必须阻止他们相互吸引，所以才有了朱尔的出现，利用他来将茱莉的感情导向相反的方向。茱莉同时被两个人吸引，却不能倾心于其中任何一个。当然，何塞一定也被设置了同样的条件，在他那边发挥与朱尔相同作用的便是安努吧。

就像这样，隐藏在AI背后的感情王国得以稳定运作。假如没有这般残酷的设计，夏之区界早就无法忍受那些访客的凌辱了吧。

“但现在该结束了，该是把你们从任务里解放出来的时候了。怎么呼唤茱莉是你的自由，但这对于我们来说会很麻烦。没有茱莉和何塞合二为一充当拱心石，我们就没办法控制它。”

朗高尼仰头指向头顶。

穹顶上埋着数以千计的AI，每个人都还活着。

“它？”朱尔问，“它和天使有什么关系？”

“哇！”朗高尼一声赞叹，“难道你看见了？目光真是敏锐啊。的确，这个建筑是和天使有关。我们要造的东西，和你们造的一模一样。是个陷阱。”

“陷阱？”

“是啊，这座伽蓝虽然看上去可能已经面目全非，但它依然具有旅馆安全系统的框架。它直接借用了陷阱之网的创意。”

“这是用来捉谁的陷阱？”

朗高尼侧了侧头，直视着朱尔的眼睛，微微地笑了。他没有回答。

答案显而易见。

它……是用来捕捉天使的陷阱。

天使是什么，朱尔也不知道。

那座全身有如披了一层冰霜的天使像，与区界的一切都迥然不同，差异大得甚至令人毛骨悚然。尽管它的外表保持着人形，但显然不是AI，恐怕也与朗高尼截然不同。

就像直觉告诉自己的那样，朱尔想，天使恐怕是一种非常危险的存在，无法用手碰触……也就是说，危险到了只能用陷阱之网才能碰触的地步。

捕获天使。

使用充满了这个网络的、浓度高得令人恐惧的痛苦捕捉。

那就是“陷阱”。

一切都是为了这一点……今天发生的所有事情都是为此而写的剧本……

为了制作这个陷阱，夏之区界被选中了。

动用、征用了整个夏之区界，铸造了这个陷阱。

已经建成了。

视体之所以读取天使像，一定是为了准确捕捉目标，令这陷阱能够正确发挥作为抗体的功能。

总有一天……

总有一天……我曾经为茱莉许下过某个誓言。那到底是什么誓言？

“不理解也没关系，我想恐怕也不可能理解的吧。你们根本就不知道天使有多么可怕，对于AI来说，它们又是怎样的威胁。你们没有见过那个只能被称为灾难的事物，从不知道它把多少区界逼进了绝境，把多少恐怖和混乱散播开来。唔……何塞曾经怀疑我们是从物理的现实……也就是访客所在的那个世界而来……荒唐啊。”少年耸了耸肩，脸上显露出自嘲的笑，“我们不过是些普通得不能再普通的AI。我们只是游历过一些区界、掌握了一些无聊的知识而已。我们知道一些勉强能与天使抗衡的技术，仅此而已。但是，天使却是维度完全不同的事物，摸不到、抓不住……但我们还是不得不战斗，因为我们是自卫团。”

“自卫团？”

“嗯，对抗天使灾害的自卫团。”

朱尔在沉思……他从刚才开始就一直在努力思考。还有别的方法能拯救与天使相比力量微薄的AI吗？

他想和茱莉说话。

可是朗高尼不会允许他这么做的。朗高尼的重要使命只差最后一步就完成了……朱尔扫视四周，大大小小的蜘蛛排出了无懈可击的阵势。不管怎么说，这里是朗高尼的主场。

“好了，能请你退场了吗？”

朗高尼向朱尔伸出手，摆出一个“请止步”的姿势。

朱尔无计可施，但他不想就这样回去。朗高尼的身后便是通向茱莉的阶梯。是啊，只要爬上去就可以了……历经千年都没能说出口的话，但茱莉马上就要消失了……朱尔这样想着，双脚在无意识地向前走着。没有任何胜算。

总有一天……

傍晚，家里的餐桌。身处在那里的他的——也就是我的——记忆，刹那之间连在了一起。

我想起来了。

总有一天……

是的，我许下了誓言。

在金盏花煮沸的鲜血旁，茱莉，我凝视着你的眼睛许下了誓言。

总有一天，我会杀了你。

茱莉，别再靠近何塞了。

那里没有死亡。去了那里，茱莉，直到最后你也绝对无法死亡。

朱尔往前走去。

毫无防备的姿势。两手下垂，完全没有防护。

一只如人头大小的小型蜘蛛从朗高尼脚下跳起，一边旋转，一边弹出脚上锋利的刀片。

朱尔最后看见的便是那刀刃斜着切断视线的光芒。

猛烈的冲击。就像是一把柴刀劈在脸上。

原来如此……朱尔理解了。

原来如此。这道伤，就是未来的我，老朱尔的伤……

如此说来，唔，肯定会愈合的吧。朱尔不禁笑了。

接着，任由鲜血流淌，朱尔继续向前。有一种如同橡胶般沉重的阻力阻挡着他，好像空气包裹着全身一般。朗高尼又在操纵时间了吧……

无论如何，就让我对茱莉说一句话吧……让我告诉她，我来杀你了。

茱莉一定会微笑的吧。

喂，老朱尔，你是怎么回到过去和我见面的？

我又是怎样侵入她父亲的角色的？

要是知道这些就好了，我就能再靠近茱莉一步了……

膝盖前面的水黏稠度越来越高，变得异常沉重，像玻璃一样。冰冷的、黏糊糊的、流淌的玻璃。

朱尔使出浑身的力气，又往前迈出一步。

“真没办法啊，朱尔。你总是这样，再没有比你更麻烦的了。”

朗高尼将超强的力量投向朱尔。那是解体之力。

朱尔的视野混乱了。看是看得见，却不知道看见的是什么。甚至连手脚在哪里、是不是在动都不知道。皮肤的触感，身体的平衡感，以及统合自身的力量，全都在减弱，直至消失。朗高尼正在干涉朱尔身体的统合感觉，那是用来将构成AI的无数模块统合在一起的东西。

仅剩的意志让朱尔又往前进了一步。

然后，他伸出一只手，想要护住那只失去的眼睛。

那只手里握着“尾巴”……是的，也许是他的意识当中还记得伊芙曾用视体获取了视力，他想找回那只失去了的眼睛。他的潜意识告诉他，要想获得视力的话……

“尾巴”既像是被吞入、又像是被吸入、又像是被卷入似的……嵌入了巨大的、开裂的伤口里。

“尾巴”仿佛水银制成的鸡蛋一般，流畅地滑动着，进入了朱尔被破坏的眼窝，然后又进到更深处，抵达了超越人格边界的最深处。

由于朗高尼的干扰而被分割开来的感觉，又重新统合为一个整体，可以尽情眺望。

脑震荡所带来的意识上的细微震动归于静止。

就好像一望无际、风平浪静的海面。

那一瞬间，仅仅在那一瞬间，朱尔·塔皮的本我完全地统合在一起。

完全共享了每一个本我所保守的秘密。

这就是……我吗？

一切犹如晴空般一览无余。

之所以能够一览无余，是因为“尾巴”将一切全部一次性映照了下来。

辽阔、宏大的世界。

“流玻璃”。

这个词语明晰地传入耳中，仿佛是在哪里发布的宣言一般。

全能感。

朱尔向前走去。

一切都是那么明了、简单。朱尔步履轻盈。朗高尼设下的时间屏障之中，存在着如此之多的安全漏洞，所有这些都清晰地显现在他的右眼里。朗高尼的能力与这无力的少年之间陡然生出巨大的差距。朱尔·塔皮擦着他的身侧走了过去。

朱尔面朝前方，但对身后朗高尼的狼狈模样也看得很清楚。在此时的朱尔看来，同时兼具无数的视觉，简直就是理所当然的事。

接着，他看见茱莉正蜷身俯在何塞身上。

时间流动起来，好像还原了一样。茱莉和朱尔的时间同步了。

“对不起，我太任性了……”茱莉转回头说。

“在这里，茱莉……姐姐，你是不会死的呀。”

茱莉轻轻点头。

啊，那么她早就知道了……但是，朱尔依然继续往下说，说那件已然如此明显的事实。

“从这里往前去，有的只是被无限延长的、通向死亡的最后一步，生命的最后一瞬。什么也不会有。夏之区界也不会有任何变化，只会更糟糕。姐姐不想待在那种地方的，对吧？”

“嗯，”茱莉坦白地点头，“可是，我和何塞约好了的。我们要一起死……很久很久以前就约好了的。”

“不能打破约定吗？打破约定的话，何塞会更高兴的，不是吗？”这是最恶劣的说辞……简直就像在身后推了茱莉一把，朱尔自嘲地想，“而且，你遵守不了约定。在这里，死不了。”

“这一点，我知道。可是，我必须跟何塞一起留在这里，等待死亡到来的那一天，不是吗？再有一会儿，这里也会被封进视体里了，如果我离开这里的话，就再也不可能见到何塞了。总有一天，我要让何塞得到真正的死亡。为了这个目的，我必须留在这里，一直和何塞停留在同一个时间里。”

茱莉将身体紧紧贴在那些马赛克上说。

听到这些话，朗高尼将会有多高兴啊。然而，就算这原本不过是区界的制作者设计出的感情，也仍是他无可替代的真实感情。我喜欢茱莉，这种无可救药的感觉也是一样的。

我是那么喜欢她，喜欢到无法自拔。

“姐姐……我，一直都很喜欢姐姐你。非常喜欢。”

“嗯，我早就知道了。”姐姐莞尔一笑，微微点头，“我也是。比起何塞，我更加喜欢你啊。”

“啊……”

朱尔突然被一种痛彻心扉的渴望贯穿。

渴望见到那一天、那个生日时的茱莉。

夕阳如熔化的铁水般流入餐厅。想要去到那里，想要凝望那时的她的眼睛，用那残酷如刀刃般直达对方内心最深处的纯白的目光。那时的我戴着父亲的面具。由于这个缘故，茱莉终于没有逃避我的视线。

是啊……所以我才侵入了她父亲的角色……

那一定是在此时此地决定了的，由这里溯时间之流而上。而且必定能实现，用这个“流玻璃”……

“这些日子，多谢你了。”茱莉说。

“不用谢。这话应该我说才对，这些日子……”朱尔说，“不过，一千年也实在是太长了。”

茱莉轻轻一笑：“喂，你可不能忘了我啊。肯定会有什么让你吃惊的事，会有的吧……这是个约定。”然后她又立刻慌忙摇了摇头，“啊……不行。收回刚才的话。忘了我，然后——到你喜欢的地方去吧。”

说完这一句，她的脸上显出了如释重负的表情，然后她像平常一样，轻轻抚过自己颈项上短而柔软的头发。

茱莉崩溃了。

猛然分解成五光十色的细小碎块，一直坍塌成官能素。

她一定一直在忍耐。

令何塞崩溃的痛苦，一定早就侵蚀了茱莉。

但她一边微笑，一边忍耐着。

不，应该说，自从这区界启动以来，茱莉就一直在忍耐吧。已经忍耐太久了。

茱莉的马赛克如沙丘崩塌一般倾泻而下，混入何塞的碎块之中，相互咬合，相互渗透。

就好像他们想要的永不分离。

总有一天……为了与何塞的约定能够真正实现的那一天，茱莉沉入了那由痛苦织就的悠远长眠之中。

最后的话语——啊，对了，与她那天在鸣沙之滨对那只蜻蜓说的一样。

沙沙的脚步声。

朱尔·塔皮的双脚踩在沙石上。

伴随着沙沙的脚步声，他沿着稍显倾斜的大沙滩，向着涛声传来的方向走去。

如同沙丘般巨大的沙滩，白茫茫一片。放眼望去，没有半个脚印。

天空漆黑。

远处的涛声就像玻璃杯中裂开的苏打泡沫那样脆弱，听起来仿佛即将消失一般。

消失？什么？大海吗？

大海在哪里呢？当然，这是夏之区界。

是啊，就算夏之区界毁灭了，它至少还残存了这个舞台。

沙滩，大海，微弱的星光。还有，朱尔。

计算在继续，仍在继续。

为了那些剩下的对象。

痛苦的巨大伽蓝在这世界中已不复存在。朗高尼将它带去了他要设置陷阱的地方。那是别的什么区界吧。

无声无风，只感觉到有什么东西瞬间掠过。一切的一切都被运走了，只剩下了沙滩、海浪和微弱的星光，还有朱尔。他意识到自己正孤零零地站在灰色的沙滩上。

伽蓝被搬走的时候，挂在上面的一些没用的破烂都啪啦啪啦地掉了下来，其价值甚至还不如填充玩具箱的稻草碎屑，都是些已经不会再有人去留意的对象。

朱尔也是这些对象之一。

稍远处横着安努的尸骸。

石化了的安努伸展着长长的四肢。脆弱的石头。朱尔想要合上她圆睁的双眼，但刚一碰到那对矿物薄片一样的眼睑，它们就显出要脱落的样子，于是他放弃了。那具躯体虽然还保持着壮硕的体形，但当他伸手触摸的时候，感觉它的分量就和晾晒的衣物一样轻。朱尔对着这具没有重量的躯体，不知怎的流下了眼泪。是想到了安努始终珍藏着的感情吧。触在安努身上的时候，从她的胸口掉出了一些破碎的小纸捆，像书一样，但看起来快要散架了。朱尔没有打开，将它们放回了安努的胸口。

朱尔将周围的沙石拢向那具躯体。在稍稍隆起的坟头，他放上了一个发光的小东西。那是鲸鱼耳坠，和茱莉耳垂上戴着的那只一模一样。相同的耳坠有两只。就在刚才感觉有东西瞬间掠过之后，它们就都在自己手中了。为什么留下了这对耳坠？一定是已经不需要了吧。他们已经找到了替代品。那么，一只给自己，另一只放在安努那儿，不是很好吗？

还有一些从伽蓝掉出来的AI残骸，星星点点地散落在白茫茫的沙滩上。

朱尔为他们一个一个堆起了沙石的坟墓，这一切没有用掉多少时间。

堆完之后，朱尔已没有其他事情可以做了。

于是，他朝着波浪声传来的方向走了过去。

还是看不见大海。朱尔一边走着，一边想着自己头脑中的事。

曾经有过一种确实紧紧攥住了的感觉，但它现在已经消失了。

他感到，存在于自己内部的多个本我，如果说它们曾经打开一条缝隙让自己窥见的话，那么此刻，那道缝隙已经重新紧闭了起来。

他失去了它，就像从手中溜走了一般，只剩下冰冷难耐的麻木感，还有肿胀的疲惫感，就像睡眠不足时的眼皮一样。

“尾巴”已然无迹可寻。那种流入身体的感觉是否真的发生过？朱尔的记忆模糊不清。

他伸手摸了摸脸庞。脸庞上留着一道伤痕，如同打碎的瓷器被粗糙粘合在一起的痕迹。如此严重的伤口已经化成了旧伤。除了“尾巴”，找不出其他的解释。那么，这就是事实了。至少，此刻的时间已经走到了未来，走到了老朱尔已经受伤的那时候了，但是，除了这伤痕，他依然还保持着十几岁的样子。是啊，要变成老朱尔那么老，肯定还有很长很长的时间。

微风拂过，凉爽宜人。这是……黎明前的温度吧？

黎明还会再次到来吗？

他又往前走了一段。

伴着沙沙的脚步声。

朱尔意识到，这只是单纯的脚步声，不是鸣沙之滨的“声音”。

对于鸣沙之滨，他还抱有一线希望。

所以朝着大海的方向走去。

涛声渐近。

眼前便是一道缓缓延伸出去的下坡，坡道的另一边，伸展着一片黑色的大海。

两辆锈迹斑斑的自行车埋在沙石下面。

那一定是朱尔他们今天早上……啊不，应该是昨天早上骑的那两辆自行车，但此刻看来，已像历经了十几年的岁月一般朽烂不堪。

嗯……从这里再往前，应该立着一堵陡峭的悬崖，但现在也已不见了踪影。大地一片平坦，无边无际。鸣沙之滨已不复存在了吗？或者说，这两辆自行车仅仅碰巧移到了这里，而悬崖还在别的地方？再往前走一点……嗯，到海边看看吧。

“这是要去哪儿呀？还带着小姑娘，本事挺大的嘛。”

老朱尔曾经这样向自己搭话的地方，是在哪里？

“……本事挺大的嘛。”

是啊，确实听到了声音。

朱尔骤然停了下来。

他抬起一只脚，在原地重新踩了下去。

“……本事挺大的嘛。”

传来了那时候老朱尔的声音。

他站在原地踏步，脚下沙沙作响。

“这是要去哪儿呀？还带着小姑娘。”

脚下发出了柔和的“声音”，仿佛沙石的微尘一样。

这只是以朱尔的记忆为样本反射出来的而已。即便如此，这也依旧是名副其实的鸣沙之滨的“声音”。这里还残存着一些鸣沙。朱尔跑了起来，每一步都会带出一些意义不明的“声音”碎片，他就这样跑向大海。愈接近大海，“声音”也愈发丰富，渐渐变成了交谈。那“声音”描绘着波纹伸展出去，卷起旋涡。

浪花微微浸过脚面，轻轻涤荡着朱尔的双脚。近乎无声的柔缓波浪。

不知从哪里漂来的一艘小木船被冲到了岸上。小船已经破烂得不成样子，海浪在裂开的木板间拍打出白色的水沫。

这里就是尽头了，如果不去渡海的话。

一切就是从这里开始的……

头脑中盘旋的这个想法，无论怎么看都很像老朱尔那个本我的风格。那个本我要将他的经验和回忆传给我。

这意味着什么呢？

是要告诉我蜘蛛和朗高尼来袭的事吗？

是要告诉我侵入茱莉父亲角色的那个我，就是从这里溯时间之流而上的吗？

还是要告诉我老朱尔的游历……他（我）在变得那么苍老之前，就是从这里踏上了一段极其漫长的旅程？

还是……

你在担心什么呢，我来猜猜……老朱尔那个本我这么说。茱莉最后的话语……那到底是在说什么？是为了让我离开而说的？不，不会。茱莉绝对不会这样敷衍的。

新的约定。

你在想什么呢，我来猜猜……老朱尔那个本我这么说。就算不说也知道。

这里真的是尽头吗?

大海的前面,什么都没有吗?

是的,我是在这样想。

你在思考什么呢,我来猜猜……老朱尔那个本我这么说。

鸣沙。

视体。

那究竟是什么?

“这是要去哪儿呀?”

老朱尔站在他的身边。

海风吹起了他稀薄的白发。那一定是鸣沙之滨以“声音”幻化出的意象。它们从朱尔身上读取了老朱尔的信息,编织出了他的样子。大约是因为自己的精神太过集中,沙石也产生兴趣了吧。

“接下来我要去哪里,你知道吗?”

“唔,谁知道啊?没人能够同时观察到我和你的行迹。这太荒唐了,不是吗?还是赶紧出海吧。”

“你呢,留在这里?”

“是啊,我好不容易才回到有鸣沙的地方。哎呀,我还真担心什么时候才能还原。就让我用这个意象的外形在这里待一会儿吧。我是完全依赖这些鸣沙存在的啊。从第一次在你面前出现的时候开始,一直都是,所以我从来都只出现在大海附近,对吧？”

“是啊。”我点点头。然后，立刻否定了自己的回答。

“但你不也在矿泉旅馆出现过吗？”

“唔，是出现过，可你也稍微再动动脑子啊，为什么我能在矿泉旅馆出现，答案不是很明显吗？”

我点点头。这是自己给自己出的谜题，当然很容易解开。

“这样的话……如果说鸣沙和视体是同一种东西……那它们究竟是什么呢？”

“你想知道吗？”

“嗯。”

“信息的代谢……它们每一个都是使用独一无二的——也就是说，没有任何两个会完全相同——手法进行信息代谢的存在。或许应该说，这种名为代谢的现象本身，还有那种独特性与唯一性，便是它的本质……数值海岸也因此得以拥有超强的力量。那到底是什么呢？”

朱尔想了半晌。

“不知道。”

“人性。”

老朱尔弯下腰，抓起一把鸣沙，让它们从指缝间沙沙地漏下来。

“这些是被摧毁了的人类的拟姿，被剁碎了的拟姿，被粉碎、被破坏之后混合在一起。这些人类的化身，已经完全辨认不出本来的面目。”

“化身？”

“访客，唔……都有着制作精妙的化身（信息拟姿），访客把它派遣到这个数值海岸。化身不论发生怎样的故障，访客本人都不会受到任何损伤。如果发生了化身无法回归本人、即化身被窃取的事态，化身就一定会被销毁，绝无例外。因为这当中贯彻着一种保护隐私……其实更应该说是一种……信息唯一性、信息人权宣言的理念。有一天——那已是千年之前的事了——发生了一件导致数亿化身被一次性销毁的事态。”

“大断绝……”

“化身们刹那间被分解为极其细小的微粒，散落到四面八方。”老朱尔向大海望去，“在这里……在这个夏之区界的大海……沙石慢慢漂流过来。”

朱尔又陷入了短暂的思考之中。为什么朗高尼要侵入夏之区界收集视体呢？

“散落在其他区界的沙石，也会集中到这海里？”

老朱尔依旧望着前方的大海，轻轻点头。

“但不是全部。”

“那，视体……”

“谁知道呢？”

一抹淡淡的苦笑浮了上来。

“我也不是无所不知嘛。不过，视体是由鸣沙而来的，这点应该没错。还有别的理由能说得通吗？也许，鸣沙也抱有某种意愿吧。意愿、希望、梦想……怎么说都行。也许它们也想恢复成自己原来的样子。它们也想回忆起自己曾经是谁。”

朱尔望向大海。他在脑海中想象沙石铺满浩瀚大海的景象。那是访客（人类）的信息尸体粉碎之后形成的庞大沉积。

喜欢未曾见过的东西……

老朱尔虽然装作毫不在意的模样，但其实是在向我暗示某种可能。不，应该说是把它硬生生地扔在了我眼前。

沙石之路。

“也就是说，沙石是通过大海来到这个区界的。”朱尔说。

“是啊。”

“就是说，可以沿着这条路往回走？”

没有回答。

“约定呢？”朱尔说的是他和茱莉最后的那个约定。

“已经完成了，虽然是站在我的立场看。”

朱尔站在海风中，沉默了一会儿，随即又开口说：“真是不可思议啊，虽然没有右眼……就算闭上了左眼，我还是能看得很清楚。”

老朱尔望着前方点头，然后只说了一个词：“流浪者的玻璃眼。”

原来如此，朱尔的脸上情不自禁地泛起了微笑。因此才叫“流玻璃”。

“尾巴”的力量。

它大概还完好无缺地嵌在我体内吧……

“对了，帮我个忙。”老朱尔愉快地说，“见到三姐妹后，替我问声好。”

朱尔睁开眼睛。

地平线依旧一片漆黑。

但是，为什么能分辨出地平线？

那是因为天空亮了，虽然光芒微弱到几乎看不见的程度。

今天，朝阳也送来了夏日的光芒。

天空已经大亮了。

朱尔·塔皮孤身一人坐在沙滩上。黑色的身影，看起来就像一只年迈的乌鸦正缩着翅膀休息。

腐烂的小木船已经不在这里了。

朱尔满是皱纹的脸庞正朝向大海。闪耀着光辉的海面犹如一面巨大的镜子。

乘上小舟的少年已消失在晨曦之中。

积雨云耸立在海面之上。

还带着那玫瑰的色彩。

朱尔转过了身，背对大海。

巉岩还在。

还有悬崖。

朝着它们的方向——

朱尔的脸上显出一种终于可以返乡的神情，朝着与大海相反的方向，迈出了脚步。

后　记

《废园天使Ⅰ悠长假日》写于一九九二年夏至二〇〇一年二月间，同年夏天修改后完成初稿。既是前后相隔近十年的新作，也是我的首部作品。

此前一百五十页[1]的中篇耗时四年。恐怕难以称为高速。于是其后二十页的短篇预计以一年时间完成，然而直至第八年，手头的文稿却搁浅在二百多页处。毫无头绪之下唯有放弃。悄悄说一句，其间甚至有半年时间，我连电脑都没碰过。

但在二〇〇〇年发生了可说是天赐良机的两件事。一是垃圾焚烧炉的清理，二是《神魂别册：飞浩隆作品集》的出版。前者不述于此。关于后者，乃是冈田忠宏先生及山阴地方友人等

① 此处的页数指原稿纸的页数。

爱好者制作出版的文集[1]，其中网罗了我之前所有的拙作。虽然这些年来发生了很多事，但这两件给予了我重整旗鼓的决意。于是我重新开始动笔，一年后终于完成了这本六百二十多页的小说。

本书乃是“废园天使”系列的第一本。正如您所读到的，本书最后提及的某物，今后将会追寻其去向继续写下去，只是续篇如何创作，此刻尚未决定。我在想的是，要是写出来三个长篇，再加上几个中短篇，这辈子也算是做了些什么吧（笑）。反过来说，就算事前计划周详，到最后恐怕还是会像暑假作业那样没办法按时完成。总而言之，现在能说的是，接下来的长篇，舞台和方向都会完全不同。仅此而已。

本书的主题是“废弃的虚拟度假区”。放在今天来看，这样的题材可能已有些过于平庸了，不过或许也会有人宽容地认为“文章的新意在于文笔”。我不太擅长推销自己，所以只说一句：在我写作的过程中，并未考虑过“要写出新意”，所以这里的文字可能已是过时了的科幻。不过有一点，我原本就是想要构筑文本的清新、残酷和美丽。因为对我来说，科幻就是这样的文学艺术。

如果当初冈田忠宏先生遵从我的劝告放弃出版《神魂别册：飞浩隆作品集》的话，或许本作还徘徊在二百四十七页（或者是二百二十三页？）上吧。我对冈田忠宏先生的感激之情无以言表。

---

① 请登录http://www.trash-box.net进行浏览。

面对我突然扔过去的稿子，早川书房的盐泽快浩先生以最快的速度读完，当即决定将其编入“科幻丛书”系列。同在早川书房工作的阿倍毅先生，不介意我有十年没同他联系，依旧慷慨给予我很大的帮助。非常感谢他们。

作品中金盏花那段情节的灵感来自皮耶尔·德·芒迪亚格[①]的《小羊之血》（*Le sang de L'angneau*）。登场人物之一所阅读的诗歌引自保尔·福尔[②]所作《潮焼けした水夫たちの唄》（淮田般弥译）。谨在此向作者及译者表示衷心的感谢。

且说，盐泽先生最初电话联络我时，我正出差在外。家人不知道我投宿地的电话号码，手机也没有电。妻子手忙脚乱地给小镇上所有的旅馆挨家挨户打电话，终于找到了我的住处。她虽然对我的科幻工作既没兴趣也不关心（也就是随我怎么做都行），不过也对本书的出版贡献了点滴之力，我还是在此记上一笔吧。嗯，也就是说，我将本书献给她。

---

① 皮耶尔·德·芒迪亚格（André Pieyre de Mandiargues，1909—1991），法国作家。

② 保尔·福尔（Paul Fort，1872—1960），法国诗人。